À PROPOS DE L'AUTRICE

Léna Forestier a commencé à écrire à dix ans, fascinée par Jo March, l'héroïne des *Quatre filles du docteur March*, qui écrit le soir, cachée dans son grenier. Des années plus tard, une séance de lecture à voix haute de ses « romans » de l'époque, un soir d'été en famille, a été source d'un fou rire général et mémorable… Il n'empêche, le virus était attrapé. Depuis, Léna mène une existence d'autrice deux en une : côté pile, romance contemporaine et historique ; côté face, littérature générale et livres pour la jeunesse, sous un autre nom. Comme Jo, elle a le goût du secret.

Ninnen l'indocile

Collection : VICTORIA

Ce roman a déjà été publié en 2020 sous le titre Indocile Ninnen.

HARPERCOLLINS FRANCE
83-85, boulevard Vincent-Auriol, 75646 PARIS CEDEX 13
Service Clients — www.harlequin.fr
ISBN 978-2-2805-1584-9 — ISSN 2493-013X

Édité par HarperCollins France.
Composition et mise en pages Nord Compo.
Imprimé en janvier 2025 par CPI Black Print (Barcelone)
en utilisant 100% d'électricité renouvelable.
Dépôt légal : février 2025.

FSC
www.fsc.org
MIXTE
Papier issu de sources responsables
FSC® C159065

Pour limiter l'empreinte environnementale de ses livres, HarperCollins France s'engage à n'utiliser que du papier fabriqué à partir de bois provenant de forêts gérées durablement et de manière responsable.

LÉNA FORESTIER

Ninnen l'indocile

Victoria

HARLEQUIN

NOTE DE L'AUTRICE

J'ai toujours aimé la « petite » histoire dans la « grande », la manière dont les individus, les destins personnels, sont impactés par les grands mouvements politiques ou sociétaux, les soubresauts spectaculaires de l'Histoire. La manière dont ils se positionnent, réagissent, évoluent. La manière dont ils impriment leur marque, aussi, et sont acteurs à leur tour d'une évolution. Côté tête, ça me passionne. Côté cœur, ça m'émeut.

C'est pourquoi j'ai souhaité, pour ma première incursion dans la romance historique, choisir une période de l'histoire de France particulièrement troublée : celle qui a suivi la Révolution de 1789. C'est une période qui ne pouvait laisser aucun de mes personnages inactif ni indifférent. Je les malmène, les place face à des situations et des choix impossibles. Je les oblige à se remettre en question, à puiser au plus profond d'eux le courage d'être eux-mêmes, d'assumer et de se battre pour ce en quoi ils croient et ceux qu'ils aiment. Toute la fragilité, mais aussi la beauté et la grandeur de l'humain, est dans cette confrontation, il me semble.

Léna Forestier

Prologue

An II, 6 Thermidor

24 juin 1794, Paris, prison du Luxembourg

Ninnen, ma chère âme,

J'espère de tout mon cœur, de toutes mes forces, que vous recevrez cette lettre. Je la griffonne sur mes genoux, sur ce mauvais papier, avec cette mine grossière. C'est à un gardien complaisant que je le dois. Une « faveur » qui m'a cependant coûté ma montre à gousset en or. Par quel miracle on ne me l'a pas enlevée lorsque j'ai été enfermé ici, je l'ignore. Mais j'en rends grâce à Dieu. Ainsi, j'ai pu obtenir de quoi m'adresser à vous une dernière fois.

À l'heure où vous tiendrez ces feuillets entre vos mains, je ne serai plus. Peut-être le saurez-vous déjà lorsque cette missive vous parviendra. Si ce n'est pas le cas, je vous prie humblement de me pardonner cette brutalité posthume. Mais je vous connais assez, et admire trop votre courage, pour user de formules affadies. L'en-tête de ce courrier vous apprend où je suis, et ma condamnation est sans appel. Je l'ai entendue de la bouche même de Robespierre, qui fait ployer Paris et la France entière sous le joug d'une terreur sans nom. Quelle folie ! On murmure pourtant qu'il est de plus en plus désavoué par les Montagnards[1] *et d'anciens Dantonistes. Mais pour moi, cela ne changera rien.*

Je suis plus que jamais soulagé de vous savoir à Londres avec vos parents, et non pas en Bretagne, malgré votre inquiétude pour votre famille restée au cap Fréhel. J'aurais tant voulu rencontrer votre cousine Anne, dont vous m'avez si souvent parlé !

Je confierai cette lettre aux bons soins de Mme de Soulages, qui m'a promis de s'employer à vous la faire parvenir. Elle est la fille d'un magistrat, et ancien voisin, que j'ai connu lorsque j'étais diplomate à Paris : Martial Masson.

Il y a quatre jours, elle a été jetée dans cette cellule que je partage avec une quinzaine d'autres personnes. Des aristocrates, hommes et femmes, et des républicains qui ont eu le malheur de s'opposer aux partisans de Robespierre. Heureusement, elle ne restera pas longtemps ici.

Dennys s'interrompit et frotta le bout de la mine de plomb sur une dalle du sol pour la réaffûter. Il lui fallait écrire avec une pointe fine et en serrant les lignes : les deux feuilles qu'il avait obtenues n'étaient pas très grandes, et il avait encore tant de choses à exprimer ! Il voulait le faire avec dignité, car c'étaient les derniers mots que Ninnen aurait de lui.

Tandis qu'il s'appliquait à reformer la pointe, son esprit s'échappa un instant de la cave sombre où il croupissait depuis plus de deux mois. Il retrouva en pensée le salon clair de la charmante maison des Masson, à Auteuil. Martial et lui y jouaient aux échecs une fois par semaine, en se perdant dans des discussions sans fin. Chez lui, noblesse et roture se fréquentaient sans hostilité, dans une estime réciproque.

Martial était un homme aimable et droit. Il n'avait qu'un défaut, une obsession, même : marier sa fille unique à un

1. Groupe politique durant la période révolutionnaire.

aristocrate. Il y était de toute évidence parvenu, puisque la toute jeune fille de l'époque était à présent l'épouse d'un gentilhomme de Champagne. Hélas, son mari n'avait eu ni la sagesse ni la prudence de rester sur ses terres, au milieu de ses vignes. Sa femme et lui avaient été arrêtés à leur domicile parisien. On avait conduit M. de Soulages dans une autre prison.

Mme de Soulages avait derrière elle une partie de la magistrature de Paris, des bourgeois de robe tôt ralliés à la République. Elle sortirait bientôt : le jour même ou le lendemain. Quelqu'un avait obtenu un droit de visite, la veille, et l'avait assurée de l'imminence de sa libération. Ce serait elle son messager. Elle demanderait à l'un de ses cousins, qui commerçait avec les Provinces-Unies[1], de faire transiter son courrier par Amsterdam, jusqu'à l'Angleterre.

Je n'ai pas cessé de penser à vous depuis le jour de mon départ. Vous m'avez accompagné. Vous m'avez soutenu. Je voulais vous revenir fier d'avoir accompli ce pour quoi j'étais parti. Fier de vous mériter.

Le frais visage de Ninnen de Keroual s'imposa à lui. Son teint crémeux parsemé de taches de rousseur, lorsqu'elle ne les dissimulait pas sous le fard. Ses boucles rousses rassemblées en un chignon haut, complexe, qui peinait à contenir sa masse de cheveux longs. Sa silhouette petite et menue, qui trompait ceux qui ne la connaissaient pas. Car il n'y avait rien de fragile en elle, mais une volonté de fer et un tempérament de feu !

Du fond de cet endroit insalubre, où je ne peux échapper ni le jour ni la nuit aux plaintes, aux miasmes, à l'omniprésence des autres prisonniers, j'ai vu approcher puis

1. Ancien nom des Pays-Bas.

passer le 20 juin 1794 avec le plus grand désespoir, la plus grande révolte.

Qu'avez-vous cru, Ninnen, lorsque vous ne m'avez pas vu revenir de mission ? Qu'avez-vous cru, au lendemain de ces noces qui n'ont pu avoir lieu, et n'adviendront plus jamais ? Avez-vous pensé que je vous avais abandonnée ? Que j'avais changé d'avis, lassé de vous ? Non. Mille fois non ! J'étais dans cette geôle, hanté par votre sourire, vos yeux pervenche, attendant l'heure du verdict.

Voici deux jours qu'à l'issue d'un procès aussi factice et expéditif que celui de Danton, j'ai été condamné à la guillotine pour intelligence avec l'ennemi.

Il ferma les yeux, convoqua d'autres images. Ce matin de printemps ensoleillé, et cette promenade en barque sur le lac de Long Water. Il avait longtemps hésité à la demander en mariage. Leur différence d'âge l'avait retenu, même si bien d'autres hommes épousaient des tendrons, alors qu'ils étaient eux-mêmes des branches déjà malmenées par le passage des saisons.

Ce jour-là, à Kensington Gardens, tandis qu'il s'était agenouillé devant elle, dans la barque, son cœur avait battu comme jamais il ne l'avait fait depuis la disparition de sa bien-aimée Jeanne. Il avait dit des mots qu'il pensait ne plus jamais prononcer. Il les avait dits sincèrement. En proie à des sentiments qu'il n'aurait jamais cru ressentir à nouveau.

Et Ninnen avait accepté de devenir sa femme…

Des chuchotements, derrière lui, le ramenèrent à la réalité. La jeune demoiselle de Fenel sanglotait en silence, les épaules agitées de soubresauts, comme un petit animal blessé. La veille, ses parents s'étaient trouvés tous les deux sur la liste des condamnés, et avaient été emmenés place de Grève. Depuis, ses larmes n'avaient pas tari. Mme de Soulages l'avait prise sous son aile, et s'efforçait de la consoler. Mais quel espoir pouvait-elle apporter à cette orpheline ?

Après avoir une fois de plus affûté l'extrémité de sa mine, il reprit le fil de sa lettre.

Vous raconter en détail comment j'ai été arrêté serait bien trop long, et de peu d'intérêt maintenant.

Sachez seulement que ces mois passés avec vous m'ont comblé. Vous m'avez rendu une légèreté de vivre que j'avais oubliée. Vous n'imaginez pas quel cadeau vous m'avez fait là ! Grâce à vous, j'ai cru de nouveau en l'avenir auprès d'une femme délicieuse, mais pas uniquement... Une femme intelligente et forte, engagée, digne de la plus grande estime.

Ninnen, pétillante et belle Ninnen, je ne vous ai sans doute pas assez dit à quel point je vous aimais. Vous avez été pour moi une extraordinaire surprise de la vie, alors que je n'attendais plus rien. Que le Ciel vous protège ! Qu'il vous accorde le bonheur que vous méritez. Pensez à moi quelquefois, sans chagrin. J'ai été un homme heureux de vous connaître et de vous côtoyer. J'ai eu votre amitié, votre confiance, la joie indicible de partager quelques-uns de vos projets et de vos rires. Plus que tout, j'ai eu, durant de précieuses semaines, la certitude que nos destinées seraient unies. Cette pensée m'a été d'un très grand soutien depuis mon incarcér...

Il s'interrompit et, la main en suspens au-dessus de la feuille, tendit l'oreille. *On venait.* Et cette fois, c'était sûrement pour lui.

Il se releva. Il avait beau le savoir, il avait beau s'y être préparé, son cœur s'affola aussitôt dans sa poitrine. Le ventre tordu d'une douleur qui devait peu à la peur et beaucoup au regret de celle qu'il laissait en Angleterre, il plia grossièrement les feuillets, puis les fourra dans la poche de sa redingote. Il laissa la mine de plomb par terre, pour quelqu'un d'autre peut-être, et s'approcha de la lourde grille.

Des pas résonnaient sur la pierre nue du corridor. Des bruits de bottes. Réguliers. Alors que le sang battait à ses tempes, erratique, impétueux, comme un ressac de grande marée.

Dans la cellule, derrière lui, tout le monde s'était tu et écoutait aussi.

Il saisit à deux mains les barreaux froids et collants de tous les doigts sales qui s'y étaient agrippés dans l'attente d'un jugement, l'espoir d'une libération.

Les pas se rapprochaient. Tendu à l'extrême, Dennys essaya de faire abstraction de l'odeur qui empuantissait l'atmosphère. Sueur, crasse, sur les corps malodorants ; urine, vomi, déjections, dans les seaux débordants...

Le soupirail minuscule ne dispensait qu'une lumière et un air rares. L'espace à proximité, ses compagnons et lui-même le laissaient aux quatre dames. Deux autres femmes, outre Mme de Soulages et Mlle de Fenel, étaient emprisonnées avec eux. Vestige dérisoire d'un ordre qui n'était plus. Galanteries d'une autre époque. La soierie des habits était maculée de poussière et de bien d'autres choses. Les jupons fins avaient servi de bandages pour les blessés, ou de linge de toilette à peine trempé dans le peu d'eau froide qu'on leur apportait tous les jours, en même temps qu'un brouet clair et du pain trop sec.

Dennys n'eut pas besoin de se retourner pour visualiser les regards hébétés de ses codétenus. Tous ou presque avaient en permanence la même expression d'incrédulité. La première explosion révolutionnaire datait de cinq ans déjà. Pourtant, pour ces hommes et ces femmes qui n'avaient eu qu'à se laisser vivre dans le luxe, dont le palais n'avait connu que les vins et les mets les plus raffinés, le choc n'en finissait pas. Quant aux trois républicains enfermés avec eux, ils n'étaient qu'invectives contre « Robespierre et sa clique ».

Lui, c'était différent. Il avait choisi de s'arrêter à Auteuil, conscient du risque. Il l'avait estimé infime ; il s'était trompé.

Il était au cimetière, en train de se recueillir sur la tombe de Jeanne, sa première épouse, lorsqu'il avait été appréhendé. Trois hommes s'étaient jetés sur lui et l'avaient entraîné dans une carriole, où on lui avait ligoté les mains et les pieds. Bien sûr, le plus prudent aurait été de se rendre directement en Prusse, où l'appelait sa mission auprès de von Wöllner[1].

Seulement, si près de son mariage avec Ninnen, il avait éprouvé le besoin de converser, une dernière fois, avec celle qu'il avait si follement aimée dans sa jeunesse. Il avait eu besoin de lui chuchoter, la main posée sur le marbre lisse et blanc qu'il avait lui-même choisi tant d'années auparavant, qu'une part de son cœur lui demeurait à jamais, malgré cet amour tout neuf pour une autre.

Un peu plus tard, il avait été enfermé ici, dans ce palais du Luxembourg dont les sous-sols humides avaient été transformés en prison. Jeune diplomate, il y avait été reçu dans les étages supérieurs, et fort bien, par le comte de Provence[2], lequel tenait ce bijou d'architecture de Louis XVI. Ce même comte de Provence qu'il avait vu quelquefois à Londres, ces derniers mois, parmi les autres émigrés français. Tout comme le château d'Aubin, propriété bretonne de Loïc de Keroual, le père de Ninnen, le palais du Luxembourg avait été confisqué à son propriétaire, et déclaré bien national.

1. Johann Christoph von Wöllner, pasteur et homme d'État. prussien du XVIIIe siècle. L'un des conseillers du roi de Prusse les plus influents.

2. Louis-Stanislas-Xavier de France, comte de Provence, frère cadet de Louis XVI et futur Louis XVIII.

Quelle ironie du sort ! songea Dennys. Jamais il n'aurait pensé qu'il y serait enfermé un jour, en attente de son exécution.

La lueur d'une torche balaya le mur sur la gauche. Le cœur de Dennys redoubla de battements frénétiques, mais aucun des muscles de son visage ne tressaillit. Il resterait digne : il était Dennys Hasbury, huitième baron de Gregson. Anglais. Royaliste fervent. Et membre de la coalition européenne contre-révolutionnaire. Il n'en rougissait pas. Il en était fier, au contraire.

Le gardien apparut. Il était suivi de près par le triste messager des dieux de la nouvelle Olympe qu'était cette République assoiffée de têtes et de sang. L'officier approcha un bout de papier de la source lumineuse, tandis que l'autre ricanait, dévoilant une double rangée de dents gâtées.

— Hasbury ! Dupuis ! Rampeneau de La Faye !

Rien de plus. Leurs noms, seuls, comme autant de couperets.

Et l'énorme clé dans la serrure.

Et le grincement sinistre de la grille.

Mme de Soulages courut à lui, et le serra dans ses bras, les larmes aux yeux.

— Mon ami ! Mon ami ! Vous que je connais depuis l'enfance !

— Amélie, puis-je compter sur vous ? murmura-t-il en lui glissant discrètement sa lettre à Ninnen.

Elle la saisit et la dissimula aussitôt dans les plis de sa robe.

— Vous pouvez, Lord Gregson. Dussé-je la porter moi-même à Londres, si mon cousin ne peut pas s'en charger !

Il s'éloigna légèrement d'elle et l'enveloppa d'un regard ému, reconnaissant.

Puis, la tête haute, le pas sûr et les yeux fixés droit devant lui, il franchit le seuil de la cellule et s'engagea dans le couloir.

Première partie

Celui qui cache son secret est maître de sa route.

PROVERBE ARABE

1

Londres, 30 juillet 1794

Ninnen ne supportait pas les regards apitoyés qu'elle sentait peser sur elle. Cette compassion était pourtant sincère, elle n'en doutait pas. Tous, autour de la table de jeu, avaient apprécié et respecté Dennys. Tous avaient été au courant de leurs fiançailles. Tous avaient été conviés à leur mariage. Ce mariage qu'il avait fallu annuler, à la stupéfaction générale, en l'absence du futur marié. Comme très peu de personnes savaient Dennys parti en mission quelques semaines auparavant, elle avait dû alors affronter un autre type de regards. Elle était aux yeux de la plupart la pauvre fille abandonnée au pied de l'autel. Celle dont, finalement, on n'avait pas voulu.

Puis la nouvelle, quelques jours plus tôt, parmi les Français de Londres, de l'emprisonnement de Dennys et de sa terrible fin, avait changé la donne. La disparition d'un héros de la contre-révolution les avait laissés cette fois abasourdis. Indignés. Furieux. Un pair d'Angleterre assassiné par des républicains français ! Cette révélation avait également fait d'elle une martyre.

Il y avait à la table, outre son cousin Ronan et elle, le marquis de La Voleray, le chevalier Ravenne-Durance, le comte de Provence et Mme de Saint-Orgue, que son époux n'avait pu accompagner, terrassé par une crise de goutte.

Bien que l'abolition des titres et des privilèges ait été proclamée en France quatre ans plus tôt, ici, chacun était encore nommé par son rang. L'abolition serait elle-même abolie bientôt, ils n'en doutaient pas.

Le marquis et le comte portaient perruque poudrée à trois rouleaux, habit de soie brodée et chaussures à boucles d'or, comme aux meilleurs jours de la royauté en France. Le chevalier et Ronan étaient vêtus beaucoup plus simplement de redingotes en camelot de cachemire – taupe pour l'un, gris tourterelle pour l'autre –, ainsi qu'auraient pu l'être des bourgeois. Leurs cheveux, sans poudre, étaient retenus en catogan. Mme de Saint-Orgue exposait sa gorge et ses bras potelés dans une robe d'organdi dont le vert profond mettait en valeur sa blondeur.

À côté d'elle, Ninnen se faisait l'effet d'un vilain cafard dans sa robe de deuil qui lui tenait beaucoup trop chaud.

Tous étaient des membres actifs de la coalition royaliste. Si le comte de Provence avait choisi de s'exiler à Vérone, en Italie, il venait régulièrement à Londres pour les besoins de la Cause.

Le mercredi après-midi, à partir de 16 heures, la vieille comtesse du Chassoy leur offrait à son insu un lieu idéal où se réunir pour échanger des informations, élaborer des actions. Elle faisait aménager en salle de jeu ses deux salons en enfilade, servait à ses convives des limonades, des vins liquoreux d'Espagne et des *cucumber sandwichs*, seule concession à sa terre d'accueil. Tous les émigrés français de Londres se retrouvaient là, autour des tables de whist, d'ambigu ou de bouillotte, ou devant des plateaux de trictrac et de backgammon. On y pariait parfois avec de la véritable monnaie ; la plupart du temps, impécuniosité oblige, on se contentait de jetons.

Pour les membres de la coalition, quelle meilleure cachette ? Quelle meilleure couverture que cet hôtel particulier de Knightsbridge où l'on recevait aussi fastueusement qu'à Versailles ou presque ? Où leur petit groupe venait se mêler à leurs compatriotes, réunis dans la même nostalgie de la patrie perdue, la même soif d'obtenir des nouvelles de France ?

Chaque fois, l'idée que ce n'était pas très honnête vis-à-vis de leur hôtesse taraudait Ninnen. Elle faisait alors taire ses scrupules en se disant que tous les moyens étaient bons pour servir leur grande cause, y compris les petits mensonges. Après tout, ils œuvraient, à leur mesure, à la restauration de la royauté, le vœu le plus cher de chacun ici.

Lorsqu'elle était arrivée, une demi-heure plus tôt, elle avait dû subir la litanie des condoléances et des indignations. On avait crié à l'horreur, déploré son triste destin, qui faisait d'elle une veuve alors qu'elle n'avait pas encore goûté aux félicités du mariage.

Ronan avait fini par la soustraire à cet afflux d'attentions et de paroles. Il l'avait entraînée tout au fond du second salon, dans l'alcôve où se tenaient habituellement les parties d'ambigu. L'impérieuse énergie qu'il avait mise à l'y conduire, un bras protecteur autour de sa taille, sa grande main chaude lui enserrant les doigts, lui avait apporté un apaisement immédiat. Une onde bienfaisante l'avait parcourue. Elle avait été aussitôt lavée de cette sollicitude parfois sincère, plus souvent curieuse et avide de sentir sur elle l'odeur du malheur. Quel réconfort d'avoir son cousin près d'elle, si tendre, si attentionné !

Très vite, les autres étaient venus les rejoindre. Ils s'étaient installés autour de la table pour discuter à voix basse de Dennys et de sa mission avortée, tout en feignant d'être absorbés par leur partie de cartes. Un peu plus loin dans la pièce, un cercle de curieux s'était réuni autour de joueurs de backgammon. Ils parlaient assez fort d'une partie de chasse dans les Cotswolds. Une bénédiction : ainsi, leurs propres propos ne seraient entendus de personne.

Ninnen venait de leur indiquer en substance le contenu de la lettre de Dennys. Elle avait évidemment omis la partie plus personnelle.

— Comme toutes les victimes des républicains, poursuivit-elle, Lord Gregson aurait dû être jeté dans une fosse commune, au cimetière de Picpus. Mais un magistrat qu'il a connu autrefois à Paris a pu intervenir pour empêcher cette infamie. Faute d'avoir obtenu l'autorisation de rapatrier son corps, il a pu faire en sorte que Lord Gregson repose au cimetière d'Auteuil, dans le caveau où sont inhumées sa première épouse et la famille de celle-ci. C'est la fille de cet homme, Mme de Soulages, qui me l'a appris dans une lettre qui accompagnait celle de Dennys.

Comme des regards interrogatifs accueillaient cette information, elle précisa :

— Cette dame a été emprisonnée avec lui durant quelques jours. Lorsqu'elle a été libérée, elle s'est débrouillée pour me faire parvenir sa missive.

— Que Dieu le lui rende ! souffla Mme de Saint-Orgue en se signant. Mais comment se fait-il qu'un noble ait pu influer sur le Comité de sûreté générale ? ajouta-t-elle, l'air suspicieux.

— M. Masson n'est pas noble. C'est un républicain. Mais un républicain qui a eu à cœur d'offrir une sépulture digne de ce nom à un homme de bien, répondit Ninnen. Il faut croire qu'ils ne sont pas tous comme ceux qui les gouvernent ! Et je lui en suis très reconnaissante. C'est un grand réconfort de savoir Dennys auprès de personnes qui l'ont aimé, et non dans un charnier, parmi d'innombrables corps anonymes.

Elle ne mâchait pas ses mots. Mais c'était dans sa nature

de dire les choses telles qu'elles étaient. Oh ! elle voyait bien que ce franc-parler choquait un peu. Surtout de la part d'une femme dont on voulait absolument qu'elle soit dolente et abattue, étant donné les circonstances.

— Bien sûr ! Naturellement ! s'empressa d'approuver Mme de Saint-Orgue, en s'agitant sur sa chaise. L'important, n'est-ce pas, l'important...

Elle ne termina pas. Qu'y avait-il à dire de plus ?

Un tour s'achevait.

— Chacun ramasse ses gains, annonça Ronan en s'emparant des cartes et en les battant avec dextérité.

Gains matérialisés par de beaux jetons de nacre. Tous s'exécutèrent distraitement, puis Ronan redistribua. Ce faisant, il lança à Ninnen un regard plein d'affection et de soutien. Ses yeux d'un vert profond et changeant accrochèrent un instant les siens, et ce fut de nouveau pour elle comme une éclaircie. Lui seul lui faisait du bien, ces derniers jours. Lui seul n'attendait pas d'elle qu'elle soit qui elle n'était pas.

Un serviteur s'approcha, un plateau de sandwichs à la main. Le marquis de La Voleray et Mme de Saint-Orgue demandèrent à être resservis avec un petit air coupable. Ninnen eut envie de leur assurer que Dennys, où qu'il soit, ne leur en voudrait sûrement pas.

Tandis que, d'une main, elle examinait sa donne, elle pressa de l'autre les plis de sa robe, sous la table. La lettre était là. Sous la faille noire et bruissante. Dans la poche de son jupon. Ces deux feuilles, sales et froissées à force d'avoir changé de mains et de bagages pour parvenir jusqu'à elle. Un commerçant parisien, un armateur hollandais, puis un émigré vendéen venu grossir les rangs des réfugiés, s'étaient relayés pour lui apporter les derniers mots d'un condamné.

La belle prose de Dennys faisait dans sa tête une musique douce. « Vous m'avez rendu une légèreté de vivre que j'avais oubliée. Grâce à vous, j'ai cru de nouveau en l'avenir... Je ne vous ai sans doute pas assez dit à quel point je vous aimais. Vous avez été pour moi une extraordinaire surprise de la vie, alors que je n'attendais plus rien. »

Son français tant oral qu'écrit était parfait, et sa pointe d'accent, lorsqu'il parlait, tout à fait délicieuse. Il le devait à Jeanne, sa première épouse, française, et aux années durant lesquelles il avait vécu à Auteuil et fréquenté Versailles en tant que diplomate. Un homme qui aurait mérité de vivre encore.

Elle préférait ne pas trop réfléchir à la fin de la lettre, à l'urgence, source probable de l'interruption. À ce mot terrible : « incarcération », derrière lequel elle mettait des choses plus effrayantes encore. Dans quelles conditions Dennys avait-il été emprisonné ? Avait-il eu faim ? Soif ? Avait-il été blessé durant sa capture ? L'avait-on... torturé ? Des visions la hantaient depuis que M. de Portal était venu lui remettre en mains propres les deux plis de Paris. Mme de Soulages n'en disait rien dans son courrier. Mais sans doute pourrait-elle répondre à ces questions qui ne la laissaient pas en paix, elle qui s'était tenue aux côtés de Dennys, le jour où...

Ronan, assis à côté d'elle, lui toucha discrètement le bras. Il lui indiquait par ce geste que l'assemblée était suspendue à sa rêverie, et attendait qu'elle en sorte pour poursuivre la discussion. Elle releva la tête, et prit soudain conscience que ses dernières paroles remontaient à plusieurs minutes. Tous s'étaient tus, respectueux de son silence.

— Votre chagrin doit être immense, mademoiselle de Keroual, dit alors le comte de Provence. Quelle perte atroce pour vous ! Lord Gregson était un homme que nous estimions tous pour sa droiture, son intelligence et son humanité.

Ninnen hocha la tête et le gratifia d'un sourire crispé.

Bien sûr, elle était triste. Mais, ce dont elle avait besoin, à cet instant précis et en mémoire de Dennys, c'était d'action.

Non de lire dans les yeux des autres joueurs cet apitoiement sur la pauvre petite chose brisée qu'ils croyaient qu'elle était. Elle brûlait de connaître la décision qui serait prise quant à la suite à donner à l'affaire. Surtout, elle brûlait du désir d'y prendre part. Dennys l'aurait compris. Il aurait même approuvé. C'était pour cela aussi qu'il l'avait appréciée. Ils s'étaient rencontrés ici même, une quinzaine de mois plus tôt.

— Je vous remercie, monsieur le comte. Je vous remercie tous de vos pensées pour lui, mais le temps presse, leur rappela-t-elle. Il est urgent d'envoyer un autre messager auprès de von Wöllner. C'est un conseiller qui a l'oreille de Frédéric-Guillaume II[1]. Il pourra convaincre le roi de ne pas retirer ses troupes de l'armée royale de coalition. Nous devons à Dennys de faire en sorte qu'il n'ait pas disparu pour rien.

Ces derniers mots furent salués d'un bref moment de silence, puis le chevalier Ravenne-Durance reprit la parole :

— Les vues des Russes sur la Pologne se précisent. Ce que Frédéric-Guillaume n'envisage pas d'un bon œil. Il souhaite augmenter le nombre de ses soldats sur ce front. Et comme il ne peut en fabriquer à loisir, il faut bien qu'il les enlève ailleurs !

Sommes-nous bien certains que von Wöllner est toujours pro-coalition ? demanda le marquis de La Voleray. Certaines considérations, outre ce qui se passe du côté de la Pologne, pourraient avoir fait pencher la balance dans l'autre sens, durant ces dernières semaines.

Il poursuivit, après s'être interrompu pour boire une gorgée de vin et demander deux cartes :

— Après tout, vue de la Prusse, la France est loin. Et, comme le souligne le chevalier, des troubles importants

1. Souverain du royaume de Prusse de 1786 à sa mort, en 1797.

se présentent à ses frontières. En outre, qui nous dit qu'il saura convaincre le roi ?

— Frédéric-Guillaume n'a ni l'envergure ni la personnalité de son oncle Frédéric, surnommé à juste titre Frédéric le Grand ! déclara Ronan. C'est un hédoniste, plus enclin à profiter des plaisirs de la vie et de son tout nouveau palais d'été de Postdam qu'à gouverner son pays. Von Wöllner saura le manœuvrer. Son influence sur le souverain est bien réelle, soyez-en assuré, monsieur le marquis. La seule question importante qu'il faut se poser, c'est : est-ce que *nous*, nous saurons manœuvrer von Wöllner ?

Ninnen ne put s'empêcher d'admirer la mâle assurance de son cousin. Dès son arrivée à Londres, quelques semaines plus tôt, elle avait senti à quel point il avait changé. Il y avait en lui quelque chose de nouveau, de puissant, qu'elle ne lui connaissait pas.

— C'est pour cela que Lord Gregson était le candidat idéal, reprit le comte de Provence, en poussant au centre du tapis une petite pile de jetons. Sa carrière dans la diplomatie... Sa connaissance des intrigues de cour... Je relance d'autant ! annonça-t-il assez fort, à la cantonade. Puis, plus bas : Hélas, certains éléments me laissent penser qu'il a été trahi depuis Londres. Suivi, même, puisque comme nous l'a appris Mlle de Keroual, il a changé subitement d'itinéraire, et que c'est en allant se recueillir sur la tombe de sa première épouse qu'il a été arrêté.

L'hypothèse d'une trahison possible les agita tous d'un frémissement de colère. Tandis que des murmures s'élevaient autour de la table, le comte s'interrompit et les dévisagea tour à tour, comme pour s'assurer qu'il avait bien toujours leur attention. Satisfait, il ajouta :

— Aussi nous faut-il agir avec de plus grandes précautions encore, cette fois : un émissaire connu de moi seul et de mon homme de confiance partira pour la Prusse demain, à la première heure. Tout comme Lord Gregson, cet homme aura pour mission de s'entretenir secrètement avec von Wöllner.

— Monsieur le comte, intervint Ninnen, je pensais... J'avais espéré être ce nouvel émissaire... étant donné que j'ai secondé Lord Gregson pour la préparation de cette mission. Par ailleurs, tout le monde s'attend à ce que votre envoyé soit un homme, et un homme proche de vous-même ou de l'état-major de l'armée royaliste. Le choix d'une femme que personne ne connaît pourrait être un atout.

Le comte se leva de sa chaise, contourna la table et vint se poster près d'elle. Elle se tourna à demi pour lui faire face. Il lui prit alors la main, qu'il baisa.

— Mademoiselle, je ne doute pas un instant que votre aimable personne sache opérer sur von Wöllner le charme qu'elle opère sur nous tous, fit-il galamment. Mais la route jusqu'au royaume de Prusse est semée de dangers. Plus encore pour une jeune femme de votre rang et de votre beauté. Ce serait vous faire prendre beaucoup trop de risques !

Ce compliment liminaire qui n'en était pas un, et ce ton bonhomme un brin condescendant, eurent le don d'exaspérer Ninnen. Elle s'apprêtait à lui répondre vertement, tout régent de France autoproclamé qu'il était, tandis que le petit Dauphin languissait à la prison du Temple. Elle se ravisa, estomaquée de le sentir lui entourer les doigts de ses deux mains et de lui glisser un billet. Il était plié si petit qu'il formait presque une boule dure au creux de sa paume.

Lorsqu'il la lâcha, elle fit machinalement disparaître sa main sous la table, afin de camoufler le bout de papier.

Qu'est-ce que...

Désarçonnée, elle déplia son éventail et s'éventa à grands coups, tandis que Mme de Saint-Orgue protestait :

— Partir en mission en Prusse ? Mon Dieu, mademoiselle de Keroual, vous n'y pensiez pas sérieusement ? Ce n'est pas une affaire de femmes. Songez aux brigands ! Aux auberges douteuses ! Et comment auriez-vous communiqué ? Savez-vous donc l'allemand ?

— Madame, lui répondit un peu sèchement Ninnen, vous oubliez qu'on parle français dans toutes les cours d'Europe, et que Voltaire a été un temps l'ami de Frédéric le Grand. En quelle langue croyez-vous qu'ils parlaient ? Mais, rassurez-vous, outre l'anglais, je me débrouille assez bien dans la langue de Werther[1].

— *Chère* mademoiselle, reprit le comte de Provence, en appuyant un peu plus que nécessaire sur « chère », vous nous êtes bien trop précieuse, et nous tenons beaucoup trop à vous pour envisager un seul instant de vous exposer aux aléas d'un tel voyage. Mme de Saint-Orgue a raison…

Ninnen vit l'intéressée se rengorger comme une oie grasse.

— … N'en parlons plus, je vous en prie.

Il accompagna cette fois ses paroles d'un regard insistant. Que devait-elle comprendre ? Qu'il ne fallait pas prendre pour argent comptant ce qu'il venait de lui dire ? Et ce mot ? Qu'était-ce donc ? Un billet galant ou tout autre chose ? Il n'espérait pas la mettre dans son lit ? Tout exilé qu'il était, on murmurait qu'il n'avait pas renoncé pour autant aux prérogatives que s'arrogeaient les grands à la cour : prendre ce qu'il leur plaisait de prendre, sans se soucier de savoir si l'on voulait donner.

Un léger vent de panique s'empara d'elle. S'ils étaient tous des nobles émigrés, ici, à Londres, certains jouissaient de plus de pouvoir que d'autres. Et elle ne faisait pas partie des puissants.

— Ma pauvre enfant ! s'écria soudain tout près d'elle la comtesse du Chassoy, que Ninnen n'avait pas vue traverser la pièce. Ma pauvre enfant ! J'ignorais… On vient seulement

1. Personnage éponyme du roman *Les Souffrances du jeune Werther*, de J.W. von Goethe. Un roman précurseur du romantisme en littérature.

de m'apprendre… Quelle abominable nouvelle ! Quelle tragédie !

Ninnen s'étonna que la vieille dame n'en ait pas entendu parler plus tôt dans l'après-midi. Le sort de Dennys n'avait pourtant pas manqué d'alimenter les conversations. Sa surdité, sans doute…

Une main pressée sur la poitrine, l'autre agitant frénétiquement son éventail, la comtesse en perdait le souffle, titubait.

Ronan se leva aussitôt pour lui céder son siège.

— Madame, permettez-moi…, dit-il, tout en lui prenant le bras avec douceur pour l'aider à s'asseoir. Là… Vous sentez-vous mieux ? Voulez-vous que j'aille vous chercher un verre de limonade ?

— Plaît-il ? fit-elle en tendant l'oreille.

Il répéta, plus fort et en articulant distinctement :

— Souhaitez-vous une limonade ?

— S'il vous plaît, monsieur de Keroual…, répondit-elle en battant coquettement des cils, la perruque de guingois.

Ronan s'inclina gracieusement.

— À votre service, madame.

Elle le suivit des yeux tandis qu'il s'éloignait, et Dennys fut oublié.

Ninnen se surprit aussi à regarder son cousin traverser le salon, admirative de sa démarche souple, de sa haute silhouette élancée. Il disparut bientôt dans l'autre pièce, où se trouvait le buffet de sandwichs et de boissons.

Elle se tourna alors vers la comtesse, dont l'air presque extatique la médusa. Le contraste entre cette expression et l'épaisse couche de fard blanc, que sa peau ridée peinait à retenir et qui menaçait de se détacher par plaques, aurait pu prêter à rire. Il émut plutôt Ninnen, fière de constater, une fois de plus, l'effet que son cousin produisait sur les femmes, quel que soit leur âge.

Cette admiration de la vieille comtesse, ce désir d'obtenir de lui une attention, une parole, elle les avait vus dans bien d'autres regards féminins depuis que Ronan les avaient rejoints à Londres. Sans compter les expressions d'envie, quand on la voyait, elle, à son bras, ou du moins en sa compagnie, bénéficiant de son intérêt et de ses si rares sourires. Car Ronan souriait peu. Son austérité naturelle lui donnait un air farouche particulièrement séduisant, lui qui était déjà bel homme, avec sa grande taille, ses cheveux aussi noirs que ceux d'Anne, sa jumelle, et ses yeux verts aux nuances qui variaient au gré de ses émotions.

Est-ce qu'une cousine était supposée se montrer sensible à ce genre de choses ? se demanda-t-elle soudain. Et pourquoi pas ? On avait des yeux pour voir, n'est-ce pas ?

Ronan s'était transformé durant l'année où ils ne s'étaient pas vus. Ses épaules s'étaient étoffées, bien qu'il n'ait jamais été maigre. Lorsqu'il ne portait pas de veste, elle devinait sa musculature, qui jouait sous sa chemise et son gilet. Mais il n'y avait pas que cela. Pour elle, il serait à jamais ceint d'une aura d'héroïsme, lui qui s'était engagé secrètement dans la cause chouanne, au péril de sa vie. Lui qui les avait aidés, sauvés même, ses parents et elle, lorsqu'ils avaient dû abandonner leur château et fuir la France en pleine nuit.

Il était venu les chercher en barque dans la petite crique au bout des jardins d'Aubin. Il les avait conduits en haute mer à la force de ses bras jusqu'au navire qui les avaient emmenés en Angleterre. Il avait refusé de laisser cela à un autre, de peur qu'ils ne soient dénoncés, rattrapés et emprisonnés. Il s'était démené, il avait pris des risques pour eux.

Comme il réapparaissait à l'entrée du salon, elle l'enveloppa d'un regard plein de tendresse. Elle nota aussi le coup d'œil appréciateur de Mme de Saint-Orgue sur lui. Il avança jusqu'à la table d'un pas sûr, puis posa le verre devant la comtesse du Chassoy, qui le remercia avec une chaleur à la fois drôle et touchante. Si elle n'avait pas eu tant de fard sur le visage, Ninnen était certaine qu'elle l'aurait vue rosir comme une jeune fille à son premier bal.

Son irruption avait marqué la fin de la réunion, mais le principal avait été dit. La partie de cartes-prétexte prit fin également, et ils se lancèrent dans une discussion plus anodine. Il fut bientôt question d'un bal que Lady Southday, l'une des femmes les plus en vue de Londres, donnerait pour les dix-huit ans de sa fille aînée, et les spéculations allèrent bon train sur les partis qui se présenteraient à la jeune fille.

Une conversation qui ennuyait Ninnen, ce que Ronan nota rapidement.

— Tu parais lasse, Ninnen. Veux-tu que je te raccompagne à Crescent Court ? demanda-t-il, venant à son aide comme souvent, ces derniers temps.

Elle s'empressa d'acquiescer, tandis qu'on l'enveloppait de regards miséricordieux, ce qui lui donna plus encore envie de fuir !

Ils arrêtèrent un fiacre dans la rue et rentrèrent en silence à Crescent Court, où ils habitaient.

Ninnen avait glissé le billet du comte dans son réticule. Elle n'avait pas encore décidé si elle en parlerait ou non à son cousin. Cela dépendrait de son contenu.

2

Crescent Court, 31 juillet

— Bonjour, mademoiselle ! Voici votre thé. Vous le prendrez au lit ?

— Bonjour, Suzon. Non, pose-le sur la petite table, s'il te plaît.

Tandis que Suzon, la seule de leurs domestiques qui les avait suivis en Angleterre, posait le plateau près de la fenêtre, puis ouvrait les lourds rideaux, Ninnen se redressa et s'adossa à ses oreillers. Un flot de lumière dorée fit aussitôt irruption dans la chambre. Il réveilla les couleurs de l'indienne tendue sur les murs, fit chatoyer la coiffeuse en bois de citronnier, briller le cartel de bronze et les chandeliers sur la cheminée.

Ninnen s'étira, défit sa longue tresse et se passa les doigts dans les cheveux pour leur redonner du gonflant et les aérer. Porter le deuil l'obligeait à retenir plus que jamais ses boucles flamboyantes en des chignons serrés, sans fantaisie. Dennys aurait certainement détesté la voir en noir.

Elle poussa un long soupir. Non pour les robes claires, les mousselines légères qui lui étaient interdites cet été-là, ni pour les coiffures originales que Suzon inventait pour elle, mais pour le rire de Dennys qui ne ferait plus jamais écho au sien. Si elle avait su… Dennys aurait pu emporter dans la tombe l'espoir d'être aimé d'amour, lui aussi. Elle aurait consenti à lui mentir un peu. Seulement, elle ne voulait pas que leurs relations de couple marié s'établissent sur des faux-semblants. Lui non plus ne le souhaitait pas. Pourtant…

— Quelque chose ne va pas, mademoiselle ? demanda Suzon, tout en s'appliquant à verser le thé dans la tasse et à reposer délicatement la théière sur le plateau. Vous auriez préféré du café, ce matin ? Ou un verre de lait ?

— Non. Tout va bien. Enfin, autant que possible, étant donné les circonstances.

Suzon lui jeta un regard plein de commisération. Ninnen la rassura d'un sourire. La jeune fille avait été sa femme de chambre au château d'Aubin. Une petite personne vive et spontanée, qui ne savait pas toujours se tenir à sa place, et disait les choses comme elle les pensait, quel que soit son interlocuteur. Cette attitude lui avait valu plusieurs renvois, avant d'entrer au service de la famille. Ninnen trouvait ce trait de caractère intéressant, au contraire.

Ici, Suzon travaillait surtout comme bonne à tout faire, et donnait parfois un coup de main à la cuisinière anglaise qu'ils avaient embauchée sur place. Toutes deux représentaient leur seule domesticité. Ils n'avaient plus de chevaux ni d'attelage. Mais les choses allaient bientôt changer.

— Vous avez encore besoin de moi, mademoiselle ?

— Pas pour le moment, merci.

Ninnen quitta son lit et s'approcha de la fenêtre. De l'autre côté de la rue déjà bien animée, le vert des frondaisons de Kensington Gardens lui donna, comme souvent, la nostalgie des jardins du château d'Aubin. Malo Jakez, l'homme que sa cousine aimait et qu'elle avait épousé de façon si romanesque sous les étoiles, sur le gaillard d'un bateau faisant route vers les colonies, en avait été brièvement propriétaire. Peut-être l'était-il encore ? Elle en doutait : que Malo ait choisi son amour pour Anne plutôt que son devoir de républicain mandaté par le gouvernement avait fait de lui un proscrit. Dans ces conditions, le château avait certainement été saisi de nouveau, et déclaré bien national.

— Dans ce cas, je vais aider Mme la comtesse à s'habiller, annonça Suzon.

— Ma mère est déjà réveillée ?

— Oui, mademoiselle.

— Comment a-t-elle dormi ?

— Oh ! bien ! Sûr que Madame dort beaucoup mieux depuis trois jours que...

Elle s'interrompit, rougissant. Ce qui était rare chez elle.

Ninnen compléta d'elle-même.

Depuis trois jours qu'elle nous sait riches à nouveau. Très riches, même...

Mais ses parents et sa femme de chambre pouvaient-ils se réjouir ouvertement d'une situation qui faisait d'elle une veuve avant même d'avoir été mariée ? Prévoyant à l'extrême, merveilleusement bon, Dennys avait réglé par testament, avant même la signature du contrat de mariage, le devenir de sa grande fortune. Il avait fait d'elle sa légataire universelle, les sauvant de la ruine dans laquelle les événements de 1789 et l'émigration les avaient plongés.

Après avoir reçu la visite du notaire de Dennys, trois jours plus tôt, et appris la nouvelle, elle avait mis Suzon dans la confidence, au même titre que Ronan et ses parents. Il lui paraissait juste que la jeune fille profite, elle aussi, de cette extraordinaire générosité, elle qui leur était restée fidèle jusque dans l'exil.

Alors qu'elle s'apprêtait à sortir, Suzon marqua un arrêt devant la porte entrouverte de la garde-robe et jeta un coup d'œil à la magnifique robe de mariée, offerte par Dennys. Depuis que la couturière l'avait livrée à Ninnen, une fois les essayages terminés, elle était restée suspendue, bien en évidence, dans la petite pièce.

Suzon se tourna à demi et regarda Ninnen.

— Qu'est-ce que vous allez en faire, mademoiselle ?

— Que crois-tu que je puisse en faire, maintenant ? répondit-elle. Mme Samuels aura bien dans ses clientes une jeune fiancée heureuse de la porter.

Mme Samuels était la couturière qui avait conçu cette merveille de dentelle, de perles et de soie. Il n'était pas rare que des toilettes commandées pour un tel événement et non portées soient revendues à moindre prix, sans être toutefois considérées de seconde main. Cela permettait à des femmes au budget plus serré que celle à qui la toilette était initialement destinée de se vêtir bien plus somptueusement qu'elles ne l'auraient pu.

— Oh ! non ! Une si belle robe !

— Eh quoi, Suzon ? Penses-tu que je sois heureuse de la voir accrochée là, alors que je ne la porterai jamais, et que le pauvre Lord Gregson...

Elle n'acheva pas. À la vérité, elle songeait « pauvre de moi » autant que « pauvre Dennys ».

Elle prit place dans la bergère, tandis que Suzon quittait la pièce, et commença à boire son thé à petites gorgées. Elle dut faire un très gros effort pour ne pas s'apitoyer sur son sort d'éternelle promise à qui la mort volait ses futurs époux. Jean de Villiers-Bompan, le gentil fiancé de ses dix-sept ans, enseigne de navire, emporté par une fièvre tropicale lors de son premier grand voyage en mer. Et, presque douze ans plus tard, Dennys...

Ses premières fiançailles, elle les avait vécues comme un très joli rêve d'été. Ce jour-là, un dimanche de juillet, le soleil resplendissait sur les jardins du château. La vaste roseraie embaumait jusque sous l'ombre des arbres. On lui avait confectionné une robe de mousseline vert pâle, brodée de délicates pâquerettes crème. Sa taille était marquée de plusieurs rubans ton sur ton, dont les extrémités voletaient derrière elle lorsqu'elle se déplaçait. Elle portait de longs gants, crème également, et des escarpins de soie d'un tendre vert sauge, ornés d'arabesques d'un vert plus soutenu. Une cascade de roses thé épousait le mouvement de ses boucles lâchées.

Elle n'avait pas choisi Jean, mais ne s'était pas révoltée non plus que ses parents décident pour elle, à l'époque. C'était ainsi que les choses se passaient dans l'aristocratie, et le timide et discret Jean lui laissait entrevoir un avenir d'épouse des plus libre.

De même que Dennys, qu'elle avait choisi, cette fois. Il l'aurait laissée tout aussi libre, au sein d'une union de raison, faite de connivence intellectuelle et de respect mutuel. Il n'y avait pas eu de fête de fiançailles. Mais Dennys voulait un mariage fastueux, peut-être pour lui faire oublier l'exil et la ruine de ses parents, ou ses premières fiançailles, tragiquement interrompues par le décès de Jean. Il avait insisté pour qu'elle fasse appel à l'une des meilleures couturières de Londres pour sa toilette.

Elle se leva et se dirigea vers la garde-robe. Du bout des doigts, elle toucha le tissu soyeux, les broderies de perles de la jupe, la fine dentelle de Bruxelles du corsage, le voile vaporeux... Elle aurait été rayonnante, dedans. Suzon lui aurait fait une coiffure très élaborée, voire extravagante, piquant dans sa chevelure les roses en soie blanche qui reposaient dans un coffret de bois, sur l'une des étagères. Dennys souhaitait qu'elle porte des bijoux ayant appartenu à sa mère. Des boucles d'oreilles ainsi qu'une aigrette en argent et cristal de roche. Un collier de diamants monté sur argent.

Un autre rêve envolé...

Allons ! À quoi bon ressasser tout cela ? Que pouvait-on

contre un destin qui s'acharnait ? À presque vingt-neuf ans, elle devait affronter la réalité : elle n'aurait pas de troisième demande en mariage. Elle resterait vieille fille, et ne connaîtrait jamais les caresses d'un homme. Mais elle serait une vieille fille *riche et libre*, grâce à Dennys. Contrairement à bien des femmes de son âge, condamnées à vivre aux crochets de leurs parents ou de leur fratrie, faute de revenus suffisants, ou de la volonté de se débrouiller seules.

Dennys n'avait pas d'enfants, plus de parents, et deux frères aussi fortunés que lui. Il lui avait tout donné : Criscraw Mansion, son hôtel particulier de Londres, son château dans le Devonshire, ainsi que l'ensemble des meubles, tableaux, tapisseries, linge, vaisselle, bibelots contenus dans ces deux endroits. Il lui avait aussi légué une très belle somme d'argent.

Lorsque les formalités seraient terminées et qu'elle en aurait la pleine possession, elle installerait ses parents dans l'hôtel particulier, afin qu'ils retrouvent un train de vie digne du comte et de la comtesse qu'ils étaient. Suzon serait gratifiée d'une bonne rente, en récompense de sa fidélité. De quoi retourner en France pour s'établir si elle le souhaitait, plus tard, lorsque la situation politique serait plus stable.

Mais il n'était pas encore tout à fait temps de songer à cela. Les démarches étaient en cours et prendraient des semaines. En revanche, il était urgent qu'elle discute d'un point important avec Ronan : le billet du comte de Provence.

Elle s'habilla sans aide – la mode anglaise, avec ses robes sans paniers ni tournures, était bien plus pratique que la mode française –, et alla dans la salle à manger, espérant trouver son cousin à la table du déjeuner[1].

1. Au XVIIIe siècle, le premier repas du matin était le déjeuner (littéralement : rompre le jeûne). Le repas de milieu de journée était le dîner. Et, le soir, on soupait.

— Bonjour !

Ronan releva la tête du journal dont il parcourait les gros titres tout en sirotant son café. Devant lui, son assiette de *scrambled eggs, fried sausages, baked beans & mushrooms* refroidissait. Mrs Coolidge, la cuisinière anglaise de son oncle et sa tante, s'obstinait à la lui garnir copieusement tous les matins. Il lui avait pourtant indiqué plusieurs fois qu'il préférait déjeuner à la française de toasts beurrés à la confiture ou à la marmelade. Et, tous les matins aussi, il affrontait le regard outré et les lèvres pincées de la brave femme, lorsqu'elle venait débarrasser, et remportait son assiette inentamée.

— Bonjour, Ninnen !

Si elle était déjà vêtue de noir, elle ne s'était pas encore coiffée, et ses longues boucles rousses caracolaient, libres et souples, jusqu'à sa taille. Il avait beau connaître de longue date cette chevelure magnifique – Ninnen portait les cheveux très longs depuis l'enfance –, il n'en était pas moins fasciné chaque fois qu'il la voyait ainsi. Cette masse soyeuse et fluide comme une eau vive lui donnait l'envie d'y enfouir les mains avec gourmandise.

Ce qui était tout à fait incongru, naturellement…

— Tu es seul ? demanda-t-elle en jetant un coup d'œil dans la pièce, puis par la porte entrebâillée de l'office.

Il lui fit signe que oui.

— Ta mère a demandé qu'on lui apporte un plateau dans sa chambre, précisa-t-il, et ton père vient de terminer. Je crois qu'il est dans la bibliothèque.

Elle vint s'asseoir en face de lui, et tira de la manche de son casaquin un bout de papier plié, qu'elle lui tendit.

— Lis !

Comme il l'interrogeait du regard, elle désigna le mot du menton, et insista :

— Lis d'abord.

Il s'exécuta.

Mademoiselle,

Il me faut discuter avec vous d'un point de la dernière importance, en lien avec la mission dont Lord Gregson avait été chargé. Point que je ne veux pas porter à la connaissance des autres membres de notre groupe.

Je vous attends demain, 31 juillet, en mon hôtel de Westminster, à 22 h 30.

Gardez le plus grand secret sur ce rendez-vous, et présentez-vous à la porte de service, encapuchonnée. Pardonnez cette entrée indigne de la fille d'un comte, mais vous en comprendrez la nécessité lorsque nous nous verrons.

Recevez, mademoiselle, l'assurance de mon plus grand respect,

LSX de F

— Louis-Stanislas-Xavier de France ? Le comte de Provence ?

Elle acquiesça d'un hochement de tête.

— Il m'a remis ce mot hier, chez la comtesse du Chassoy. Qu'est-ce que tu en penses ?

— Que c'est particulièrement comminatoire ! répondit Ronan. Se prend-il déjà pour le roi de France ?

— Le ton est impérieux, en effet, mais... Ce que je voulais dire c'est : est-ce que tu penses que je dois y aller ?

Elle le fixait de ses yeux de ce bleu tirant sur le mauve si particulier, qui lui rappelait les tapis de pervenches, dans les jardins d'Aubin. Sa tante ne voulait que cette espèce-là dans certains de ses parterres, au printemps. Peut-être parce qu'elle lui rappelait si justement le regard de sa fille unique.

— Que pourrait-il t'apprendre que tu ne sais déjà ? demanda-t-il.

— Il a parlé de trahison, hier. J'imagine qu'il en connaît plus long qu'il ne l'a dit, et qu'il estime me devoir la vérité.

— C'est une hypothèse...

— Ou alors...

Elle détourna la tête et la pencha légèrement. Un rayon de soleil matinal éclairait de biais l'arrondi délicat de sa mâchoire et la pluie de taches de rousseur sur sa pommette. Elle ressemblait étonnamment à sa mère. Elle n'avait rien des de Keroual, contrairement à Anne et lui, ainsi que Yaël, leur cadet, même s'il avait hérité de la blondeur de leur propre mère.

Deux ou trois minutes passèrent. Elle semblait perdue dans ses pensées, bien loin de cette salle à manger, et il n'osa pas briser le silence. Elle faisait la brave, il le voyait bien, depuis l'annonce de la mort de Dennys. Elle s'était montrée constructive et volontaire, la veille, pendant la réunion. Elle avait accueilli avec courage et dignité le flot des condoléances. D'autres se seraient effondrées sous le poids du chagrin. Pas elle, même si, parfois, comme en ce moment, la douleur semblait la rattraper et l'absorber toute.

Il n'avait pas eu l'occasion de rencontrer Dennys Hasbury, déjà parti en mission lorsqu'il était arrivé à Londres, mais cet homme aurait été chanceux d'avoir une telle épouse.

— Ou alors rien... Tu viendras avec moi, Ronan ? demanda-t-elle en émiettant de l'ongle du pouce le coin d'un toast sur le présentoir. Je ne veux pas y aller seule, mais si le comte a d'autres informations concernant Dennys et son emprisonnement, je veux les connaître !

Il allongea le bras par-dessus la table, et sa main alla chercher la sienne. Une petite main chaude et douce, qu'il enveloppa de ses doigts en un geste de réconfort.

— Bien sûr, Ninnen, tout ce que tu voudras.

Il était sincère. En cet instant, il était prêt à la suivre dans toutes ses initiatives. En protecteur. Pour s'assurer qu'il ne lui arriverait rien de fâcheux. Rien qui pourrait la blesser davantage. Elle avait déjà été si éprouvée !

3

Hôtel particulier du comte de Provence

La demie de 22 heures sonnait tout juste au clocher de l'abbaye, lorsque le cab passa au pas devant l'hôtel particulier du comte de Provence, dans le luxueux quartier de Westminster.

Ninnen observa par la vitre l'imposante bâtisse à la façade claire, ornée de pilastres. Les hautes fenêtres à carreaux du premier étage, largement éclairées, découpaient des carrés de lumière sur la chaussée pavée. Tout était calme dans la rue. La plupart des rideaux des maisons étaient fermés. Sauf une, peu après celle du comte : par une croisée entrouverte s'échappait une mélodie au piano. Ninnen reconnut la *Marche turque* de Mozart, qu'elle parviendrait certainement à jouer au bon rythme, un jour, lorsqu'elle aurait non plus cinq, mais dix doigts à chaque main. Ce qui semblait le cas du ou de la pianiste qu'elle entendait.

Comme le comte de Provence avait suggéré une entrée discrète par la porte de service, Ronan avait prudemment demandé au cocher de s'arrêter plus loin. Toujours dans l'idée de la plus grande discrétion, Ninnen releva le capuchon de sa mante, afin de dissimuler son visage. Ronan, le tricorne penché sur l'œil, descendit de la voiture et régla la course. Puis il revint à la portière pour aider Ninnen à descendre à son tour.

Ils avancèrent sans un mot dans la ruelle qui longeait l'un des côtés de l'hôtel particulier. Une légère brise leur apportait par intermittence le parfum sucré d'un jasmin, qui provenait sans doute du jardin à l'arrière du bâtiment.

Un homme leur ouvrit à peine eurent-ils frappé, signe qu'il avait attendu leur arrivée derrière la porte. Ninnen reconnut Robert Val d'Essart, un proche conseiller du comte. Il les fit entrer, vérifiant derrière eux qu'il n'y avait personne d'autre dans la ruelle. Puis il les conduisit par un escalier étroit et dépouillé d'ornement – l'escalier des domestiques – jusqu'au premier étage, dans la bibliothèque de leur hôte.

Le comte de Provence se leva du fauteuil dans lequel il était installé pour s'avancer à leur rencontre. Il eut l'air si contrarié, en constatant qu'elle s'était fait accompagner, que Ninnen pensa ses craintes fondées : il l'avait attirée chez lui pas tant pour lui parler de Dennys, que dans un dessein beaucoup moins avouable.

Cette éventualité la glaça. Ronan dut le sentir, car il se rapprocha d'elle. Comme bien souvent ces dernières semaines, et plus encore ces derniers jours, elle sentit aussitôt le bienfait de sa proximité. Il la dominait de la tête et des épaules, calme et sûr de lui, et quelque chose de très doux, d'apaisant, sembla alors couler en elle.

— Monsieur le comte, salua-t-elle, imitée par Ronan.

— Mademoiselle de Keroual, monsieur de Keroual. Merci d'être là. Venez, je vous en prie…

Il les entraîna vers une ottomane et deux fauteuils, où tous trois prirent place, ainsi que Robert Val d'Essart. La pièce n'était pas très grande. Des bibliothèques vitrées, peintes en jaune très clair, en faisaient le tour, offrant au regard leurs rayons garnis de livres. Il devait faire bon s'y tenir et y lire, l'hiver, lorsque la cheminée était allumée, songea Ninnen.

— Avant toute chose, reprit le comte en s'adressant à eux, veuillez pardonner cette arrivée indigne de votre rang. Mais, comme vous l'avez compris, le secret est de mise pour cette entrevue.

— De quoi s'agit-il ? demanda Ninnen. Auriez-vous des informations que j'ignore à propos de Lord Gregson ?

— Malheureusement rien de plus que ce que vous-même avez appris, j'en ai peur, mademoiselle. Et si j'ai attendu la tombée de la nuit pour l'heure de ce rendez-vous, c'est que Londres pullule d'agents et d'espions à la solde des républicains. On ne devait pas vous reconnaître, entrant chez moi. On murmure que Robespierre aurait été guillotiné à Paris, voici trois jours, mais je préfère en attendre la confirmation pour m'en réjouir. De toute manière, la Convention n'a certainement pas rappelé ses hommes de l'ombre pour autant.

— Si Robespierre est bel et bien mort, la curée va commencer au sein du gouvernement ! commenta Ronan.

— C'est pour cela que la coalition doit plus que jamais demeurer active et vigilante ! Comme vous le dites fort justement, monsieur de Keroual, on peut s'attendre à une période de désordre et de luttes intestines chez les républicains. Ce pourrait être la brèche dont nous aurions tort de ne pas profiter. Le maintien des troupes prussiennes dans l'armée royaliste n'en est que plus nécessaire.

— Vous y avez pourvu, en envoyant à la cour de Prusse un second messager, souligna Ninnen. Et puisque vous n'avez rien de nouveau à m'apprendre à propos de ce qui est arrivé à feu mon fiancé, monsieur, je ne comprends pas bien l'objet de cette entrevue.

— J'y viens, mademoiselle, j'y viens. Val d'Essart et moi-même avons de bonnes raisons de penser que Lord Gregson a été dénoncé auprès du Comité de sûreté générale. Qu'il a même été suivi pas à pas depuis l'Angleterre, comme je l'ai indiqué hier soir à la réunion. Nous avons donc pris davantage de précautions en ce qui concerne l'identité de notre nouvel envoyé. Mais les canaux officiels et officieux qu'il empruntera ne seront guère différents de ceux pris par Lord Gregson. Rien ne nous garantit qu'il ne sera pas trahi et arrêté, lui aussi. C'est pourquoi nous pensons que quelqu'un d'autre encore doit partir pour la Prusse, conclut-il en la fixant longuement dans les yeux.

— Quelqu'un d'autre ? répéta machinalement Ninnen, tandis que son esprit échafaudait déjà une hypothèse à laquelle elle n'osait croire.

Cette autre personne… Était-il possible que le comte de Provence pense à… elle ? Dire qu'elle lui avait prêté l'intention de la séduire !

Au temps pour moi !

— Hier soir, vous avez fait une remarque très pertinente, reprit-il. Vous avez dit que personne ne s'attendrait à ce qu'une telle mission soit confiée à une femme, inconnue des cercles diplomatiques ou de l'état-major de l'armée royaliste. C'est aussi mon avis. Et c'est pourquoi je vous propose d'être la pièce plus secrète que secrète de mon échiquier.

— Mais alors, votre réponse, votre refus si ferme…

— Il était uniquement destiné à tromper des oreilles indiscrètes, s'il s'en trouvait à proximité ! Vous me pardonnerez mon apparente condescendance.

— C'est beaucoup trop dangereux, Ninnen ! protesta Ronan.

Elle secoua la tête et lui fit un petit signe de la main, le temps que les battements de son cœur, qui s'étaient soudain accélérés, se calment un peu. Le comte lui proposait une mission ? Ce qu'elle espérait au plus profond d'elle ?

— Permettez-moi de terminer mon exposé, monsieur de

Keroual. Puis nous examinerons ensemble les objections ou les difficultés. Il ne s'agira pas, cette fois, d'entrer en contact avec von Wöllner, cible trop attendue pour les espions de la République qui ne manquent pas de graviter dans les cours d'Europe. Mais avec Wilhelmine Enke[1]... La Pompadour du royaume de Prusse. Favorite de Frédéric-Guillaume II, mère de cinq bâtards royaux, elle fait la pluie et le beau temps à la cour depuis plus de vingt ans.

— Et comment pourrai-je approcher cette femme, qui a, si je vous ai bien compris, plus de pouvoir que la reine de Prusse elle-même ? demanda Ninnen, dont l'excitation était croissante.

Ronan la fixait, en proie à une agitation grandissante, lui aussi, mais une agitation d'une autre nature que la sienne. Il était rongé d'inquiétude pour elle. Cela se lisait sur son visage.

— Ninnen..., commença-t-il.

— Monsieur de Keroual, l'interrompit le comte, la suite sera, je pense, de nature à vous rassurer.

— J'en doute ! lâcha Ronan.

— Cette approche va demander un peu de temps. Il faudra vous fondre dans le paysage, tout en assistant à des manifestations au cours desquelles votre but sera de vous faire remarquer de la favorite par des interventions aussi éloignées que possible de la politique et des armées. L'objectif est qu'elle vous invite dans son cercle plus étroit, et que vous ayez l'opportunité de discuter avec elle en privé.

— Éviter les soupçons en ayant l'air aussi futile que possible, en somme ? résuma Ninnen.

— Non, vous ne le pourrez pas, répondit galamment le comte. Vous êtes trop cultivée pour cela. Et c'est sur votre esprit

1. Wilhelmine Enke (1753-1820), qui sera secrètement faite comtesse de Lichtenau en 1794, restera la favorite du souverain jusqu'à la mort de ce dernier, en 1797.

et votre culture que je compte, justement. Wilhelmine Enke est friande de ce qui a fait la splendeur de la France durant ce siècle : ses philosophes, ses écrivains, ses dramaturges, ses artistes... Elle sera contente d'en parler avec vous. C'est également une femme assez moderne dans ses convictions, comme vous l'êtes, ma chère. C'est donc aussi un peu pour cela que mon envoyé doit être, auprès d'elle, *une* envoyée. Une femme aura avec une autre femme des conversations, une entente qu'elle n'aurait pas avec un homme. Je ne doute pas que vous saurez rapidement vous faire apprécier d'elle, et vous ménager des moments de discussion en tête à tête propices à nos intérêts.

— Voilà qui m'éclaire sur un point, et non des moindres, monsieur le comte, reprit Ninnen, mais pas sur la manière dont je vais approcher cette grande dame. Je ne peux pas simplement frapper à sa porte, moi, une inconnue !

— Le roi sera à Postdam, au Marmor Palais, le palais d'été, pour quelques mois encore, déclara alors Robert Val d'Essart, qui s'était tu jusque-là, laissant la parole au comte. Vous serez reçue et hébergée, sous un nom d'emprunt, par un ancien membre du corps diplomatique français qui vit là-bas. Un homme qui a notre confiance. Vous y serez accueillie pour une tout autre raison que l'objet réel de votre mission, naturellement.

— Et, pour rassurer monsieur de Keroual, reprit le comte avec un signe de tête en direction de l'intéressé, M. Val d'Essart, à qui vous pourrez vous fier en tout, vous accompagnera, sous fausse identité lui aussi.

— Monsieur, s'empressa d'intervenir Ronan, je revendique la possibilité de veiller sur ma cousine moi-même, et d'avoir l'honneur de servir la royauté !

Il avait mis dans sa demande toute la politesse d'usage, mais son empressement fit chaud au cœur à Ninnen. Elle n'aurait su expliquer pourquoi, mais elle aimait l'idée qu'il soit ainsi son chevalier servant, qu'il ait le souci de son bien-être et de sa sécurité.

Le comte de Provence le considéra avec intérêt.

— Je n'ignore rien de vos activités en Bretagne, monsieur. J'ai ici, à Londres, un ami cher qui vous doit, ainsi que toute sa famille, son passage en Angleterre et d'avoir, grâce à vous, conservé la tête sur les épaules. Mais M. Val d'Essart, plus rompu que vous aux arcanes de l...

— Mon acceptation sera à la condition que mon cousin m'accompagne, monsieur le comte, déclara Ninnen avec une assurance qui ne convenait guère, lorsque l'on s'adressait à cet homme.

Il deviendrait en effet le régent de France, si les armées de la contre-révolution parvenaient à vaincre les troupes de la République, et à marcher sur Paris.

Un silence légèrement tendu flotta dans l'air. Val d'Essart lui jeta un regard mauvais, tandis que Ronan avait du mal à dissimuler un petit sourire.

— Monsieur, reprit-elle d'une voix moins assertive, mon cousin et moi avons quasiment grandi ensemble. Notre connaissance l'un de l'autre, notre complicité qui remonte à l'enfance font que nous nous comprenons à demi-mot... Tout comme je représente un atout parce que je suis une femme, la familiarité de nos relations pourrait en être un également.

Le comte parut réfléchir.

— La familiarité..., répéta-t-il. Oui... Cela me donne une idée. Meilleure que le projet initial. Je dois encore y réfléchir un peu. Monsieur de Keroual, c'est entendu, c'est vous qui accompagnerez votre cousine. Val d'Essart vous retrouvera demain dans l'après-midi pour vous fournir des instructions précises et de quoi financer vos déplacements. Il vous remettra également quelques lettres importantes, destinées à vous présenter et à garantir vos correspondants de la légitimité de votre démarche.

— Très bien, dit Ronan.

Puis, se tournant vers Val d'Essart, il demanda :

— Où et à quelle heure nous retrouverons-nous, monsieur ?

— À 16 heures, dans Hyde Park. Au départ de Rotten Row, l'allée cavalière. Nous nous mêlerons aux autres promeneurs à cheval. Quelquefois, la meilleure façon de se cacher, c'est de se montrer au grand jour !

— Et maintenant, nous voilà contraints de louer des chevaux de selle ! déclara Ronan, navré, tout en aidant Ninnen à monter dans le cab qu'il venait d'arrêter au coin de la rue, puis en y prenant place à son tour.

Il indiqua ensuite au cocher, par la vitre baissée :

— Crescent Court, South Kensington, je vous prie !

— Eh oui..., commenta Ninnen. Le comte de Provence et Val d'Essart semblent oublier que nombre d'émigrés de Londres ont été véritablement dépouillés de toutes leurs possessions, sans investissements dans des banques étrangères qui leur permettent de mener un train de régent !

Elle s'interrompit un instant, occupée à arranger ses jupes autour d'elle, sur la banquette. Puis, les mains sagement posées sur les genoux, elle reprit :

— Heureusement que depuis tous ces mois, mes parents ont pu bénéficier de l'aide financière d'un cousin de ma mère... Mais, bientôt, nous pourrons nous acquitter de notre dette envers lui, même s'il ne le voit pas ainsi, bien entendu.

Ronan distinguait assez mal le visage de sa cousine, que la lanterne extérieure du cab, juste au-dessus de la portière, éclairait partiellement et de biais. Mais il lui sembla qu'un voile de tristesse lui obscurcissait le regard, à l'évocation du testament de Lord Gregson. Nul doute qu'elle aurait mille fois préféré son fiancé en vie à cette richesse impensable qui lui échoyait, hors de tout lien marital ou parental.

Elle avait dû être très amoureuse de lui.

Ils n'avaient que peu évoqué son histoire avec Lord Gregson. S'ils avaient toujours abordé librement tout un tas de sujets, celui des affaires de cœur avait jusque-là été évité. Parce que, bien que cousins, il était un homme et elle, une femme. Il y a des choses dont on ne parle pas... Il aurait en revanche mis sa main à couper que c'était tout à fait le genre de confidences qu'Anne et Ninnen échangeaient, une dizaine d'années auparavant.

Il les revoyait s'échapper en pouffant au fond de la grande allée arborée des jardins d'Aubin, ou sur le banc du jardin plus modeste de Keroual, à côté de l'échauguette. Elles refusaient que Yaël ou lui-même les suivent. À Keroual, Urielle, la sœur de lait d'Anne, était également de la confidence. À cette époque, lui n'était intéressé que par les chevaux, et passait le plus clair de son temps dans les écuries – qui faisaient à juste titre la fierté de son père –, ou en chevauchées sur son pur-sang.

Ninnen paraissait si absorbée ! À quoi pensait-elle ? Quels souvenirs remontaient ? Ceux de conversations avec Dennys ? De promenades ? De... baisers ? Plus encore, peut-être ?

Cette idée le mit mal à l'aise. Qu'est-ce qui lui prenait de songer à cela, bon sang ? C'était tout à fait inapproprié ! Quel qu'ait été le degré d'intimité de Ninnen avec son fiancé, cela ne le regardait pas !

N'osant déranger sa rêverie, il tourna la tête vers la vitre et regarda défiler les maisons à la lueur des réverbères, afin de se distraire.

— Pour répondre à la question des chevaux et de notre rendez-vous à Hyde Park, nous pourrions peut-être utiliser ceux de Dennys, reprit-elle aussi brusquement qu'elle s'était tue. J'imagine que ce ne serait pas déplacé. Même si la succession n'a pas été entièrement formalisée, j'en suis la nouvelle propriétaire, après tout. Dennys ne cessait d'ailleurs de m'inviter à me comporter en maîtresse de maison, à Criscraw Mansion. Chose à laquelle je me suis refusée, bien entendu. Pas tant que nous n'étions pas mariés. Même si Pettyjohn, le majordome, et Mrs Fawkes, la gouvernante, avaient pris l'habitude de me consulter sur à peu près tout, depuis l'annonce de nos fiançailles.

Il la fixa, admiratif de son à-propos et de sa force de caractère. Puis il comprit soudain que l'énergie qu'elle mettait à vouloir poursuivre la mission était sa manière de vivre son amour pour Lord Gregson au-delà de la séparation. D'autres faisaient dire des messes commémoratives, ou posaient des brassées de fleurs sur une tombe. Ninnen, elle, agissait !

Une fois encore, une contrariété diffuse le saisit, sans qu'il parvienne à déterminer avec précision ce qui l'avait occasionnée. L'idée du danger qu'elle pourrait rencontrer au cours de ce voyage en Prusse, peut-être ? L'inquiétude, chez lui, de ne pas réussir à la protéger suffisamment, si une nouvelle épreuve, un péril, se présentait à elle ?

— Nigelle m'appartient déjà, enchaîna-t-elle sans même lui laisser l'opportunité de placer un mot. C'est une jument cremello que Dennys m'a offerte pour nos fiançailles. Je n'ai pas encore eu l'occasion de te la présenter. Toi qui aimes tant les chevaux, les écuries de Criscraw Mansion vont t'enchanter ! Je pense à un grand selle fauve qui te conviendra tout à fait.

— Pas celui de Lord Gregson, tout de même ? demanda-t-il avec plus de brusquerie qu'il ne l'aurait voulu.

Elle parut surprise de sa réaction, mais certainement pas autant que lui.

— Je veux dire..., reprit-il d'une voix plus mesurée, que ça me gênerait beaucoup de... J'aurais l'impression de...

— Ce n'est pas à Thunder que je songeais, dit-elle, le sortant d'embarras, mais à Hidalgo, un très bel andalou.

— Oh ! parfait, répondit-il platement, tandis qu'elle retombait dans son mutisme.

Duquel elle ressortit deux minutes plus tard.

— Je n'ai pas envie de rentrer tout de suite. Cette conversation avec le comte… La perspective de ce départ en Prusse… J'en ai la tête à l'envers, Ronan ! Allons manger une glace !

— À cette heure-ci ? Je vois d'ici le tableau… Nous allons tomber dans la file des élégantes qui voudront, tout comme toi, se rafraîchir sans descendre de voiture, en rentrant du théâtre ou de l'opéra.

Il protestait pour la forme. En réalité, l'idée d'un petit détour, pour banal qu'il soit, l'enchantait.

— Mais c'est précisément ce que je veux ! lui répondit-elle avec un geste tout à fait charmant de la main. M'étourdir d'agitation, du spectacle de la rue ! J'ai eu si peu de distractions, ces derniers temps…

— En ce cas, tes désirs sont des ordres ! Où allons-nous, précisément ?

— Au Caffè Battaglia, dans Broad Street.

Il frappa au plafond de l'habitacle pour attirer l'attention du cocher et cria :

— Ce sera Broad Street, finalement. Caffè Battaglia !

Il n'y avait bien qu'avec Ronan qu'elle pouvait se permettre cela. Cette fantaisie en aurait choqué plus d'un. Elle espérait bien ne rencontrer personne de sa connaissance à proximité de l'établissement du *maestro italiano*, mais ce risque ne la détourna pas du projet de cette escapade bien innocente. C'est qu'elle avait vécu si confinée, ces dernières semaines ! Ne se rendant qu'aux mercredis de la comtesse du Chassoy, ou ne sortant que pour se promener avec sa mère, dans Kensington Gardens. Et encore avait-elle évité cette destination, où Dennys l'avait demandée en mariage, depuis qu'il... Quant aux mercredis de jeu, ils n'étaient pas vraiment un loisir.

Si Dennys avait pu la voir, il ne l'aurait pas blâmée. Il ne l'aurait pas voulue prostrée, isolée. « Pensez à moi quelquefois, sans chagrin. J'ai été un homme heureux de vous connaître et de vous côtoyer. » Elle pensait à lui souvent. Avec beaucoup de peine et un grand sentiment d'injustice. C'était un ami formidable, attentionné ; un esprit remarquable. Un homme avec qui elle avait accepté de passer le reste de ses jours. Comment ne pas éprouver un véritable sentiment de perte, même si ce sentiment n'avait rien de comparable à ce qu'elle imaginait être la douleur de perdre l'amour de sa vie ?

— Eh bien, ma chère, tu voulais du monde, te voilà servie !

Ils arrivaient sur Broad Street, et de nombreux cabs et voitures privées stationnaient déjà les uns derrière les autres vers le Caffè Battaglia. Des serveurs couraient de voiture en voiture, des coupes de vermeil à la main, et les tendaient par les vitres baissées. Ils effectuaient à chaque fois des trajets plus longs pour contenter le nombre croissant de clients.

— Et du premier choix, encore, poursuivit Ronan après avoir sorti la tête par l'ouverture pour scruter la rue, et s'être tordu le cou comme un gymnaste de foire. Je ne vois pas moins de cinq blasons sur les portières !

Ninnen éclata de rire. Mon Dieu ! Que cela faisait du bien !

— Tout ce tintouin pour de malheureuses glaces ? s'exclama-t-il.

— *De malheureuses glaces* ? Holà, monsieur, si Ugo Battaglia vous entendait, vous passeriez un mauvais quart d'heure, croyez-moi !

— L'établissement est donc si connu que cela ?

Les lumières de la rue éclairaient suffisamment l'habitacle

pour qu'elle se rende compte que Ronan la regardait, un sourire taquin sur les lèvres. Elle comprit qu'il s'amusait à la provoquer. Elle feignit de ne pas s'en être aperçue et entra dans le jeu.

— Pour ta gouverne, sache qu'*il padrone* ne propose pas moins de quatre-vingts variétés de glaces, comme à la grande époque du Procope – son frère aîné, en quelque sorte, puisque Battaglia a fait ses armes dans le célèbre café de la rue des Fossés-Saint-Germain, à Paris.

— Le Procope ? C'est supposé me dire quelque chose ?

— Fi l'ignorant de Breton ! Le Café Procope a vu défiler entre ses murs tous les beaux esprits du règne de Louis XV et de celui de Louis XVI. C'est là que l'immense entreprise de *L'Encyclopédie* a débuté, au cours d'une discussion entre MM. Diderot et d'Alembert.

Ronan plissa les yeux et se frotta le menton, l'air de réfléchir très fort.

— Hum... *L'Ency*... quoi ?

— Oh !

Elle saisit son réticule posé à côté d'elle sur la banquette et, se penchant vers lui, lui en donna un léger coup sur le bras dans un nouvel éclat de rire.

Il saisit aussitôt sa main libre entre ses doigts chauds, chercha son regard et, sérieux tout à coup, déclara :

— C'est si bon de t'entendre rire, Ninnen ! Je te retrouve enfin !

Le geste et la remarque la troublèrent. Une douce chaleur lui envahit les joues, sans doute parce qu'ils la renvoyaient à une époque d'insouciance, là-bas, près du cap Fréhel. Une époque où rien encore n'était venu briser ses certitudes, la vie facile et heureuse qu'elle menait alors.

— Et pour vous ça s'ra quoi, m'sieur-dam' ?

Une petite serveuse, le bonnet de travers et la figure très rouge, passablement essoufflée à force de courir en tous sens, avança la tête par la vitre baissée. Ninnen sursauta et retira prestement sa main. Ronan se jeta au fond de la banquette.

Comme si nous venions d'être pris en faute, songea-t-elle, un peu déroutée.

— Une glace rose et pistache, dit-elle alors sans hésiter.

Elle avait beaucoup entendu parler de cette association, aux mercredis de la comtesse.

— Euh..., dit Ronan à son tour.

— Café, citron, menthe ? suggéra-t-elle. Un mélange audacieux. Mais M. Battaglia fait, si j'ose dire, feu de tout bois avec ses glaces. Une gageure à certains égards... Je ne te recommande pas la framboise relevée de noix de muscade. Sauf si tu as le palais vraiment aventureux.

— Alors, m'sieur ? s'impatienta la jeune fille.

— Café, citron, menthe, répondit Ronan.

La serveuse détala au galop, attrapant au passage une coupe vide, qu'une main gantée tendait à l'extérieur, deux cabs devant le leur.

Tandis qu'ils patientaient, ils reparlèrent à mots couverts de la mission qui les attendait. Curieusement, Ninnen eut l'impression de repartir des années et des années en arrière, au temps de leur complicité d'autrefois. Au temps d'une enfance qu'ils avaient partagée à quatre, dans une belle région battue par les vents du large et bercée par le chant de la mer.

C'est à peine s'ils virent passer l'heure suivante, tout à leur future aventure prussienne et leur dégustation.

Quand ils rentrèrent enfin à Crescent Court, Ninnen était dans un tel état, une telle fièvre, qu'elle eut le plus grand mal à trouver le sommeil.

4

Hyde Park, 1er août

— Il est assez troublant de constater à quel point cette allée et ses promeneurs évoquent le bois de Vincennes, depuis que feu le roi Louis XV l'a fait ouvrir au public…, fit remarquer Ronan.

Ils venaient d'arriver dans Hyde Park. Ninnen, en tenue d'amazone noire, ses cheveux rassemblés en une tresse interminable qui rebondissait souplement dans son dos, avait fière allure sur Nigelle. Ronan avait toujours admiré les qualités de cavalière de sa cousine et de sa jumelle. Toutes deux n'avaient pas froid aux yeux, du temps où elles galopaient sur la lande de Fréhel ou les chemins boisés. Anne, le plus souvent habillée en garçon, pour plus de commodité. Ninnen, plus sophistiquée, droite sur sa selle, la jupe battant au vent.

Il montait le fameux Hidalgo des écuries de Lord Gregson, un pur-sang jeune et nerveux, qui n'était pas sans lui rappeler son propre cheval, resté au manoir de Keroual.

— … Et à quel point l'insouciance de ces cavaliers paraît irréelle, quand on sait ce qui se passe en France ! poursuivit-il. On se croirait reportés cinq ou six ans en arrière. Qui aurait pu prédire, alors, ce chaos et ce bain de sang ?

Tandis qu'ils avançaient au pas dans l'allée sablonneuse, il se remémora le seul séjour qu'il avait effectué à Paris en compagnie de son oncle, alors membre du Parlement de Bretagne. Cette vie de cour et dans la capitale, ce faste, ces fêtes auxquelles il avait assisté... Il s'y était senti si peu à sa place, alors que Ninnen, Loïc, son oncle, et Victoire, sa tante, y semblaient dans leur élément. Il s'était efforcé, pourtant, d'en apprendre les codes et de s'y conformer.

À l'époque, son avenir était tout tracé. Ninnen, seule enfant de Loïc de Keroual, ne pouvait hériter du titre ni des biens qui lui étaient attachés. C'était donc lui, le fils aîné de la branche cadette, qui se destinait à devenir le prochain comte d'Aubin. Les événements de 1789, l'abolition des titres et des privilèges, en avaient décidé autrement. Il n'y avait qu'à Anne, et sous le sceau de la confidence, de la complicité gémellaire, qu'il avait avoué à quel point il était soulagé d'être débarrassé de cette charge. Une confession qu'il ne pouvait absolument pas réitérer à son oncle et sa tante, ni même à Ninnen, eux qui avaient tout perdu dans la tourmente révolutionnaire, et qui le pensaient aussi affligé qu'eux, lui, l'héritier désigné.

— Qui aurait pu le prédire, oui..., répéta Ninnen d'un air sombre.

Il s'en voulut aussitôt de sa maladresse. Quelle indélicatesse d'avoir parlé de bain de sang, alors que Dennys avait été décapité ! Mais qu'est-ce qu'il avait dans le crâne ? À sa décharge, il avait eu le plus grand mal, à son arrivée à Londres, à se faire à l'idée d'une Ninnen fiancée et amoureuse. D'autant plus difficile qu'il ne l'avait jamais vue en compagnie de Lord Gregson, déjà parti en mission à ce moment-là. Déjà prisonnier, en fait, mais ils l'ignoraient. Seul le rubis à l'annulaire gauche de sa cousine, presque trop gros pour la finesse de son doigt, témoignait de ces trop courtes fiançailles... Mais, plus encore, de ce qui demeurait invisible : les sentiments, la cruelle absence, le manque.

Il inspira brusquement, tiraillé par quelque chose qui tenait du pincement au cœur. De la contrariété larvée. Une réaction due à sa bévue, probablement, et au voile qu'il venait de jeter sur l'humeur de Ninnen. Quel imbécile, vraiment !

— Voilà Val d'Essart, dit-il, content d'apercevoir enfin le conseiller du comte de Provence.

Il le désigna du menton.

— Les choses sérieuses commencent ! commenta Ninnen en lui jetant un coup d'œil tout excité qui le soulagea.

Elle ne lui en voulait pas. Tant mieux !

Elle mit sa jument au trot. Il fit de même avec Hidalgo, et tous deux rejoignirent Val d'Essart qui les attendait, comme convenu, au départ de Rotten Row.

L'allée cavalière était noire de monde en cette fin d'après-midi. C'était un endroit à la mode, où il fallait être vu, et à son avantage. Cavaliers et cavalières rivalisaient donc d'élégance : jupes d'amazone *à la française*, vestes cintrées, demi-hauts-de-forme ceints de mousseline claire pour les dames, *hacking jacket* de drap, pantalons sombres et hauts-de-forme pour les hommes.

— Mademoiselle de Keroual, monsieur de Keroual, les salua Val d'Essart.

— Monsieur...

— Avançons, voulez-vous ? Je pourrai ainsi vous communiquer les instructions du comte de Provence.

Tous trois mirent leurs montures au pas et s'engagèrent sur Rotten Row. Plus rien ne les différencia alors des autres promeneurs, qui se croisaient, se parlaient, par cette chaude après-midi d'été.

— Comme le comte vous l'a annoncé, vous serez reçus à Postdam chez le chevalier Texier de La Barre. Il a appartenu longtemps au corps diplomatique français en Prusse. Il est habitué à accueillir et guider des compatriotes. Un messager lui a été dépêché, annonçant votre venue et le priant de bien vouloir vous héberger.

— Je croyais que notre mission devait rester secrète même auprès de cet homme, fit remarquer Ninnen.

— Ce sera le cas, en effet. Vous serez M. et Mme Villefranche-Lalande, issus de la vieille noblesse bretonne, que les événements politiques ont contraints à prendre un emploi. Vous avez souligné hier la grande familiarité qu'il existe entre vous depuis toujours. C'est ce qui a donné au comte l'idée de vous faire passer pour mari et femme. Ainsi, personne ne s'interrogera sur le fait de vous voir toujours ensemble.

Ninnen jeta aussitôt un coup d'œil à Ronan, qui le lui rendit. Est-ce qu'il pensait à la même chose qu'elle, en cet instant ? À cet épisode si mortifiant de leur enfance ? Mais Val d'Essart poursuivait déjà, l'empêchant de s'arrêter à ce pénible souvenir.

— Vous, mademoiselle, serez présentée comme la secrétaire particulière de Mlle de Plessis-Tanneur. C'est une amie très chère de Mme la comtesse de Provence, une nouvelle Émilie du Châtelet[1], si l'on peut dire. M. le comte et Mme la comtesse soutiennent ses travaux scientifiques et philosophiques. L'histoire officielle sera qu'elle vous envoie à Postdam avec l'espoir qu'on vous laisse effectuer pour son compte des recherches dans la prestigieuse bibliothèque du palais d'été. Quant à vous, monsieur de Keroual, vous venez de terminer votre droit et accompagnez votre épouse, en attendant votre nomination au barreau.

— N'est-ce pas hasardeux ? demanda Ronan. Je ne connais pas grand-chose au droit et serai vite percé à jour. Par ailleurs, comment être certain que ma cousine obtiendra une autorisation ?

1. Mathématicienne, femme de lettres et physicienne française (1706-1749), maîtresse de Voltaire durant quinze ans.

— Toute mission à caractère secret comporte son lot d'incertitudes et d'improvisations. Il vous faudra pratiquer l'esquive, monsieur, si l'on vous interroge trop précisément. Mais j'en doute, dans le contexte. Quant à l'accès à la bibliothèque royale, c'est sur ce point que le chevalier Texier de La Barre représente également un atout pour nous. Il a été un diplomate apprécié de la favorite, qui s'est beaucoup investie dans l'aménagement du palais d'été, et dont la bibliothèque est la grande fierté.

Il s'interrompit, le temps de saluer deux hommes qui les dépassèrent dans un coupé. Le véhicule était tiré par un pur-sang arabe d'un noir de jais, que Ninnen trouva magnifique d'élégance.

— Vous serez agréée grâce à son entremise, mademoiselle, n'en doutez pas, reprit Val d'Essart. C'est par ce biais, plus que tout autre, que le comte de Provence espère vous voir entrer dans les bonnes grâces de Mme Enke. Votre objectif, je vous le rappelle, est de vous ménager avec elle un moment d'entretien en tête à tête. Ce qui ne sera pas aussi facile qu'il y paraît : vous n'ignorez pas l'aréopage de courtisans qui suivent pas à pas les grands de ce monde et tous ceux qui peuvent avoir une influence sur eux. Cela dit, tous les moyens seront bons. Nous mettons en place une situation a priori favorable, à vous d'agir au mieux et de saisir les occasions, une fois sur place.

— Pardonnez-moi, monsieur, mais pourquoi ne pas missionner directement le chevalier, s'il est si proche de Mme Enke ? s'enquit Ninnen.

— Parce qu'à notre connaissance, il n'appartient pas à la coalition contre-révolutionnaire. Il ne vit plus en France depuis fort longtemps, et, bien qu'il ait servi notre pays à l'étranger et que nous le pensons fidèle à la royauté, nous ne pouvons prendre le risque de lui découvrir nos batteries. Il ne doit pas apprendre votre véritable identité, pas plus que la raison exacte de votre séjour à Postdam. Le cloisonnement est le secret d'une mission réussie, mademoiselle de Keroual... Ne vous fiez à personne d'autre qu'à vous-même et à votre cousin.

Il plongea la main à l'intérieur de sa veste et en sortit une petite pochette de cuir qu'il tendit à Ronan.

— Voici des lettres d'introduction, de faux papiers d'identité aux noms de Violette et Brice Villefranche-Lalande, ainsi que des lettres de change pour vos frais. M. le comte de Provence suggère que vous prétextiez un voyage, en Italie par exemple, pour expliquer votre absence à vos proches, en évoquant...

Il se tut un instant, comme gêné de poursuivre.

— ... En évoquant mon besoin de m'éloigner de Londres où le souvenir de mon fiancé est bien trop présent ? termina Ninnen abruptement.

Val d'Essart la fixa un instant, visiblement désarçonné par sa manière d'aller droit au but.

— Je conçois ce qu'affabuler sur votre deuil tout récent peut avoir de cruel pour vous, mais...

— Au contraire, monsieur, le coupa-t-elle, j'y vois un prétexte parfait. Prendre la suite de sa mission et, si Dieu le veut, la mener à bien, me sera un réconfort. Je me dirai qu'au moins, son sacrifice n'aura pas été complètement inutile. Par ailleurs, cette idée de prétendu voyage pour me changer les idées sera approuvée par mes parents. Ils m'ont déjà parlé de quelque chose d'analogue.

— En ce cas... Avez-vous des questions ?

Ils prirent quelques minutes encore pour s'enquérir de deux ou trois choses, préciser certains points, puis Ronan conclut :

— Je pense que nous avons compris le rôle que nous aurons à tenir, monsieur Val d'Essart, et ce que nous aurons à faire, une fois en Prusse.

Ils étaient presque parvenus à l'autre extrémité de Rotten Row, et arrêtèrent les chevaux.

— Eh bien, je vous souhaite bonne chance et la pleine réussite dans votre mission.

Il saisit les doigts gantés de cuir fin de Ninnen pour un baisemain.

— Au revoir, mademoiselle de Keroual...

Puis Ronan et lui échangèrent une poignée de main vigoureuse.

— Monsieur de Keroual.

— Monsieur...

Tandis que Val d'Essart faisait demi-tour et s'éloignait au trot, Ronan et Ninnen poursuivirent au pas, empruntant un sentier ombragé désert.

— Nous voilà donc mari et femme de comédie pour quelques semaines, déclara Ronan au bout de quelques minutes de silence.

— Il semblerait... Alors, monsieur mon époux, comment nous sommes-nous rencontrés, déjà ? demanda Ninnen avec un petit rire dans la voix. Et en quelles circonstances m'avez-vous demandé ma main ? Il serait bon de nous inventer une histoire, tu ne crois pas ?

— Et s'il n'y avait pas de circonstances à proprement parler ? suggéra Ronan.

— Que veux-tu dire ?

— Si, comme dans la réalité, nous nous connaissions depuis toujours ?

— Nos parents seraient amis, par exemple ?

— Amis ou voisins. Amis et voisins... Ainsi, nous n'aurions pas à trop surveiller nos paroles. Cela éviterait les bévues.

— Noyer le gros mensonge au milieu de tout un tas de petites vérités, en somme ? résuma Ninnen.

— Exactement ! Si l'un de nous en vient à évoquer un élément du passé, un lieu, et que l'autre réagit, personne ne s'en étonnera, s'il est établi que l'on se connaît depuis toujours.

— Soit, nos parents sont donc des voisins, devenus des amis au fil du temps, et nous avons grandi très proches, très complices... Où ? Pas au cap Fréhel, ni dans les Côtes du Nord, en tout cas.

— Vannes ? suggéra Ronan. C'est aussi au bord de la mer, ça ne nous dépayserait pas trop...

— D'accord pour Vannes. Et comment en sommes-nous arrivés à vouloir nous marier ?

— Nous ne l'avons pas *voulu*. Nous avons été en quelque sorte fiancés dès notre naissance. Ou quasiment. Une idée de nos mères, qui rêvaient de voir nos deux familles liées plus étroitement qu'elles ne l'étaient déjà. Nous avons été élevés avec l'idée que nous étions destinés l'un à l'autre. Par conséquent...

« Cessez immédiatement ce jeu ridicule et indécent, tous les deux ! »

Ce jeu indécent... C'étaient les mots que sa gouvernante avait utilisés, ce jour-là, au château d'Aubin. Est-ce que Ronan s'en souvenait, lui aussi ? Elle lui jeta un coup d'œil. Son corps accompagnait avec souplesse et élégance le mouvement du cheval. C'était un cavalier émérite ; elle lui avait toujours trouvé bel air, en selle. Et tout particulièrement en cet instant.

Il se pencha soudain pour éviter une branche qui dépassait sur le sentier, et tourna légèrement la tête vers elle. Leurs regards se croisèrent. Il lui sembla alors y percevoir ce même petit quelque chose de furtif, comme plus tôt, lorsque Val d'Essart avait évoqué leurs fausses identités d'époux. Sans doute se souvenait-il, lui aussi, de cette intervention de Mlle Dupin, qui avait entaché d'une forme de honte un innocent jeu d'enfants.

— ... Par conséquent, poursuivit Ronan, c'est tout

naturellement que nous nous sommes fiancés, puis mariés. Cela dit, je ne pense pas que nous aurons à fournir de plus amples détails.

Leurs yeux se rencontrèrent encore, puis il la gratifia d'un sourire tranquille, affectueux. Non, elle se faisait des idées. Il avait oublié cet épisode. Et elle ferait mieux de l'imiter ! Ils étaient deux adultes, à présent, et ils avaient une mission à mener à bien.

Ils laissèrent leurs montures à Criscraw Mansion. Ou plutôt à proximité, dans la *mews*[1] où Dennys possédait un bâtiment pour ses chevaux et attelages. Ils ne repassèrent pas par la grande maison. Ils ne souhaitaient pas, comme à l'aller, déclencher les pleurs de Mrs Fawkes, qui ne se remettait pas du décès de son employeur et avait éclaté en sanglots, plus tôt, en voyant Ninnen.

Crescent Court n'étant pas très loin, ils terminèrent le trajet à pied, étonnamment silencieux. Ninnen mit ce silence sur le compte de la tension. Même s'ils s'étaient amusés à s'inventer un passé, elle était soucieuse à l'idée de ce voyage. Ronan devait l'être tout autant. Il fallait qu'ils réussissent, mais tant d'inconnues subsistaient encore ! Auraient-ils les opportunités nécessaires ? Sauraient-ils seulement les reconnaître, dans un premier temps, puis les saisir ? Et quand bien même la favorite lui accorderait un moment d'entretien en tête à tête, parviendrait-elle à convaincre celle-ci de parler au roi ?

1. Ruelles où se trouvaient les écuries attachées aux hôtels particuliers, à Londres.

— C'est une excellente idée, ma chérie ! approuva la mère de Ninnen. Ne vous l'ai-je d'ailleurs pas suggérée, voici quelques jours ? Et l'Italie me semble une destination parfaite !

Ils avaient fini de souper, mais comme souvent le soir, ainsi que l'avait remarqué Ronan, son oncle et sa tante s'attardaient à table, pour siroter un petit verre de sherry. Sa tante en vantait les vertus digestives. Il ne s'était jamais habitué au vouvoiement entre Ninnen et ses parents. À Keroual, ils se tutoyaient tous, au sein de la famille. Si Urielle avait toujours vouvoyé les parents de Ronan, dont elle avait été la protégée, Aesa, la mère d'Urielle et gouvernante du manoir, tutoyait tous les enfants.

Il y avait un formalisme, dans la branche aînée de la famille, qui ne s'était jamais trouvé dans la cadette. La vie au manoir de Keroual avait toujours été plus simple, plus libre que celle au château d'Aubin.

— Cependant, je n'aime pas du tout l'idée de vous savoir seule avec Suzon sur les routes, par les temps qui courent ! Car Suzon viendra avec vous, naturellement. Vous aurez besoin d'une femme de chambre.

— Pas du tout, maman. Suzon restera à Londres ! Vous même aurez besoin d'elle, et nous ne sommes pas encore en mesure d'embaucher une seconde femme de chambre, malgré l'argent que nous avons reçu tout à l'heure.

Il y avait eu un moment délicat, en toute fin d'après-midi, lorsqu'ils étaient rentrés de Hyde Park. Le notaire de Dennys était passé en leur absence, et avait laissé pour Ninnen une bourse copieusement garnie : des liquidités qu'il pouvait d'ores et déjà lui remettre, en attendant le transfert des titres de propriété et des comptes. Cette petite manne tombait à pic, et coupait court aux objections d'ordre pécuniaire qu'aurait pu appeler leur prétendu séjour en Italie.

Ninnen avait aussitôt prélevé les deux tiers de la somme pour ses parents. En d'autres temps, Loïc de Keroual aurait renâclé à recevoir de l'argent de sa fille. Le monde à l'envers, pour cet homme imbu de son titre et de ses prérogatives de chef de famille.

Mais sa ruine l'avait anéanti. Il n'était plus que l'ombre de celui qu'il avait été. À cet égard, la fragile Victoire, son épouse, avait fait face à l'adversité avec plus de force. Tout comme Ninnen, d'ailleurs. C'était l'histoire du chêne et du roseau de la fable de M. de La Fontaine. Comte, membre du Parlement, l'oncle de Ronan avait également figuré parmi les fondateurs de l'Association bretonne, le premier mouvement contre-révolutionnaire, aux côtés du marquis de La Rouërie. En 1793, il avait vu ce dernier, ainsi que douze autres nobles du groupe, arrêtés et tués la même nuit, à la suite d'une traîtrise et d'une dénonciation. Lui avait pu passer entre les mailles du filet. Durant la journée suivante, il s'était caché avec sa famille dans la galerie souterraine qui reliait le château à la chapelle du domaine. Les soldats de la garde nationale venus l'appréhender ne l'avaient pas trouvé.

Cela avait permis à Ronan et son père, encore en vie à ce moment-là, d'organiser leur passage en Angleterre. La nuit venue, Ronan les avait conduits en haute mer, dans une barque, afin qu'ils puissent monter à bord d'un bateau anglais, comme nombre d'émigrés français. Loïc de Keroual, comte d'Aubin, avait perdu la main sur son destin, cette nuit-là, tout comme il avait perdu l'intégralité de ses biens et de sa fortune. Il n'était plus qu'un homme brisé, depuis. Un chêne massif brutalement déraciné. D'un mal, il peut parfois sortir un bien, néanmoins. Cela l'avait rendu plus humain. Plus attentif aux autres. Moins assertif. Moins campé sur sa morgue et des principes que les événements avaient rendu caducs.

— Et puis, rassurez-vous, ma tante, intervint Ronan. Je n'ai pas l'intention de laisser Ninnen s'en aller seule. Je lui ai proposé de l'accompagner.

— J'allais vous le suggérer, mon cher enfant. Je vous remercie de tout cœur de si bien prendre soin de notre Ninnen, depuis que vous êtes ici !

— Avez-vous déjà une idée de votre destination ? demanda Loïc.

— Florence et la Toscane, puis Rome, bien entendu ! lui répondit Ninnen avec un aplomb qui faillit faire éclater de rire Ronan.

Qu'il aimait la voir ainsi, vive et déterminée ! Joueuse, presque... Il détestait les moments où, brusquement silencieuse, elle se perdait dans ses souvenirs. Elle avait l'air si loin de lui, alors...

— Nous partirons après-demain matin, ajouta Ninnen. Nous éviterons la France, et voyagerons par les Provinces-Unies et la Bavière.

Un début d'itinéraire également tout indiqué pour gagner la Prusse, mais, lors de leur retour à pied à Crescent Court, plus tôt dans la journée, Ninnen avait insisté pour qu'ils passent par la France et Auteuil. Elle tenait à rencontrer Mme de Soulages et son père, pour les remercier, et à aller se recueillir sur la tombe de Dennys. Un programme qui ressemblait beaucoup trop à celui qui avait conduit son fiancé dans les geôles du palais du Luxembourg, mais elle n'avait pas voulu en démordre, en dépit des nombreuses objections qu'il lui avait fait valoir. Il avait fini par céder.

La soirée se poursuivit au salon, où la mère de Ninnen leur raconta son propre voyage à Rome, bien des années auparavant, alors qu'elle n'était encore qu'une jeune fille.

Lorsqu'ils montèrent se coucher, la tête pleine de noms

de lieux et de peintres prestigieux, d'endroits à visiter absolument, Ronan se sentait partagé entre l'embarras de devoir mentir ainsi à son oncle et sa tante, et un frisson d'excitation à l'idée de cette mission. La pensée que ce puisse être aussi – surtout – la perspective de tous ces jours qu'il allait passer seul avec Ninnen l'effleura. Il ne s'y attarda pas. Il *refusait* de s'y attarder.

5

À bord du Ladybird,
navire de commerce, 3 août

Les falaises crayeuses de Douvres se fondaient à présent dans le lointain. Sur la ligne d'horizon, de larges volutes de rose et d'écarlate annonçaient le lever du soleil. Ninnen se tenait sur le pont, à l'avant du navire, enveloppée dans sa mante qui claquait au vent. Les yeux fermés, elle respirait l'odeur de la mer et des embruns. La dernière fois qu'elle l'avait fait, c'était sur le bateau qui l'emmenait en Angleterre. Il y avait bien plus d'un an de cela. Elle prenait conscience d'à quel point cela lui avait manqué. Le cap Fréhel. Ses falaises découpées, battues par les vagues. Ses oiseaux. Les promenades familières sur la lande. Le grand jardin du château qui descendait jusqu'à la mer.

Les retrouverait-elle un jour, ces lieux qui l'avaient vue grandir et l'avaient façonnée ? Ces lieux qui avaient nourri ses rêves et ses espoirs ?

— Douvres et Dieppe ne sont distantes que de soixante-quinze milles marins…, fit soudain à côté d'elle la voix de stentor du capitaine.

Ninnen rouvrit les yeux et se tourna vers lui. Le capitaine

Pierret était un homme d'une quarantaine d'années, robuste, les traits épais et tannés par les intempéries.

— ... Le vent nous est favorable, et la journée s'annonce magnifique ! La traversée ne devrait pas nous prendre plus de cinq à six heures.

Comme Ninnen acquiesçait d'un hochement de tête, il poursuivit :

— Nous devrions être au port à la mi-journée, madame Villefranche-Lalande. Je vous aurais bien recommandé une auberge, à votre mari et vous... J'en connaissais une fameuse, dans le temps. J'allais y manger à chacune de mes escales à Dieppe, mais qui sait si elle existe encore, avec tout ce qui se passe !

Il plaqua deux mains larges et noueuses sur le bastingage, et inspira bruyamment l'air du large. Ninnen avait encore du mal à s'entendre appeler Mme Villefranche-Lalande, et réagissait un peu tardivement lorsqu'on lui parlait ou l'interpellait. Elle redoutait toujours de se trahir. Pourtant, cette première étape de leur mission sous fausse identité la plongeait dans un état d'excitation et d'euphorie qu'elle pensait ne jamais avoir ressentie. Du moins pas depuis qu'elle était adulte.

Comme le capitaine lui glissait un regard de biais, sans doute étonné par son silence, elle se crut obligée d'entamer la conversation :

— Nous ne nous arrêterons pas à Dieppe. Nous ne sommes que de passage en France.

Elle hésita à poursuivre : que pouvait-elle – que *devait-elle* – dire aux personnes qu'elle croisait sur le chemin de Postdam ? Gros mensonge et petites vérités ? Dans les moments où Ronan et elle ne se trouvaient pas ensemble, elle craignait toujours de se laisser entraîner à des paroles inutiles ou imprudentes, qu'il pourrait être amené à contredire bien involontairement.

— Je... Nous allons en Prusse.

— En Prusse ? Et que diable allez-vous faire là-bas ?

Il lui lança un regard contrit, cette fois, et se reprit aussitôt :

— Excusez mes manières de vieux loup de mer, madame. Cela ne me regarde pas.

— Il n'y a pas de mal à être curieux, de temps en temps, répondit-elle avec un sourire.

Le capitaine Pierret lui offrait en fin de compte une bonne occasion de commencer à entrer dans son personnage et jouer son rôle. Mlle de Plessis-Tanneur, l'amie de la comtesse de Provence, l'avait fait également. Elle avait rédigé une lettre, estampillée de son sceau. Elle y priait le roi Frédéric-Guillaume II – avec force compliments et fioritures verbales – de bien vouloir ouvrir sa bibliothèque à Mme Villefranche-Lalande, sa secrétaire particulière.

— Je travaille pour une savante, ajouta donc Ninnen. Et je dois effectuer des recherches pour elle dans une très grande bibliothèque.

— En Prusse ?

— En Prusse.

— Oh..., fit alors le capitaine, songeur.

Après quelques instants, il reprit :

— Pourquoi un bateau pour Dieppe, en ce cas ? Il aurait été plus rapide et plus sûr de passer par les Provinces-Unies.

— Un parent récemment décédé. Je... Nous n'avons pu assister... lorsqu'il est...

— Je comprends, l'interrompit-il avec brusquerie – une brusquerie toute dirigée contre lui, comprit-elle. Je ne voulais pas... Toutes mes excuses, encore une fois. Je ne suis qu'une vieille buse qui ferait mieux de tourner sept fois sa langue dans sa bouche avant de parler !

Il ôta sa casquette et se gratta le crâne, qu'il avait dégarni.

— Quoi qu'il en soit, soyez prudente.

À cet instant, un vol de goélands traversa l'azur juste devant le navire, et Ninnen, ravie, poussa un petit cri de joie.

— Brice ! appela-t-elle, fière du naturel avec lequel elle avait nommé son cousin. Brice, venez voir !

Ronan s'approcha aussitôt et se plaça à côté d'elle. Il poussa même la comédie jusqu'à lui entourer nonchalamment la taille de son bras. Il la touchait à peine, pourtant Ninnen avait l'impression que la peau lui brûlait partout où son contact se faisait sentir.

Elle repensa alors à ce qu'Anne lui avait raconté de son mariage sur *Le Fulmar des mers*. Est-ce que Malo et elle s'étaient tenus ainsi, enlacés, face à l'eau miroitante, agitée çà et là de crêtes d'écume ? Est-ce que des oiseaux avaient survolé le navire, lorsque tous deux s'étaient dit « oui » pour la vie ? C'était si romanesque ! Et cela ressemblait tellement à sa cousine, ce mariage si peu conventionnel ! Bien malgré elle, elle en ressentit un petit pincement au cœur. Elle ne jalousait pas Anne, oh non ! Elle était sincèrement heureuse pour elle. Mais évoquer ces noces si peu ordinaires, alors qu'elle-même était désormais vouée au célibat, la rendait triste.

— Je connais une jeune femme qui s'est mariée sur un bateau, dit-elle, d'une voix plus morne qu'elle ne l'aurait voulu.

Comme s'il avait deviné ce qui se passait en elle, Ronan resserra son étreinte autour de sa taille. Elle se retrouva alors à demi pressée contre son torse, dans sa chaleur. C'était si bon, tout à coup, ce grand corps si près du sien, comme un écran protecteur entre elle et le monde, qu'elle sentit les larmes lui monter aux yeux. Allons, elle n'allait pas se mettre à pleurer, tout de même ? Et à pleurer pour quoi ? Elle était plus forte que cela ! Plus forte qu'une crise de sentimentalisme stupide, parce qu'elle songeait à Anne et Malo !

— Avez-vous déjà célébré des mariages en mer, capitaine Pierret ? demanda alors Ronan avec naturel, comme s'il était habituel qu'elle soit ainsi dans ses bras.

C'est qu'il joue mieux son rôle que toi qui t'émeus du moindre de vos contacts, en ce moment ! Reprends-toi, bon sang !

— Non, jamais. Mais j'ai assisté à un mariage en mer, assez récemment. Le *Ladybird* était en réparation, à Portsmouth, et j'ai dû faire un aller-retour en France pour un événement familial. Pour le retour, un bateau affrété à Saint-Malo et en route pour les colonies m'a pris à son bord jusqu'à Penzance, où il devait faire une brève escale. *Le Fulmar des mers*...

Ninnen sursauta et retint à temps un hoquet de surprise.

— Pour le commandant du *Ladybird*, voguer sur un fulmar..., plaisanta Ronan.

Mais il avait sursauté, lui aussi, à l'annonce du nom du navire. Elle l'avait senti.

Le capitaine Pierret éclata d'un gros rire, ce qui laissa à Ninnen le temps de se reprendre.

— Est-ce que la mariée était belle ? demanda-t-elle.

— Belle et radieuse, répondit-il.

— Diriez-vous qu'elle avait l'air heureuse ? Profondément heureuse ? demanda-t-elle encore.

— Oh oui. Et son Malo aussi ! C'était le prénom du marié.

— Et elle ? Comment s'appelait-elle ?

Elle ne pouvait prononcer le prénom de sa cousine – ne pas trop en dire, éviter les recoupements possibles, s'en tenir à la fable. Mais elle avait envie de l'entendre.

— Anne.

Un très beau nom, dit alors Ronan. Très simple et très doux...

Ninnen sentit de la nostalgie dans sa voix. À son tour, elle glissa le bras, son petit bras fin, autour de la taille de Ronan, et le secoua légèrement, pour lui faire comprendre qu'elle aussi, elle était émue à l'évocation d'Anne. Oh ! sans doute pas autant que lui. Pour elle qui était fille unique, la gémellité d'Anne et Ronan avait toujours eu quelque chose de fascinant et de profondément mystérieux.

— Sachant que je retournais en Angleterre, la jeune dame m'a d'ailleurs confié deux lettres, à faire parvenir à Londres, chez des parents à elle.

Ainsi, songea Ninnen, c'était à cet homme que Ronan et elle devaient d'avoir si rapidement reçu chacun des nouvelles d'Anne et Malo… Elle ne pouvait pas l'en remercier de vive voix, mais elle lui lança un regard reconnaissant.

Soudain un matelot surgit derrière eux.

— Capitaine ! Le coq vous demande d'urgence !

— Qu'est-ce qu'il y a encore, maugréa l'intéressé en se tournant vers lui. Un homme chagrin que notre cambusier, ajouta-t-il à leur attention. Hélas, nous devons supporter ses sautes d'humeur et satisfaire ses caprices, si nous voulons manger correctement. Déjà que la vie à bord offre peu de possibilités gastronomiques !

Il les gratifia d'un sourire amusé, indiquant que l'affaire n'était au fond pas si grave qu'il le laissait entendre. Puis il toucha la visière de sa casquette pour les saluer, et s'éloigna à grands pas.

Ninnen et Ronan restèrent alors tous deux silencieux, sans songer à se lâcher. Puis Ronan déclara soudain :

— La mer est exactement de la même couleur que ta robe.

— Les maris remarquent donc ce genre de détail ? répondit Ninnen, amusée, et reprenant son rôle.

Mais elle était aussi troublée qu'il l'ait suffisamment regardée pour noter cela.

— Moi, je le remarque. Et je trouve que ce bleu te va vraiment très bien.

Mission oblige, elle avait laissé ses robes noires à Londres, et rempli sa malle de ces tenues claires et fleuries, de ces mousselines légères, dont elle pensait être privée pour l'été. Elle allait, a priori, assister à des rencontres, des soirées de jeu, des bals peut-être. Si elle voulait se faire remarquer de la favorite, ce n'était pas vêtue de noir qu'elle y parviendrait. La voyant en deuil, les gens l'éviteraient peut-être, dans un excès de délicatesse. Ils hésiteraient à la détourner de ses pensées avec les considérations frivoles que l'on échange en général dans ce genre de manifestations.

Elle avait respecté les usages à Londres, mais, pour elle, ce n'était pas le noir dont on s'enveloppait qui comptait ; c'étaient les souvenirs que l'on chérissait, la place intacte que l'on conservait, dans son cœur, à ceux qui avaient disparu. De même, elle avait laissé à Crescent Court son rubis de fiançailles.

Elle toucha machinalement l'anneau d'or à son annulaire gauche. Ils avaient dû compléter leur « déguisement » d'époux en achetant deux alliances, la veille du départ. Suffisamment jolies pour être crédibles, mais bon marché : après tout, elles ne serviraient que quelques semaines. Chacun avait enfilé la sienne juste avant de monter à bord du *Ladybird*. La sensation qu'elle éprouvait à la porter la mettait dans un état émotionnel étrange. Elle avait accepté de se marier deux fois. Deux fois de très belles alliances avaient été achetées, et le mariage n'avait pas eu lieu. Et à présent qu'elle en portait enfin une, ce n'était qu'un bijou sans signification, qu'un élément de travestissement.

Elle renversa légèrement la tête en arrière et rencontra le regard de Ronan. Ses yeux avaient non pas la couleur de la haute mer, mais des trous d'eau dans les criques, au pied des falaises de Fréhel. Un vert profond et envoûtant, traversé de remous indéfinissables. Elle les trouvait vraiment très beaux. Magnétiques. Mais elle ne pouvait le lui dire. Cela ne se faisait pas, ce genre de compliment. Pas à un homme qui n'était pas votre époux – votre *véritable* époux. Pas même à son cousin, avec qui l'on avait pourtant grandi.

Comme les événements s'étaient précipités, ces dernières semaines ! Ronan se les repassait mentalement, tandis que de fins cheveux, échappés de la coiffure de Ninnen sous l'effet de la brise marine, lui voletaient dans le cou et sur la joue.

Enfermé dans une geôle de Fort La Latte, il n'avait pas hésité une seconde à s'accuser à la place d'Anne, bien décidé à se laisser juger et décapiter, pour garantir la vie sauve à sa jumelle. C'était elle, finalement, qui l'avait sauvé, en pariant sur l'amour d'un homme. Il en frémissait encore rétrospectivement. Quelle folie ! Mais quelle force, aussi, en elle !

Ma chère, chère Anne !

Il avait aussitôt quitté la Bretagne pour gagner l'Angleterre. Il n'était plus en sécurité au manoir. Londres ne devait être qu'une étape. Il voulait voyager bien plus loin encore, lui qui n'avait jamais quitté sa région natale jusque-là. Les événements de 1789 et leurs conséquences l'avaient privé de beaucoup de choses. Paradoxalement, ils l'avaient révélé à lui-même. Il n'était pas fait pour servir un domaine et le faire fructifier. Il s'était découvert une soif d'aventure.

Lorsqu'il avait reçu la lettre qu'Anne lui avait écrite à bord du *Fulmar des mers* – il savait à présent pourquoi elle lui était parvenue si vite –, il s'était dit qu'il la rejoindrait à Rivière-Salée. Que ce pourrait être le point de départ d'une exploration du Nouveau Monde. Exploration qu'il imaginait longue et pleine de sensations inédites.

En arrivant à Crescent Court, le 8 juin au matin, il avait trouvé Ninnen en pleine préparation de son mariage. Ce mariage lui avait paru irréel, en l'absence de ce lord anglais qu'elle allait épouser. Elle était si heureuse qu'il puisse assister à la cérémonie ! Elle aurait aimé être également entourée d'Anne, de Yaël et d'Urielle, mais c'était impossible.

Et puis, les jours avaient passé. Le 20 juin s'était rapproché. Inquiétude, angoisse, indétermination, questionnement frénétique, épuisant : pourquoi Dennys ne donnait-il pas de nouvelles ? Pourquoi n'était-il pas de retour à Londres ? Il avait fallu se résoudre à tout annuler. C'était lui, Ronan, qui avait couru les rues de la capitale pour porter la mauvaise nouvelle aux invités : il n'y aurait pas de mariage, Dennys avait disparu. Une autre forme d'angoisse, une autre forme d'attente insupportable s'était alors installée. Dennys était-il mort ?

Après cela, il n'avait pas eu le cœur à quitter Ninnen. Ils n'avaient pas menti au comte de Provence en affirmant qu'ils étaient liés depuis l'enfance, complices… En l'absence d'Anne, il était le seul ami véritable qu'elle avait à Londres. Elle allait avoir besoin de lui dans les semaines à venir. Dès les premiers moments de doute, dès que les choses n'avaient plus tourné rond, il avait été envahi d'un désir puissant d'être son chevalier servant. De la protéger. De partager l'attente, de l'écouter.

Lorsque la lettre posthume de Dennys était arrivée à Crescent Court, il n'avait plus du tout été question de poursuivre son voyage. Quelque chose avait fondamentalement changé en lui, sans qu'il sache dire exactement quoi.

Et voilà que, quelques jours à peine après avoir appris la terrible nouvelle, ils voguaient tous les deux vers la France, puis le centre de l'Europe, investis d'une mission de la plus haute importance pour leur patrie ! Il avait le plus grand mal à le réaliser. Pourtant, tout était bien réel : le *Ladybird* qui filait vers Dieppe, le vent et les embruns sur son visage,

Ninnen contre lui, confiante et courageuse. Ninnen qui sentait bon les fleurs de son parfum et la fraîcheur du large.

Une puissante vague d'allégresse monta soudain en lui. Une sorte de gratitude adressée universellement. Il se sentait si bien, en cet instant ! Si totalement à sa place.

6

Rouen, 16 Thermidor (3 août)

Ils arrivèrent à Rouen dans la soirée. Ils avaient voyagé depuis Dieppe en diligence, en compagnie de quatre autres passagers. Ils y feraient étape pour la nuit, avant de repartir, le lendemain à la première heure, pour Auteuil.

Baignée d'un doux crépuscule, la grande cour carrée de l'auberge où ils avaient fait halte était très animée. Tandis que le cocher, aidé d'un serviteur, descendait les malles de l'impériale, Ninnen et Ronan firent quelques pas pour se dégourdir les jambes, après les longues heures passées dans l'espace confiné de la voiture.

Deux jeunes valets dételaient les chevaux les uns après les autres, sans se presser, et les conduisaient à l'écurie. Il s'en échappait un joyeux mélange de hennissements, de piétinements de sabots et d'interpellations des palefreniers. Près du puits, une petite bonne tirait de l'eau. Ou, plus exactement, aguichait de regards et de mines coquettes un grand dadais qu'elle avait manifestement persuadé d'effectuer la tâche à sa place.

Par les fenêtres grandes ouvertes de la salle principale, leur parvenait le brouhaha des conversations de convives déjà attablés. Les six hôtes tardifs qu'ils étaient seraient traités aussi bien que les autres, néanmoins, si Ninnen en croyait les odeurs alléchantes qui s'échappaient de la porte ouverte des cuisines, tout au bout du bâtiment.

Une ambiance générale pleine de bonne humeur, semblait-il, qui la remplit d'allégresse.

L'aubergiste sortit dans la cour pour tous les inviter à prendre place autour de la table d'hôte. Six couverts avaient été ajoutés à l'une des extrémités, tandis que l'autre était déjà occupée par quatre personnes. Un peu plus loin, d'autres tables, plus petites, étaient également prises. L'une par une famille avec enfants, une autre par deux moines, une autre encore par un homme seul, une dernière, enfin, par trois soldats.

On leur servit un plat de viandes rôties, un ragoût de légumes assez épicé, de la salade, du fromage et des fruits. Ninnen, que le voyage avait fatiguée, se contenta de salade, de fromage et de prunes, qu'elle mangea assez vite, pressée de se retirer dans le calme et la solitude de sa chambre. De *leur* chambre, plutôt, car M. et Mme Villefranche-Lalande allaient partager la même.

— Je vous rejoins dans un moment, Violette, déclara alors Ronan, tandis qu'elle se levait de table.

— Violette, quel adorable prénom ! s'écria un gros monsieur, voyageur de commerce et parti de Dieppe lui aussi. Durant le trajet, il les avait entretenus *ad nauseam* de l'état déplorable des routes en France. Il leur avait aussi dressé un tableau effrayant des auberges où faisaient généralement étape les diligences du relais de poste.

Ninnen se sentit obligée de le gratifier d'un petit sourire poli, ce qui parut l'encourager à poursuivre.

— Aussi charmant que la couleur de vos yeux, pareille à celle de la fleur délicate dont vous êtes le charmant emblème.

À cet instant, Ronan se racla assez bruyamment la gorge, se rappelant au bon souvenir de son interlocuteur, et dardant sur lui un regard furibond. Du moins sembla-t-il à Ninnen, non sans satisfaction.

— Monsieur votre époux est un homme bien chanceux, s'empressa alors d'ajouter le bavard, en se tournant vers Ronan.

— Et croyez bien que j'en ai parfaitement conscience ! répondit ce dernier avec un sourire doucereux qui paraissait le mettre au défi de continuer à conter fleurette à son « épouse ».

Aussitôt, la jeune femme assise à côté de Ronan enveloppa Ninnen d'un regard assez peu amène. Elle faisait partie des quatre convives déjà attablés lorsqu'ils étaient arrivés et découvrait apparemment qu'ils étaient mari et femme. Du moins en apparence...

Eh bien, voilà qui va certainement couper court à vos projets de la nuit, belle dame ! songea Ninnen, jubilant intérieurement de l'air déconfit de la voyageuse, qui avait passé le début du repas à accaparer l'attention de Ronan. Elle n'avait pas ménagé sa peine, riant à gorge déployée, lui touchant le bras au moindre prétexte, mettant en avant son décolleté généreux. Elle était allée jusqu'à lui resservir elle-même du vin.

Depuis l'arrivée de son cousin à Londres, Ninnen ne comptait plus les moments comme celui-ci. Cela l'amusait, d'ordinaire, d'assister aux efforts des femmes pour attirer son attention. Mais, ce soir-là – était-ce la durée du trajet, le verbiage du voyageur de commerce, la promiscuité et la chaleur dans la voiture ? –, ce manège lui avait mis les nerfs en pelote. Elle s'était plusieurs fois mordu l'intérieur de la lèvre pour ne pas appeler Ronan « mon aimé » ou « mon tendre ami » depuis qu'ils étaient à table, afin de calmer les ardeurs conquérantes de cette femme. La pudeur l'avait retenue. Ils devaient, certes, feindre d'être mariés, mais il y avait des limites qu'elle n'osait franchir, même pour les besoins de la mission. Pour le coup, elle aurait remercié l'homme de la diligence de son aide involontaire !

Souhaitant le bonsoir à la cantonade, elle quitta la grande salle et monta à l'étage, où se trouvait leur chambre. On y avait déposé leurs malles juste avant qu'ils aillent se restaurer. Elle sortit la clé de son réticule, déverrouilla et entra.

Loin des images apocalyptiques décrites par le bavard invétéré, la pièce était très agréable. Elle donnait sur l'arrière de l'auberge, offrant le plus grand calme. De belles dimensions, ce qui était plutôt rare dans les auberges, elle était tapissée de coton clair décoré d'un semis de fleurs bleues. Un grand lit en occupait l'espace central, recouvert d'un couvre-lit de velours bleu foncé. Une commode en pin, toute simple, deux chaises paillées et une banquette recouverte de cretonne bleu ciel constituaient le reste du mobilier. L'ensemble était propre, la commode sentait bon la cire, et la fenêtre entrouverte sur la nuit tombée laissait entrer une brise légère chargée de senteurs végétales.

Une porte recouverte du même tissu que les murs et à peine visible donnait sur un minuscule cabinet de toilette peint de rayures bleues et blanches. La bassine de faïence accusait quelques craquelures, mais le broc était rempli d'une eau bienvenue.

Ninnen ferma les rideaux, puis ôta rapidement ses chaussures, sa robe et ses bas. Une fois en chemise, elle entreprit de se rafraîchir, laissant les gouttes s'évaporer sur sa peau. Comme cela faisait du bien ! Elle défit ensuite son chignon, retirant les épingles pour libérer ses boucles une à une. Puis elle secoua la tête pour les aérer, et commença à les brosser pour les débarrasser de la poussière du voyage.

Ce faisant, elle se retourna, et poussa un petit cri de surprise en apercevant Ronan, adossé à la porte de la chambre. Elle ne s'était pas rendu compte qu'il était entré.

— Oh ! Ronan… Je ne t'avais pas entendu…

Il n'avait pas eu l'intention de la surprendre. Mais il était arrivé au moment où elle défaisait son chignon avec une lenteur et une grâce qui l'avaient figé d'une émotion indéfinissable. Il avait refermé la porte sans bruit et s'y était appuyé, retenant presque son souffle. Les longues boucles rousses avaient peu à peu recouvert les épaules et le dos de Ninnen, rivière fauve dont il n'avait pu détourner le regard. Plus les instants passaient, plus il se disait qu'il devait manifester sa présence. Il en était incapable, les yeux rivés sur cette soie vivante, résistant à l'envie de s'approcher, d'y plonger les doigts, d'éprouver leur souplesse, leur douceur...

Et puis, Ninnen s'était retournée.

— Désolé, je ne voulais pas te faire peur. Je... Je réfléchissais à la suite du voyage, dit-il pour tenter de justifier son silence et son adossement contre le battant.

— Et... ?

— Et... Je pensais...

Que pouvait-il inventer ? Vite, vite !

— ... Je pensais...

Il revit soudain le voyageur de commerce qui avait importuné Ninnen de ses discours ennuyeux durant presque tout le trajet Dieppe-Rouen.

— ... Que nous pourrions poursuivre en voiture particulière !

Elle le gratifia d'un sourire radieux.

— Oh oui ! Quelle excellente idée ! Non seulement nous aurons plus de place, mais nous pourrons parler bien plus tranquillement.

— Je redescends voir si je peux régler cela dès maintenant. Ce sera toujours du temps de gagné pour demain.

— Et moi, je file au lit ! Je suis épuisée !

Lorsque Ronan remonta, une vingtaine de minutes plus tard, il n'y avait plus de Ninnen qu'une houppette rousse dépassant du drap, que la lumière de la bougie allumée animait de reflets plus clairs. Il se dévêtit en silence, ne conservant que son pantalon, souffla la bougie, et s'allongea sur la banquette. Ils n'avaient pas évoqué la question délicate du couchage, mais il était évident qu'ils ne pouvaient partager le même.

La banquette se révéla, comme il s'y attendait, inconfortable au possible. Il dépassait des pieds et des mollets, et il était probable qu'il finirait par terre s'il s'agitait un tant soit peu dans son sommeil. À supposer qu'il parvienne à s'endormir sur une planche pareille, bien entendu.

— Qu'est-ce que tu fais ? demanda alors Ninnen d'une voix ensommeillée, sans bouger.

— Je me couche.

Elle se redressa à demi, sortant la tête de sous le drap.

— Tu comptes passer la nuit là-dessus ?

— Où d'autre ?

— Dans le lit !

Comme il ne répondait pas, elle enchaîna :

— On est cousins, Ronan ! On a fait ça des millions de fois, avec Anne et Yaël, quand on était petits et qu'on jouait à cache-cache. Tu ne te souviens pas ?

Si, il se souvenait. Ils étaient spécialistes des endroits les plus improbables et minuscules, où ils se dissimulaient, par deux ou par trois, selon les moments. Pressés les uns contre les autres, ils étouffaient leurs rires pour ne pas se faire repérer de celui ou celle qui les cherchait.

— Tu ne vas pas fermer l'œil, si tu restes sur cette planche !

Il se releva alors, et se glissa de l'autre côté du lit. Il resta allongé, les yeux grands ouverts. Les rayons de lune, que les rideaux trop minces n'occultaient pas entièrement, baignaient la pièce d'une lumière ténue. Par la fenêtre restée entrouverte, lui parvenaient un peu de l'air frais de la nuit, le coassement de grenouilles et, par moments, le hululement âpre d'un rapace nocturne. Bientôt, la respiration régulière de Ninnen lui apprit qu'elle s'était endormie.

Lui peinait à trouver le repos. Dans son sommeil, Ninnen s'était retournée sur le dos. Elle s'était partiellement découverte, et ses bras reposaient à l'abandon, l'un sur son ventre, l'autre replié sur le matelas, la main ouverte au niveau du visage.

Il s'accouda à son oreiller et la contempla. La masse éparse de sa chevelure dessinait sur le drap blanc la géographie d'un pays imaginaire. Alors il osa. Il fit ce qu'il avait eu tant de fois envie de faire, depuis qu'il était à Londres. Il caressa l'une de ses mèches. Elle était aussi douce qu'il l'avait imaginé. Puis il saisit une poignée de cheveux, qu'il laissa filer lentement de sa main, pour en éprouver la fluidité… Ninnen avait les traits détendus et souriait imperceptiblement. De quel rêve délicieux était-elle habitée, pour sourire ainsi dans son sommeil ?

Alors qu'il la regardait dormir, qu'il détaillait le velouté de sa joue, la courbe gracile de son cou, le mouvement de sa poitrine qui se soulevait et s'abaissait paisiblement sous sa chemise, il prit conscience avec horreur de la réaction de son propre corps. Une réaction qui n'était pas du tout appropriée. Pas avec Ninnen. Pas avec *sa cousine* !

Il se jeta hors du lit, le front soudain baigné de sueurs froides, qu'il essuya d'un revers de main tremblant. Il se glissa entre les rideaux et la fenêtre dont il ouvrit un peu plus l'un des battants, afin de respirer l'air frais de la nuit. Son cœur dansait la sarabande. L'esprit englué d'un mélange de honte et d'ahurissement, il n'osait repenser à ce qui venait de se produire. À cette montée inattendue d'un désir choquant.

Au bout d'un moment, il finit par bouger et se rhabilla. Puis il sortit de la chambre. Ses pas le portèrent au cœur de la ville, encore animée à cette heure de la nuit, et sur les bords de la Seine. Il marcha longtemps, essayant de comprendre. Déconcerté par cette trahison de son corps. Troublé, surtout, par cet élan qui l'avait conduit à caresser les cheveux de Ninnen et à la regarder comme... Il avait le plus grand mal à formuler le mot, même pour lui seul. Même dans le secret de son esprit. Comme... *un amant*.

Il finit par s'apaiser. La marche lui avait toujours fait du bien.

Lorsqu'il regagna l'auberge, il entendit sonner 3 heures à l'horloge de la grande salle déserte. Ninnen n'avait pas bougé. Il la retrouva dans la même position que lorsqu'il avait quitté la pièce, la respiration calme et régulière. Il y avait vraiment peu de chance qu'elle se soit aperçue de son absence... et du reste. Tant mieux. Cet épisode ne se reproduirait plus – il ne devait *plus jamais* se reproduire. Il ne lui restait qu'à l'enfouir pour toujours dans le puits de l'oubli. Lors de leurs prochaines étapes, il veillerait à demander des chambres pourvues de deux lits.

Il retourna s'allonger sur la banquette, où il dormit d'un mauvais sommeil, beaucoup trop court, et peuplé de rêves absurdes.

17 Thermidor (4 août)

— Les lettres ont disparu ! s'écria Ronan, bien plus accablé par leur imprudence de novices que par l'étendue de la catastrophe.

Que n'avaient-ils pris ces lettres avec eux ! Ils venaient de déjeuner dans la grande salle commune et, en remontant dans leur chambre, ils avaient découvert la serrure forcée.

L'aubergiste, sa femme et une servante étaient arrivés presque aussitôt, alertés par la voyageuse qui avait passé le souper à aguicher Ronan et qui les suivait, regagnant sa propre chambre au même étage.

À présent, pas moins de sept ou huit personnes se pressaient à la porte, tandis que Ronan inspectait fébrilement la pièce et sa malle, pour établir la liste de ce qui leur avait été dérobé. Seuls les documents remis par Val d'Essart, y compris les lettres de change, avaient disparu.

Ninnen en faisait autant avec ses propres affaires. Elle affichait cependant un calme surprenant, compte tenu des conséquences désastreuses de ce vol. Il aurait aimé comprendre, mais comme ils n'étaient restés seuls à aucun moment, depuis leur retour dans la chambre, ils n'avaient pu parler en privé.

— Ah mon Dieu ! se lamenta l'aubergiste, tandis que sa femme se tordait les mains. Un vol ! Ici ! Alors que mon établissement passe pour le meilleur de tout Rouen !

— Le meilleur de tout Rouen ! répéta son épouse, en secouant la tête. Le meilleur !

— Ma réputation est fichue !

— Fichue ! Fichue ! répéta-t-elle de nouveau.

Derrière eux, un brouhaha de voix commentait l'incident.

Ronan consulta Ninnen du regard. Il avait envie de hurler à ces gens de retourner à leurs bagages ou leurs occupations, afin qu'elle et lui puissent se concerter. Que devaient-ils faire ? Sans les lettres de recommandation du comte de Provence et de Mlle de Plessis-Tanneur, y avait-il la moindre chance qu'ils parviennent à approcher la favorite du roi de Prusse ?

— Je ne vois vraiment pas ce que ces lettres commerciales peuvent avoir comme intérêt pour notre voleur, déclara-t-elle alors à voix haute, tout en lui faisant un discret signe de tête, comme pour l'enjoindre à patienter jusqu'à ce qu'ils puissent parler librement. Un bruit dans l'escalier l'aura fait fuir avant qu'il ait eu le temps de trouver mon coffret à bijoux !

— On ne vous a rien volé de précieux, alors ? s'enquit l'aubergiste d'une voix où renaissait l'espoir.

— Rien de précieux, en effet, confirma Ninnen.

— Dieu soit loué !

Une fois de plus, sa femme lui fit écho.

Comme le voyageur de commerce, qui faisait partie des curieux, leur suggérait d'appeler un policier, Ninnen intervint de nouveau.

— C'est inutile. D'autant que nous devons reprendre la route sans tarder. Aussi, mesdames et messieurs...

Un mouvement de recul s'opéra alors dans le couloir, elle put refermer la porte, et ils furent bientôt seuls dans la chambre.

— Est-ce que tu peux m'expliquer pourqu..., commença Ronan, impatient de connaître la raison du calme de Ninnen, alors que leur mission semblait compromise avant même qu'ils aient atteint la frontière de la Prusse.

Mais elle lui fit signe de se taire.

— Plus tard, dit-elle simplement. Au cas où les murs auraient des oreilles, ajouta-t-elle à voix plus basse. Mais rassure-toi...

Ils terminèrent de ranger leurs affaires et de fermer leurs malles, puis deux valets vinrent les prendre pour les placer à l'arrière du coche à deux chevaux que Ronan avait retenu la veille pour eux.

— Et maintenant..., demanda Ronan, alors que les dernières maisons de la ville disparaissaient dans le nuage de poussière soulevé par le galop des chevaux, tu veux bien m'expliquer ?

Pour toute réponse, Ninnen lui lança un regard malicieux et souleva le bas de sa robe de voyage en droguet. Ronan n'eut pas le temps de s'en étonner qu'elle sortait déjà d'une poche cousue sur son jupon et fermée d'un bouton de nacre trois rouleaux de papier. Deux d'entre eux portaient un sceau. Le dernier était noué d'une faveur.

Elle lui tendit le premier.

— La lettre du comte...

Le deuxième.

— Celle de Mlle de Plessis-Tanneur.

Le troisième, légèrement plus épais.

— Et les lettres de change !

Il éclata d'un rire admiratif et soulagé.

— Tu m'étonneras toujours !

Elle lui sourit.

— De l'avantage des robes et des jupons, mon cher...

— Alors, on ne nous a rien volé, en fin de compte ?

— Mais si ! D'autres lettres. Portant un vieux cachet de mon grand-père maternel.

Comme il lui lançait un regard interrogateur, elle eut un petit rire triomphant.

— Les véritables voyagent sur moi depuis notre départ de Londres. Les autres sont des fausses. Des leurres que j'ai créés la veille de notre départ. Notre voleur, quel qu'il soit, apprendra en les lisant que nous sommes en route pour Berlin, afin de négocier de nouveaux débouchés pour la production du vignoble nantais. Grand bien lui fasse !

— Tu aurais pu m'en parler !

Elle manifesta son repentir par une petite grimace de contrition. Mais il y avait plus grave - bien plus grave, selon lui.

— Apparemment, nous avons été les seuls dont la chambre a été visitée, reprit-il. Ce n'était certainement pas un hasard.

— Peut-être que si. Supposons que le voleur ait été interrompu par une arrivée à l'étage, alors qu'il avait l'intention de visiter d'autres chambres.

— Pourquoi avoir commencé par empocher des lettres

dans la nôtre, en ce cas ? Comme tu l'as souligné, ton coffret à bijoux offrait plus d'intérêt.

— Il a sans doute cru trouver des lettres de change, mais n'a pas pris le temps de vérifier. C'est plus facile à utiliser que de convertir des bijoux en monnaie sans se faire attraper pour recel.

Il la fixa avec une moue sceptique.

— Je te l'accorde, dit-il. Mais projeter de détrousser plusieurs personnes, dans l'effervescence du départ ? Avec toutes les allées et venues dans l'auberge ?

— Justement ! Imagine qu'il ait été lui-même un voyageur. Dérangé par des pas dans l'escalier, alors qu'il fouillait notre chambre, il est sorti, et personne ne s'est étonné de le croiser dans le couloir.

— Et si ce vol était bel et bien ciblé, Ninnen ? Si c'étaient nous, et nous seuls, qui intéressions ce voleur ?

— Tu veux dire qu'il y aurait un rapport avec notre mission ?

Un silence glacé suivit cette hypothèse, et Ronan se retourna machinalement, pour jeter un coup d'œil par la lucarne, à l'arrière du coche. Ils parcouraient une route de campagne, et ils y étaient seuls.

— Nous étions les derniers arrivés, hier soir. Tous les autres voyageurs étaient attablés. Comment aurions-nous pu être à la fois suivis et précédés ? objecta-t-elle.

— Quelqu'un qui se serait trouvé avec nous lors d'une précédente étape et nous aurait entendus mentionner Rouen et le relais de poste ? Facile de déterminer l'auberge, ensuite. Il nous aurait alors dépassés en faisant la dernière partie du trajet à cheval.

— Ce ne peut pas être la famille, réfléchit-elle alors à voix haute. Ni les quatre voyageurs à notre table : ils étaient arrivés ensemble par la diligence précédente. Les moines, qui seraient de faux religieux ? Les soldats ? Assez improbable, tu ne trouves pas ?

Il haussa les épaules. L'argument était cependant recevable. S'ils avaient quelqu'un aux trousses, il imaginait plus volontiers un homme seul agissant dans l'ombre, plutôt que deux ou trois personnes confortablement installées dans la salle de restaurant pleine d'une auberge. Mais, comme l'avait dit Val d'Essart, parfois, la meilleure façon de se cacher était d'apparaître au grand jour. Ce qu'il rappela à Ninnen.

— Soit. Soyons moins naïfs et plus vigilants, à partir de maintenant, déclara-t-elle. Et prêtons plus d'attention aux visages croisés lors des étapes. Qu'il ait ou non un rapport avec notre mission, ce vol est un rappel à l'ordre. Même si l'autre envoyé du comte est a priori plus vulnérable, parce que l'entourage de von Wöllner est probablement plus surveillé que celui de la favorite, et s'il peut constituer un appât, nous restons fragiles.

Ils n'en reparlèrent plus jusqu'à leur étape du soir, mais demeurèrent tendus.

Le voyage du lendemain, rythmé par les arrêts aux relais pour changer de chevaux, ainsi que par un repas pris sur le pouce, se déroula sans incident.

Comme ils l'avaient fait maintes fois depuis qu'ils s'étaient retrouvés à Londres, ils évoquèrent les événements survenus dans leur famille depuis un peu plus d'un an. La lettre d'Anne, qu'ils avaient chacun reçue très vite grâce au capitaine du *Ladybird*, les avait rassurés sur l'heureuse issue de son aventure avec Malo Jakez. Une autre, un peu plus tard, envoyée par Yaël, avait éclairé Ronan sur la raison de leur départ pour les colonies. Lui-même avait expliqué à Ninnen son emprisonnement, sa tentative de s'accuser à la place de sa jumelle pour la sauver de la traque dont elle était l'objet. Ce faisant, il lui avait révélé le rôle qu'Anne avait tenu dans la rébellion chouanne, sous le masque. Ils espéraient qu'à leur retour, une nouvelle lettre d'elle les attendrait, les rassurant sur la suite de leur voyage.

Ils parlèrent aussi longuement d'Urielle, puis de Yaël. De ce mariage organisé dans la plus grande précipitation. De la détermination sans joie de Yaël, décidé à assumer une paternité à laquelle il n'était pas préparé. Pas plus, d'ailleurs, que la frêle et frivole Liz n'était prête à devenir mère. De la fuite d'Urielle à l'autre bout du monde, pour tenter d'oublier celui qu'elle aimait, et qui avait fait un enfant à une autre.

Comme à chaque fois, ils répétèrent leur espoir que le couple soit heureux, malgré tout, et que le Nouveau Monde soit synonyme pour Urielle de nouvel amour. Qu'elle rencontre un homme bien qui puisse lui faire oublier sa peine.

7

Auteuil, 18 Thermidor (5 août)

Ils arrivèrent à Auteuil en fin d'après-midi. Tandis que le cocher mettait au pas les chevaux pour engager la voiture dans le village, Ninnen se demanda si Mme de Soulages consentirait à la recevoir. À supposer bien sûr qu'elle séjourne encore chez son père, M. Masson. Cette dame n'allait-elle pas trouver sa démarche un peu cavalière ? Ninnen n'avait pas pris la peine de s'en assurer par un échange de courriers préalable, et Mme de Soulages n'aurait peut-être pas envie de revenir sur des événements que n'importe qui souhaiterait oublier. À sa décharge, le temps lui avait manqué.

Dans la missive qui accompagnait celle de Dennys, Mme de Soulages lui expliquait brièvement comment elle l'avait connu, les démarches de son père pour éviter la fosse commune à son ami d'autrefois. Elle lui disait également que son époux était retenu, lui aussi, dans les geôles républicaines. Elle n'avait pas voulu retourner seule dans leur hôtel particulier parisien, où ils avaient été arrêtés, et elle s'était installée chez son père, à Auteuil, dans sa maison d'enfance.

Pas un mot en revanche sur les conditions de réclusion de Dennys, du quotidien en prison, de l'état d'esprit et de la santé de son fiancé. Toutes choses que Ninnen désirait savoir : elle en avait besoin pour ne plus être torturée par le doute.

Quoi qu'il en soit, se répéta-t-elle, en frissonnant malgré le soleil qui entrait par les vitres baissées de la voiture, elle se devait de faire escale ici pour rencontrer Martial Masson et le remercier, même si sa fille n'était plus là.

Ils hésitèrent entre une vieille auberge – Au Mouton Blanc –, et un petit hôtel à la façade plus avenante – Au Bourgeois Gentilhomme –, situé au centre du village. Ils optèrent finalement pour le second. Comme Ronan s'étonnait tout haut de ce nom, emprunté à une comédie de Molière, le propriétaire de l'établissement se fit un plaisir de le renseigner.

— C'est que, cher monsieur, vers la fin de sa vie, notre grand *dramaturge* a eu ici, à Auteuil, une maison de campagne !

Il parut mâcher le mot « dramaturge », s'en gargariser, comme si cette information le concernait tout particulièrement, et lui donnait une valeur propre.

— Cet établissement est dans ma famille depuis plusieurs générations.

Il se rengorgea et précisa :

— C'est Molière lui-même qui a autorisé mon aïeul à nommer ainsi cet hôtel !

Sans doute qu'une appellation comme Le Misanthrope, L'Avare ou Le Tartuffe, aurait inspiré moins confiance aux voyageurs qu'un personnage à la fois « bourgeois » et « gentilhomme », gage de la meilleure moralité. À se demander si l'aïeul en question avait eu vraiment connaissance de la pièce ! Quant à un hôtel proclamant en lettres soigneusement peintes sur la devanture Les Femmes Savantes, songea Ninnen avec plus d'amusement encore, autant écrire : « Fuyez ce lieu de perdition ! »

Alors que Ronan répondait à l'homme en s'extasiant comme il se devait, et qu'un valet déchargeait leurs malles avec le cocher, Ninnen fit quelques pas en direction d'un petit salon. Un couple y prenait un rafraîchissement en discutant tout bas. La pièce était coquette et accueillante – les Anglais auraient dit « cosy » –, avec ses murs recouverts de boiseries claires et ses épais tapis destinés à étouffer les bruits, afin de préserver la tranquillité des clients. Des fauteuils de velours vert foncé, agrémentés de coussins fleuris, occupaient presque tout l'espace.

Ronan l'y rejoignit bientôt.

— Est-ce que vous aimeriez rester ici, Violette, pour écrire votre lettre, ou préférez-vous vous installer dans la chambre ?

Elle sursauta légèrement à ce prénom. Elle avait décidément du mal ! Pourtant, il lui fallait s'y habituer. Elle devait à présent faire porter un mot à Mme de Soulages pour lui apprendre leur présence à Auteuil et lui demander si elle voulait bien la recevoir un moment, le lendemain.

— Je pense que je vais m'installer là-bas, répondit-elle, ayant repéré une table et sa chaise isolées dans l'embrasure d'une fenêtre. Ce sera plus commode que dans un fauteuil.

— Très bien. Je demande à l'hôtelier de vous faire apporter de l'encre et du papier. Quant à moi, je vais m'assurer que tout est en ordre du côté de la voiture et des chevaux.

Ninnen n'était pas plus tôt assise que le propriétaire en personne posait devant elle une écritoire, un encrier et une plume parfaitement taillée. La fenêtre donnait sur la rue, devant l'hôtel. Elle observa ce qu'il s'y passait, le temps de réfléchir à la manière de tourner sa lettre. Elle opta pour une efficacité sans détour.

Chère Madame de Soulages,

J'espère que vous pardonnerez l'urgence de ma demande et son manque de formalisme. Je suis de passage à Auteuil, avec mon cousin, et je vous serais extrêmement reconnaissante de bien vouloir me recevoir demain, au moment qui vous conviendra, si cela vous est possible. Il y a tant de choses que je voudrais savoir à propos de feu mon fiancé, Lord Gregson, et de ses derniers moments ! Vous seule êtes en mesure de me renseigner, vous qui vous êtes tenue auprès de lui dans l'épreuve, vous qui lui avez offert le réconfort de votre amicale présence.

Je vous remercie de bien vouloir adresser votre réponse au Bourgeois Gentilhomme, où je loge.

Avec toute ma gratitude,

Ninnen de Keroual

M. Masson et sa fille étaient apparemment connus de tout le village, aussi Ninnen n'eut-elle aucun mal à faire porter sa lettre par un tout jeune valet de l'hôtel.

— À vot' service, m'ame ! lui dit-il, les yeux brillants de joie, après qu'elle lui eut glissé dans la main l'une des pièces françaises qu'ils s'étaient fait remettre à Dieppe, grâce à une première lettre de change.

Par la fenêtre, elle le vit ensuite filer en courant vers sa destination. Elle monta alors dans la chambre. Ce courrier urgent étant écrit, elle allait enfin pouvoir se rafraîchir et se reposer du voyage. Si elle avait échappé, dans cette berline individuelle, aux bavardages assommants d'autres voyageurs, elle n'avait pas échappé en revanche aux mauvais ressorts du châssis, ni aux chaos de la route.

Une demi-heure plus tard à peine, on frappait à la porte. Elle alla ouvrir. Le valet se tenait devant elle, sa casquette dans une main, une lettre dans l'autre. Elle lui avait recommandé, si Mme de Soulages était absente, de laisser son courrier à M. Masson.

— La dame, elle était là, m'ame, l'informa-t-il. Elle m'a d'mandé d'attendre pour la réponse. Et la v'là !

Il lui tendit le pli, lui fit un petit signe de tête lorsqu'elle le remercia, puis disparut dans le couloir.

Ninnen s'empressa de faire sauter le cachet.

Chère Mademoiselle de Keroual,

Venez dîner demain. Mon père et moi serons si heureux de faire votre connaissance, ainsi que celle de M. votre cousin, malgré les tristes circonstances. Lord Gregson était un grand ami de la famille. Parler de lui nous fera du bien. C'est honorer les disparus que d'évoquer leur souvenir.

À demain, donc.

Bien à vous,

Amélie de Soulages

Ninnen serra le feuillet contre sa poitrine, la gorge nouée. Elle allait enfin avoir des réponses. Peut-être pourrait-elle alors penser à Dennys sans trop de remords…

Maison de Martial Masson, 19 Thermidor (6 août)

Amélie de Soulages et son père les avaient tout de suite mis à l'aise par leur gentillesse et la chaleur de leur accueil. Ils avaient fait un repas léger, au cours duquel Martial Masson avait raconté les années que Dennys avait passées à Auteuil avec sa première épouse. Sa *seule* épouse, en fait, avait songé Ninnen, qui avait évoqué mentalement Jeanne comme la première, tant qu'elle avait cru devenir la seconde. Elle avait continué à songer à elle comme telle, jusqu'à cette rencontre qui rendait, assez étrangement, bien plus réelle la disparition de Dennys. Quelque chose se refermait là, dans ce village où il reposerait à jamais, aux côtés de celle qui fut et demeurerait la seule baronne de Gregson.

De simples voisins, leur avait expliqué Martial Masson, Dennys et lui étaient devenus des amis. Dennys avait vu grandir Amélie. Tous deux étaient devenus veufs à peu près à la même période, ce qui les avait encore rapprochés.

Comme il était sans enfant, Dennys avait gâté la fille de son ami un peu comme s'il avait été son parrain. Puis il avait fini par retourner en Angleterre, où il avait siégé à la Chambre des lords. Martial Masson et lui étaient restés en contact par un courrier régulier, mais ils ne s'étaient jamais revus. Pourtant, leur affection et leur estime réciproques étaient restées intactes.

À la fin du repas, laissant son père à son cigare, Amélie entraîna Ronan et Ninnen à l'extérieur. L'ancienne maison de Dennys, cachée de la rue par de hauts murs, était visible depuis le bout du jardin, et Ninnen souhaitait la voir.

Ils longèrent des parterres de buis et de rosiers, puis un petit bassin dans lequel nageaient des poissons rouges. Ils s'arrêtèrent enfin devant une haie de troènes, dont les petites fleurs blanches en bouquets diffusaient un parfum puissant et délicieux.

— Voilà, dit simplement Amélie.

Au-dessus des arbustes, Ninnen aperçut une bâtisse à l'architecture classique, dont le porche présentait des colonnades qui rappelaient les temples grecs.

— C'était un cadeau du père de Jeanne, précisa Amélie. Pour leur mariage.

Ninnen perçut le coup d'œil inquiet de Ronan sur elle. Elle le sentait tendu, depuis qu'ils étaient arrivés chez les Masson. Comme s'il craignait que cette visite, ravivant le souvenir de Dennys, ne lui fasse plus de mal que de bien. Si c'était cela, il n'avait pas complètement tort. Elle éprouvait une douleur diffuse mêlée de colère. Toucher ainsi du doigt, si l'on pouvait dire, le passé de Dennys lui permettait de mesurer tout ce que cet homme avait accompli, et accentuait l'horreur de sa fin.

— Quand j'étais enfant, poursuivit Amélie, je me glissais à travers la haie pour aller chez lui. Le matin, j'étais à peu près sûre de le trouver installé derrière son bureau, au rez-de-chaussée. La porte-fenêtre ouvrait sur la terrasse, et j'allais y frapper, sans passer par la porte d'entrée. Il avait toujours des confiseries pour moi sous la main…

Elle poussa un soupir auquel celui de Ninnen fit écho.

— Vous avez parlé dans votre lettre du réconfort de mon amicale présence auprès de lui, reprit-elle après un moment de silence. Mais, c'est moi qui ai eu de la chance, durant mon bref emprisonnement, de l'avoir près de moi, dans la même cellule…

Les souvenirs des jours heureux avaient été évoqués, il fallait passer maintenant aux choses plus difficiles, songea Ninnen. Après tout, c'était la raison principale de sa venue.

— Comment était-ce ? demanda-t-elle presque timidement. Ne voyez aucune curiosité malsaine dans cette question, s'empressa-t-elle d'ajouter. Je veux simplement… J'ai tellement craint…

— Nous n'avons pas été maltraités physiquement, si c'est ce qui vous ronge, dit Amélie, venant à son secours. Enfin, pas comme vous en avez eu peur, j'imagine. Nous étions entassés à quinze dans une cave insalubre, contraints à une hygiène déplorable par manque d'eau, et mal nourris…

— Ce qui était déjà en soi une terrible maltraitance !

— … Mais nous n'avons pas subi de violences corporelles ou de coups, continua Amélie, après avoir acquiescé à sa remarque. Dennys n'a pas été torturé. Personne ne l'a été.

— Est-ce qu'il a été blessé, lors de son arrestation ?

— Je ne crois pas, non... Rien d'apparent, ni d'invalidant, en tout cas.

— Je vous remercie, Amélie. Depuis que vous m'avez fait parvenir sa lettre, cette question me hantait. J'avais si peur qu'aux rigueurs de l'emprisonnement se soient joints des sévices.

Sa voix se brisa sur ces derniers mots, et les larmes lui montèrent aux yeux.

Pauvre Dennys, il ne méritait vraiment pas cela !

Son émotion n'échappa ni à leur hôtesse ni à Ronan, qui posa sur elle un regard... douloureux. Pas empathique, non, *douloureux*, comme s'il souffrait lui-même intensément de la perte de Dennys.

Amélie lui pressa gentiment le bras.

— Il vous aimait tant, Ninnen ! Vous le savez, n'est-ce pas ? Bien sûr que vous le savez, et vous l'aimiez aussi. Je suis si triste pour vous ! Dennys a logé chez nous, la veille de son arrestation. Il nous a parlé de vous toute la soirée. Un homme nouveau, plein d'allant, plein de projets et de confiance en l'avenir avec vous. Un homme heureux. Si heureux...

— Je ne vous remercierai jamais assez, votre père et vous, pour vos démarches. L'idée qu'il aurait pu se trouver dans un charnier...

Elle frissonna.

— Mais il n'y est pas, souffla Amélie avec douceur.

— Grâce à vous. Mais tout cela est tellement injuste !

Cette fois, ses larmes coulèrent. Elle pleurait du regret de ne pas avoir laissé espérer à cet homme qu'elle l'aimerait un jour comme lui l'aimait. Il aurait au moins quitté cette Terre avec cet espoir. Elle sortit rapidement son mouchoir de son réticule et s'essuya les yeux, gênée de cette démonstration de faiblesse. Son cousin avait définitivement raison, cette visite, bien que nécessaire, la bouleversait au-delà de ce qu'elle aurait imaginé.

— Oh oui, ça l'est ! s'écria Amélie, qui avait probablement compris ses paroles d'une autre manière.

Quant à Ronan, Ninnen le trouvait étonnamment silencieux, comme éprouvé, lui aussi.

— Je comprends si bien votre peine et votre révolte, ma chère Ninnen ! Quand on perd celui qu'on aime plus que tout au monde...

Son époux était toujours enfermé dans les prisons de la République, malgré les démarches que multipliait Martial Masson.

— Gardez espoir, Amélie, lui dit-elle. Votre père et ses amis n'ont pas encore dit leur dernier mot. M. Masson semblait même assez confiant à propos de la nouvelle intervention dont il a parlé au repas. Et puis, il a pu le voir. Vous savez qu'il est en vie...

Amélie lui lança un regard reconnaissant.

— Oui, Dieu merci, l'espérance m'est encore permise, et j'ai d'autant plus de peine pour vous...

— Je suis certaine qu'il va bientôt vous revenir. Et je vous suis très reconnaissante de ce que vous m'avez appris sur Dennys. Pas seulement à propos de la prison du Luxembourg. Cela m'a fait beaucoup de bien d'entendre votre père me parler de lui, de sa vie ici, en France. Dennys évitait le sujet avec moi. Il pensait peut-être qu'évoquer Jeanne me blesserait.

Elle se tut un instant, laissant errer une fois encore le regard sur la maison où Dennys avait vécu, respirant à pleins poumons le parfum entêtant des fleurs de troène.

— Il se trompait, finit-elle par dire. J'aime à savoir qu'il a connu le bonheur ici, à une époque de sa vie. Et maintenant, chère Amélie, si vous le permettez, nous allons prendre congé pour nous rendre au cimetière. Nous repartons demain matin à la première heure.

Ronan et elle leur avaient servi la fable du voyage en Italie.

— Bien entendu !

Ils regagnèrent en silence le salon où Martial Masson lisait à présent le journal, puis tous les quatre se séparèrent sur des vœux réciproques pour l'avenir.

Cimetière d'Auteuil

En cette presque fin d'après-midi, le cimetière avait l'air d'un parc paisible. Sur le marbre blanc, une inscription toute simple, sous plusieurs autres que le temps avait déjà partiellement effacées :

DENNYS HASBURY, HUITIÈME BARON DE GREGSON

1754 – 1794

Cela faisait près d'une quinzaine de minutes qu'ils se tenaient silencieux devant la tombe, et Ronan n'osait interrompre le recueillement de Ninnen. Ce silence l'arrangeait, car il était en proie à un grand trouble intérieur, et il ne savait comment en sortir.

Elle avait pleuré, tout à l'heure, dans le jardin de Martial Masson. Quelques larmes discrètes, bien vite disparues sous son mouchoir. C'étaient les premières qu'il lui avait vu verser, depuis qu'il avait rejoint Londres. Et ces larmes l'avaient bouleversé. Il n'avait cessé d'y repenser depuis, déstabilisé par le chagrin qu'elles trahissaient chez sa cousine, autant que par l'effet de ce chagrin sur lui.

Elle avait été très éprise de Dennys, et elle l'était encore. C'était évident ! Comment comprendre ces larmes, sinon ? Cette obstination à tout connaître de lui, de son passé ? Et cet amour, dont il avait fini de prendre brutalement conscience devant la haie de troènes, si près de la maison où cet homme avait vécu, lui faisait mal. Ninnen souffrait de la mort de Dennys et lui… Lui… c'était tellement inconcevable qu'il peinait à nommer la chose… Lui souffrait de cet amour qu'elle avait pour un autre !

Absurde ! Cela ne pouvait tout de même pas être… de la jalousie ?

Non… Non !

Et pourtant, tous ces tiraillements, ces pincements au cœur, chaque fois qu'il avait été question de Ninnen et Dennys en tant que couple… Sa réaction, la première nuit, à Rouen, dans la chambre de l'auberge… Et le trouble permanent de son corps, lorsque les circonstances l'amenaient à l'enlacer, à se tenir tout près d'elle pour les besoins de leur comédie maritale.

Qu'est-ce qui lui arrivait ? Ninnen était sa cousine, bon sang ! *Sa cousine !* Ils avaient grandi ensemble ! Ils avaient joué ensemble ! C'était Ninnen. Pas n'importe quelle femme. *Ninnen !*

Depuis quand les choses avaient-elles changé pour lui ? Mais, est-ce qu'elles avaient vraiment changé ? Ce trouble déroutant – dérangeant, même – n'était peut-être qu'une conséquence passagère de leur mission. De ces rôles qu'ils devaient tenir tous les deux, de ce prétendu mariage qui le conduisait à la toucher, l'enlacer, la serrer contre lui, feindre le mari éperdument amoureux. C'était perturbant, à la vérité, mais il finirait bien par s'adapter, et alors tout rentrerait dans l'ordre.

Oui, ce n'était probablement que cela. Ça ne devait être que cela. Il le fallait. Parce que tout autre chose serait inacceptable.

« Cessez immédiatement ce jeu ridicule et indécent, tous les deux ! Et vous, Ninnen, ôtez ce voile sacrilège ! »

L'ordre les avait cueillis en plein milieu du jeu. Ils étaient alors restés figés l'un en face de l'autre. Aussi glacés que si

Mlle Dupin leur avait vidé sur la tête un seau plein d'eau froide.

— Tu sais ce que je regrette le plus, Ronan ?

La voix claire de Ninnen chassa aussitôt ces réminiscences, qui remontaient à près de vingt ans. Elle s'était tournée vers lui, et le fixait de ses yeux bleu pervenche. Elle avait ôté son chapeau, qu'elle avait posé sur l'herbe, à côté de la pierre tombale, et se triturait nerveusement les ongles.

— Non…

— Que Dennys soit parti en sachant que je ne l'aimais pas.

— Que… Qu'est… ?

Il fit un pas en arrière, chancelant, tandis que son cœur se mettait à taper frénétiquement, et s'appuya d'une main sur le crâne d'un angelot moussu.

Elle soupira.

— J'avais de l'estime pour lui. De… de l'affection, même. Oui, beaucoup d'affection. Mais je n'étais pas amoureuse.

— Tu veux dire que, vous deux, c'était un mariage de raison ?

— Vraiment, tu l'ignorais ? Je pensais qu'Anne t'en aurait parlé. En réalité, cette expression ne me plaît pas beaucoup, car il y avait des sentiments entre nous. Mais Dennys et moi ne nous aimions pas de la même manière. Pas du tout. Il le savait. Et il avait accepté l'idée de se contenter, de ma part, d'une grande amitié. Seulement, maintenant…

Elle se tut et retomba dans l'un de ces silences qu'il commençait à bien connaître. Mais qu'il interprétait à présent différemment. Pourtant, le poids qui s'était envolé de ses épaules à l'instant même où elle avait annoncé qu'elle n'était pas amoureuse ne le laissait pas rasséréné pour autant. Le soulagement qu'il en éprouvait le plongeait au contraire dans de nouvelles affres.

— … Maintenant, reprit-elle tout aussi brusquement qu'elle avait cessé de parler, je me dis que, si j'avais su ce qui l'attendait, j'aurais pu lui offrir la joie de croire au moins que mes sentiments auraient pu évoluer…

— Mais tu ne savais pas, Ninnen. Comment aurais-tu pu savoir ? Tu as bien fait de ne pas lui mentir. Le mensonge aurait été indigne de toi, de lui.

— Tu as raison. Seulement, quand je pense à ce qu'il a traversé, à la solitude qu'il a dû ressentir dans cette cellule. À cette trahison dont il a été victime. Quelqu'un que l'on connaît peut-être, Ronan ! Quelqu'un avec qui l'on a peut-être joué aux cartes chez la comtesse du Chassoy, ou que Dennys a reçu à Criscraw Mansion !

Il lui prit la main et la pressa avec douceur. La sienne tremblait un peu.

— Que puis-je faire, pour que tu te sentes mieux ? Je voudrais tellement t'aider !

Elle secoua la tête.

— Rien, Ronan. Simplement mener à bien cette mission, pour que sa réussite lui revienne aussi. Et laisser le temps faire son œuvre.

Une recommandation valable pour lui aussi, songea-t-il, tandis qu'ils quittaient le cimetière et rentraient à pied à l'hôtel. Savoir qu'elle n'avait pas été amoureuse de son fiancé ne servait à rien, en définitive, parce que cela ne changeait rien à la question. Son soulagement n'avait aucun sens. Absolument aucun ! Ninnen demeurait sa cousine, et lui n'était pour elle qu'un cousin. Oh ! un cousin complice, avec lequel elle avait de bons souvenirs ! Un cousin qu'elle aimait beaucoup, il n'en doutait pas, mais d'un amour qui ne différait pas de celui qu'elle portait à Yaël ou à Anne.

Allons ! Il devait se reprendre. Lutter contre ce qui lui arrivait. Ses relations avec elle reviendraient à la normale lorsque leur mission serait terminée, et qu'un peu de temps aurait établi avec les événements présents un intervalle salutaire. Oui, il suffisait de temps. Simplement de cela…

8

Charleville-Mézières,
sur le trajet vers la Prusse

— Ronan !

Son cri lui déchira la gorge. Elle ignorait qu'elle pouvait pousser un cri pareil. Presque animal. Un cri dont l'écho se répercuta sous les voûtes du pont de pierre, jusqu'au corps qui flottait sur le ventre, dans les eaux troubles de la rivière. C'était un cauchemar. Un effroyable cauchemar !

En fin d'après-midi, ce jour-là, ils s'étaient arrêtés dans cette auberge charmante, sur les bords de la Meuse, à Charleville-Mézières. Ils avaient soupé très tôt de succulents petits pâtés à la viande et aux herbes, servis sur un lit de salade, puis de framboises et de crème fouettée. Ensuite, elle s'était attardée à table pour discuter avec une vieille dame. Ronan, lui, avait annoncé son intention de se promener le long de l'eau tant qu'il faisait encore jour.

Le temps avait passé dans le murmure des discussions. La vieille dame était allée se coucher, et Ninnen s'était installée dans la cour, sur un banc, pour profiter du doux début de soirée. Par les fenêtres ouvertes de la salle où ils avaient mangé, elle avait entendu sonner 8 heures à l'horloge, la demie de 8 heures, puis 9 heures. Les palefreniers, qui s'affairaient encore entre les écuries et la charreterie, passaient parfois devant elle, laissant flotter derrière eux l'odeur familière du foin et des chevaux.

C'est alors que l'un des valets était arrivé en courant.

— Un noyé ! Y'a un noyé dans la Meuse !

Un mouvement général s'était produit de l'auberge vers le bord de la rivière : les clients, l'aubergiste, les servantes, les autres valets, tous y avaient filé, toute affaire cessante… Ninnen avait suivi, en proie à une crainte diffuse.

Et puis, elle l'avait vue et reconnue… *La redingote.* Et elle avait poussé ce cri instinctif, oubliant leurs identités d'emprunt, oubliant l'autre prénom, qu'elle aurait pourtant dû prononcer.

Folle de terreur, elle retroussa très haut ses jupes et se mit à courir pour parcourir la dernière distance. Alors qu'elle était tout près de la berge, son pied se prit dans la racine d'un saule, et elle trébucha. Elle se releva aussitôt, déchirant son jupon, et repartit de plus belle. Elle avait perdu des épingles à cheveux dans sa course, et une longue mèche dansait devant ses yeux, l'aveuglant à moitié. Son cœur cognait si fort dans sa poitrine, qu'elle avait l'impression qu'il allait exploser.

— Ronan ! Oh ! mon Dieu… Non !

Le valet qui avait donné l'alerte, et qui était reparti aussitôt, avait déjà les pieds dans l'eau. Il avançait prudemment, tâtant le lit de la rivière pour y prendre appui. Lorsqu'il ne put aller plus loin, un autre lui tendit une fourche, avec laquelle il fit de son mieux pour accrocher la martingale de la veste, et ramener le corps sur la berge.

Cette redingote, elle l'avait qualifiée de « pittoresque », parce qu'elle n'avait pas osé dire à Ronan qu'elle ne lui correspondait pas du tout. Il l'avait achetée la veille, alors qu'ils traversaient un village des Ardennes où se tenait une foire. C'était elle qui avait voulu s'y arrêter pour couper le long défilement des heures dans la berline, et se dégourdir les jambes. Ils avaient déambulé entre les étals, acheté quelques babioles. Puis ils étaient tombés sur ce marchand au fort accent italien.

Devant l'insistance de l'homme, Ronan avait essayé quelques vestes, avant d'arrêter son choix sur cette redingote coupée dans une étoffe aubergine – « florentine », selon le marchand –, brodée de motifs végétaux. Son cousin avait argué que cet achat étaierait le récit de leur voyage en Italie qu'on ne manquerait pas de leur réclamer, à leur retour à Londres. Du coup, elle avait acheté quelque chose, elle aussi, pour en faire cadeau à sa mère. Deux petits vases assortis en *millefiori*, cette technique de mosaïque de verre particulière aux productions de la ville de Murano.

Ce vêtement particulièrement voyant, aux décorations chargées, si peu en phase avec la simplicité et l'austérité naturelles de Ronan, se trouvait à présent au bout d'une fourche, avec son cousin dedans... Ses cheveux noirs détachés flottaient comme des algues mouvantes autour de sa tête.

La vue brouillée de larmes et hors d'haleine, elle s'arrêta sur la berge, où venaient également d'arriver une dizaine de personnes qui parlaient toutes ensemble. Mais elle les voyait à peine et ne distinguait aucune parole en particulier. Non, ses yeux étaient fixés sur le sillage laissé par le corps qu'on tirait. Des traînées s'y mêlaient. De larges traînées plus sombres que l'eau agitée de remous sablonneux.

Du sang !

— Ronan ! cria-t-elle à nouveau, avec un hoquet d'horreur.

Puis elle se précipita tout au bord de l'eau.

Un homme la retint fermement par le bras.

— Non, madame !

Elle se débattit pour se libérer de sa poigne.

— Laissez-moi y aller ! C'est mon...

Le dernier mot se perdit dans un gargouillis, comme si

quelqu'un l'avait violemment frappée à l'estomac. À deux pas d'elle, le valet venait de hisser le corps sur la bande herbeuse, et s'apprêtait à le retourner pour voir son visage. Tremblant de la tête aux pieds, au bord de l'évanouissement, elle serra convulsivement ses jupes et se mordit les lèvres pour ne pas hurler de nouveau.

— Violette !

L'appel venait de derrière elle. Elle se retourna, éperdue, et fouilla les arbres et le chemin, au-delà de l'attroupement des curieux.

— Violette ! appela encore la voix de Ronan.

C'est alors qu'elle le vit, courant vers elle, en chemise blanche, la lavallière défaite. Tache claire tranchant sur le gris uniforme du crépuscule qui venait.

Elle se mit à courir, elle aussi. À voler sur les ailes d'une émotion qui n'avait pas de nom. Elle avait pensé... C'était si horrible... Mais il était vivant !

Elle échoua contre son torse avec le bonheur d'un équipage qui atteint le port après une nuit de tempête en mer. Deux bras puissants se refermèrent sur elle, et la soulevèrent légèrement de terre.

— J'ai cru..., sanglota-t-elle. J'ai cru...

— Chut... Chut..., fit-il en la berçant contre lui. Chut... C'est bien moi, je suis là...

Elle renversa la tête en arrière pour le regarder. S'assurer que c'était bien lui, qu'elle ne rêvait pas. Qu'il était sain et sauf. Mais au lieu de ses yeux plongeant dans les siens, ses lèvres rencontrèrent sa bouche. Une bouche ferme, pleine et douce.

Le choc la figea. Elle sentit que Ronan aussi accusait la surprise. Comment était-ce arrivé ? Elle ne voulait pas... Jamais, elle n'aurait même envisagé... Et, pourtant, ses lèvres étaient bel et bien sur celles de Ronan.

Elle n'avait pas envie que ce moment cesse. Parce que

cette bouche était chaude. Parce que ses bras, autour d'elle, lui procuraient un bien-être nouveau, et de drôles de picotements sur la peau. Parce que, lorsqu'ils cesseraient d'être en contact et que, cette fois, leurs regards se rencontreraient véritablement, ce serait beaucoup trop mortifiant pour elle.

Elle l'avait… Elle l'avait *embrassé* ? La honte lui monta aux joues en un flot brûlant. Elle finit par reculer le visage, et baissa la tête, incapable d'affronter la situation. Mais Ronan lui releva le menton du bout des doigts, écrasa de son pouce une larme roulant sur sa joue. Puis il fixa sa bouche… Et se détourna brusquement, comme au prix d'un immense effort.

Son étreinte se détendit, mais il ne la lâcha pas tout à fait. Il se tourna à demi vers l'attroupement au bord de l'eau, et l'homme qui gisait maintenant sur le dos, les bras en croix.

— J'avais trop chaud et j'ai ôté ma veste, dit-il. Je l'ai accrochée à la branche basse d'un arbre, en amont d'ici, et je me suis éloigné, croyant voir un castor. Quand j'ai voulu la reprendre pour rentrer à l'auberge, elle n'y était plus…

— Ronan, commença-t-elle d'une voix hésitante. Ronan…

— C'était la peur, l'interrompit-il, comme s'il ne voulait pas l'entendre. L'affolement. Tu as cru que c'était moi. N'importe qui l'aurait cru… à cause de la veste. Il a dû me la voler.

Il ouvrit les bras, et elle fit quelques pas loin de lui. Elle était abasourdie d'embarras, mais surtout d'incompréhension. Comment une telle chose avait-elle pu se produire ? Pire encore, comment se faisait-il qu'elle ait ressenti une telle déception, lorsque Ronan avait fixé sa bouche comme pour l'embrasser, mais qu'il ne l'avait pas fait ?

— Je…

Elle secoua la tête, incapable de trouver les mots adéquats. Peut-être parce qu'il n'y en avait pas. Peut-être parce que cette déchirure en elle, lorsqu'elle l'avait pensé mort, cette béance, lui avait révélé en une fraction de seconde ce qu'elle refusait d'admettre depuis des semaines. Ce qu'elle cachait obstinément derrière le souvenir de Dennys.

Quelque chose – indéniablement – avait changé entre Ronan et elle.

« Cessez immédiatement ce jeu ridicule et indécent, tous les deux ! Et vous, Ninnen, ôtez ce voile sacrilège ! Dieu ne permet pas l'union entre cousin et cousine. Ni même sa parodie ! Dieu les punit ! »

Elle avait neuf ans. Ronan quelques mois de moins qu'elle. Elle avait « emprunté » à sa mère un châle en dentelle, dont elle s'était fait un voile de mariée qui se prolongeait en traîne. Ils ne faisaient rien de mal, ils jouaient ! Bras dessus, bras dessous, ils avançaient tous les deux solennellement dans le long couloir du premier étage, à Aubin. Derrière elle, Anne, promue demoiselle d'honneur, tenait la traîne. Yaël, en héraut, ouvrait la procession en soufflant dans un clairon miniature.

Mais tout était dit : « Dieu ne permet pas l'union entre cousin et cousine », dans la réalité comme dans la parodie. Cette peur, cette douleur, en l'ayant cru mort, était-ce le début de la punition ?

Ils regagnèrent l'auberge en silence, rejoignant sur le chemin les curieux qu'un exempt et deux agents de police venaient de disperser.

L'homme avait été poignardé en quatre endroits de la poitrine. Il était grand, jeune, les cheveux noirs. Masqués par la belle veste florentine brodée de feuilles d'argent, il portait une chemise sale et usée, un pantalon trop large pour lui. Sans doute était-il un vagabond.

Mais, dans la lumière tamisée de la fin du jour, il était très facile de le confondre avec Ronan.

La conviction que ce malheureux avait été attaqué par

erreur, par quelqu'un dont la cible était en réalité Ronan, avait momentanément effacé chez Ninnen la gêne du baiser, car il fallait bien le nommer ainsi, aussi léger avait-il été. Qu'auraient pu traduire d'autre ces quatre coups de lame, sinon la volonté de l'agresseur de tuer, et pas seulement de blesser ?

Ronan et elle se taisaient, en proie à l'angoisse, au milieu de l'effervescence. Les agents de police avaient cantonné clients de l'auberge et personnel dans la salle principale, où une servante avait rallumé à la hâte des bougies. Quelques questions, quelques vérifications avaient tenu lieu d'enquête.

Le vol de la veste une fois posé, l'erreur sur la personne et le crime crapuleux avaient été établis. L'homme avait dérobé son vêtement à M. Villefranche-Lalande. Ensuite, pris pour un riche promeneur aux poches bien garnies dans l'entre-deux crépusculaire, il avait été victime à son tour d'un malfaiteur. Il s'était défendu, l'autre l'avait tué avant de s'enfuir.

Seuls Ronan et Ninnen pensaient que le motif de l'agression était tout différent. Après la fouille de leur chambre à Rouen et le vol des fausses lettres, le doute n'était guère permis. Quelqu'un suivait leurs traces, quelqu'un était au courant des raisons de leur voyage en Prusse. Une personne prête à tout pour les empêcher de réussir.

Le lendemain matin, ils abandonnèrent la voiture individuelle pour voyager de nouveau en diligence, plus sûre. Ronan avait emporté son épée, mais elle ne lui paraissait plus suffisante, aussi s'était-il procuré deux petits pistolets : un qu'il avait glissé dans sa ceinture, l'autre que Ninnen avait placé dans sa poche secrète, cousue à son jupon, avec les lettres de recommandation et les lettres de change.

Ils avaient également laissé à l'aubergiste une somme

d'argent pour le mort. Ils tenaient à offrir une sépulture décente et une messe à l'infortuné vagabond qui avait, sans le savoir, sauvé la vie de Ronan. L'aubergiste avait promis de s'en occuper.

Tandis qu'ils se laissaient aller à de sombres pensées, secoués par les chaos de la route, les « Alors, monsieur mon époux, comment nous sommes-nous rencontrés, déjà ? » et les « Madame mon épouse, je vous en prie, passez devant » leur paraissaient bien loin. Tout comme les rires qui les accompagnaient.

En quelques jours à peine, les choses avaient pris une tout autre tournure. Le danger était devenu une bête réelle, qui rôdait, prête à se jeter sur eux au moindre relâchement de vigilance. Mais autre chose s'était produit, quelque chose d'inavouable… parce que « Dieu ne le permet pas ».

Deuxième partie

Je tiens ce monde pour ce qu'il est : un théâtre où chacun doit jouer son rôle.

William Shakespeare

9

Postdam, le 17 août

— Nous y sommes presque ! s'écria Ronan en se laissant aller contre le dossier de la banquette avec une évidente satisfaction. Ce n'est pas trop tôt ! J'en avais par-dessus la tête !

— N'as-tu pas expliqué avant-hier à nos compagnons de diligence que tu rêvais de découvrir le Nouveau Monde ? C'est mal parti, si quatorze malheureux jours de route sont trop pour toi ! railla Ninnen.

À la vérité, elle était contente, elle aussi, d'être enfin arrivée à destination. Deux semaines de poussière et de ballottements dans l'espace confiné d'une berline, deux semaines de promiscuité forcée avec des inconnus dans des salles d'auberge et des relais de poste, cela commençait à faire long.

Ils avaient traversé Coblence sans s'y arrêter, bien que des amis de ses parents y aient trouvé refuge, comme d'autres aristocrates français, dans l'entourage du comte d'Artois[1]. Il n'était plus question de sortir, même pour quelques heures, des rôles qu'ils avaient à tenir pour leur mission en faisant étape chez eux. Le comte de Provence les avait bien mis en garde : les républicains avaient des espions partout, même

1. Charles-Philippe de France, frère de Louis XVI et du comte de Provence. Il régnera sous le nom de Charles X durant la période de la Restauration.

chez les émigrés. Et ils avaient déjà pris assez de risques à Auteuil !

Pour le peu qu'ils y étaient restés, Wiesbaden et ses thermes les avaient charmés. Quant à la plaine de Leipzig, ville si célèbre pour ses grandes foires annuelles, elle leur avait paru ne jamais se terminer.

Ils étaient arrivés au relais une demi-heure plus tôt, avaient fait transférer leurs bagages dans un cab, et roulaient à présent vers la maison du chevalier Texier de La Barre.

— Ce n'est pas du tout la même chose ! objecta Ronan avec ferveur. Nous venons d'effectuer deux semaines de *déplacement*, dont le but n'était que de passer d'un lieu à un autre. Moi, je te parle de *voyage*. Tout compte, dans un voyage. La route elle-même fait partie de la découverte ; le déplacement n'est plus simplement utilitaire, il représente lui aussi l'aventure !

Elle partageait tout à fait son point de vue, et ne l'avait provoqué que pour les lancer dans une conversation anodine. Depuis Charleville-Mézières, elle multipliait ces petites provocations pour combattre la gêne qui perdurait entre eux, et qui rendait tous leurs moments de tête-à-tête aussi compliqués qu'ils avaient été simples et naturels auparavant. Il s'y engouffrait aussitôt – elle le soupçonnait de ne pas être dupe, cependant.

Ils avaient reparlé du baiser. Plus exactement « de ce qui s'était passé au bord de la Meuse », refusant de le nommer comme tel. Tous deux horriblement embarrassés. Et ils avaient convenu de mettre ce « contact malencontreux » sur le compte de l'affolement, et d'une maladresse lorsqu'elle s'était jetée dans ses bras, en larmes. Un mouvement mal contrôlé de part et d'autre. Une malheureuse coïncidence, alors qu'elle relevait la tête pour le regarder, et que lui, plus grand qu'elle, se penchait au même instant pour lui dire quelque chose. Oui, un concours de circonstances regrettable. Rien de plus...

Ils avaient également convenu d'oublier.

Ronan paraissait d'ailleurs y réussir, preuve qu'ils avaient eu raison de minimiser l'incident. Certes, Ninnen avait souvent surpris son regard sur elle, depuis Charleville. Mais, franchement, dans le si petit espace de la diligence, qui d'autre aurait-il pu regarder, lorsqu'il était loin d'une fenêtre et ne pouvait admirer le paysage ? On l'aurait pris pour un goujat, s'il avait trop dévisagé les dames qui voyageaient avec eux. Ou pour un idiot, s'il avait passé son temps à fixer ses chaussures ! Il faisait bien la part des choses entre le rôle qu'ils avaient à jouer et ce qu'ils étaient en réalité : simplement un cousin et une cousine.

Mais elle, à quel moment avait-elle cessé de le regarder comme elle l'avait toujours regardé ? Dennys avait occupé la plupart de ses pensées, dans les semaines précédant la date du mariage. Comment Ronan avait-il pu se glisser dans les interstices sans qu'elle s'en rende compte, puis prendre tout à coup tant de place ? Elle n'avait pas de réponse, mais elle savait à quoi s'efforcer : à lutter contre l'attirance qu'elle sentait croître en elle, cette attirance absurde, irrecevable.

— Imagine les semaines en mer et les escales dans des endroits plus exotiques les uns que les autres ! reprit-il. Tu ne t'es jamais demandé comment c'était, de l'autre côté de l'océan ?

— Si, bien sûr. Je n'ai jamais été aussi fascinée qu'Anne, mais on ne peut pas grandir au cap Fréhel sans s'interroger sur tous ces endroits où la mer peut conduire.

Ils venaient d'arriver dans Mittelstraße, au cœur du quartier hollandais. La rue présentait de part et d'autre une enfilade de maisons en brique rouge, en tout point identiques, jusqu'au blanc des huisseries. Dotées de plusieurs étages et de pignons immenses, arrondis au niveau du toit au lieu d'être pointus, elles s'alignaient sans que rien ne les distingue les unes des autres. Une architecture qui donnait à l'ensemble allure et sobriété.

Ninnen s'étonna que le chevalier habite un quartier somme toute modeste, dans son apparence du moins. Elle n'y avait pas particulièrement songé, mais s'était tout de même imaginé quelque chose de plus cossu, de plus ostentatoire, pour un ancien membre de la diplomatie française. En même temps, Val d'Essart ne leur avait pas précisé quel type de poste le chevalier avait occupé.

— Étonnant, commenta Ronan, comme si elle avait pensé tout haut.

Bientôt, le cocher les arrêta devant le numéro 28. Ils restèrent alors immobiles quelques instants sur la banquette, comme écrasés, soudain, par la matérialisation de ce pourquoi ils venaient de parcourir cette si longue distance.

— Eh bien, voilà..., fit-elle. Nous sommes vraiment sur le théâtre des opérations, cette fois.

Ronan lui sourit.

— Prête pour effectuer vos recherches, madame la secrétaire particulière de Mlle de Plessis-Tanneur ?

— Prête, monsieur l'avocat en attente de sa nomination au barreau !

Le cocher détacha les bagages, et Ronan l'aida à les porter sur le trottoir, devant la maison. Alors qu'ils posaient la deuxième malle, un visage surmonté d'une coiffe blanche ornée d'un ruban apparut à l'une des fenêtres du rez-de-chaussée, juste à côté de la porte. Aussitôt après, celle-ci s'ouvrit sur la toute jeune fille qu'ils venaient d'apercevoir.

Ninnen lui donna treize ou quatorze ans à peine. Elle n'était pas très grande, mais il se dégageait d'elle une belle énergie. Une mèche de cheveux châtains glissa de sa coiffe.

Elle la chassa en soufflant vigoureusement dessus, la bouche de travers. Puis elle posa sur eux deux yeux marron et vifs.

— Vous cêtes les Frrançais ? demanda-t-elle sans façon dans leur langue, l'air tout excité, sans même penser à les saluer.

Comme Ronan acquiesçait d'un signe de tête, elle se tourna vers l'intérieur de la maison et cria :

— Monsieur ! Vos cinvités sont là !

Puis, revenant à eux :

— Avez-vous faite une bonne voyage ? leur demanda-t-elle d'un ton mondain, comme si elle était la maîtresse de maison.

— Oui, merci, lui répondit Ninnen, un peu interloquée, tout en jetant un coup d'œil derrière elle.

Quatre portes donnaient sur un couloir clair : deux sur la gauche, une double porte vitrée sur la droite, et la dernière, entrouverte, tout au fond, derrière un bel escalier entièrement peint en blanc. Un épais tapis bleu foncé en garnissait les marches en leur centre.

— Tiborr va monter vos bagages dans vos geambrres, reprit la jeune fille.

Se tournant de nouveau vers l'intérieur, elle appela :

— Tiborr !

Suivit alors, dans une langue qui n'était pas de l'allemand, un ordre suffisamment puissant pour atteindre la pièce du fond, d'où parvint une réponse, mi-parole, mi-bougonnement.

Ninnen ne put s'empêcher de sourire : avec ses manières un peu rudes, cette jeune personne n'était pas sans lui rappeler Suzon, sa propre femme de chambre.

À cet instant, un homme sortit de la pièce à la porte vitrée, et s'avança vers eux. *Notre hôte, le chevalier Gabriel Texier de La Barre*, songea-t-elle. Il était de taille moyenne, mais sa silhouette élancée et son port de tête lui conféraient beaucoup de prestance. Sur l'instant, elle lui donna quarante, quarante-deux ans. Tandis qu'il approchait et qu'elle distinguait mieux ses traits, elle dut convenir qu'il en avait probablement dix de plus. Il avait les cheveux blonds, à peine saupoudrés de blanc, un beau visage expressif, que marquaient quelques rides au coin des yeux. Son regard bleu était impressionnant de présence.

— Ah, voilà Monsieur ! leur annonça la petite bonne en faisant deux pas en arrière pour laisser le passage au maître de maison.

Alors que Ninnen préparait son plus beau sourire, le regard du chevalier s'aimanta à son visage, et il parut se figer. Le sang reflua brusquement de ses joues, comme s'il venait d'éprouver un violent choc. Mais cela fut si fugace, il se reprit si rapidement, qu'elle crut avoir rêvé.

— Bienvenue à Postdam ! leur dit-il.

Il avait une voix grave et chaleureuse.

— Mes respects, monsieur le chevalier, le salua Ronan avec un petit signe de tête. Je suis Brice Villefranche-Lalande, et voici mon épouse, Violette. Merci de nous offrir l'hospitalité durant notre séjour.

Le chevalier leur sourit.

— Les amis de M. le comte de Provence sont les bienvenus chez moi, répondit-il aimablement. Considérez ma maison comme la vôtre tant que nécessaire. Mais entrez ! Nous parlerons beaucoup mieux dans le salon ! Zsófi va nous préparer du thé.

— J'y courrs, monsieur ! s'écria celle-ci en s'élançant joyeusement dans le couloir.

Puis elle stoppa net, revint sur ses pas de façon plus mesurée, et demanda d'une voix pointue :

— Ces monsieur-dame prrendrront leur thé avec un nuage de laite ou avec du citrron ?

— Apporte les deux, Zsófi, lui répondit le chevalier. Et demande à ton frère de se charger des bagages de nos hôtes avec Dieter.

— C'est déjà faite, monsieur.

Elle n'en appela pas moins de nouveau :

— Tiborr !

Un jeune homme dégingandé qui lui ressemblait un peu fit alors son apparition au bout du couloir. Il les salua en rougissant, tandis que le chevalier les entraînait dans le salon.

La pièce, d'une belle largeur, occupait tout le côté droit de la maison. Deux fenêtres donnaient sur la rue, une large *bow-window* sur le jardin. Du moins Ninnen le supposa-t-elle, au vu des taches de couleur qu'elle distinguait à travers les rideaux.

— Notre Zsófi est pleine d'enthousiasme et de bonne volonté, déclara le chevalier avec un sourire plein d'indulgence lorsqu'ils eurent pris place, sur un sofa pour Ninnen, dans des fauteuils pour les deux hommes. N'hésitez pas à la solliciter, si vous avez besoin de quoi que ce soit pour votre installation. Mais je crains que ses manières ne manquent de la rigueur et du style des grandes maisons françaises !

Il s'en excusait, mais son regard amusé disait plutôt son contentement qu'il en soit autrement sous son toit.

Ce qu'il confirma aussitôt :

— C'est qu'on vit très simplement dans cette maison, comme vous le verrez.

— Nous vivions aussi très simplement dans le manoir de mon enfance, s'empressa de le rassurer Ronan.

C'était pour cela que Ninnen aimait tant aller à Keroual. Au château, tout était si formel, si hiérarchisé ! Son père était si rigide et pétri de principes ! Son frère Hervé, le père de Ronan, était un rêveur, un naturaliste passionné. Il l'entraînait parfois dans son sillage et celui d'Anne sur la lande de Fréhel, pour observer les oiseaux, ou cueillir des fleurs dont ils faisaient ensuite un herbier. Elle aimait cette liberté de mouvement et cette fantaisie.

— Où viviez-vous, petit ? demanda alors leur hôte, posant de nouveau les yeux sur Ninnen et la dévisageant avec insistance, alors que la question s'adressait à Ronan.

— À Vannes.

— Une très belle ville, commenta le chevalier.

— Vous connaissez ?

— Je suis originaire de Vendée et je connais un peu la Bretagne, répondit-il en fixant encore Ninnen, comme s'il attendait une réaction de sa part.

Elle faillit répondre que sa mère était vendéenne, elle aussi, mais elle se retint. Leur hôte lui paraissait au premier abord charmant et digne de confiance – c'était d'ailleurs ce que leur avait assuré Val d'Essart –, mais autant ne pas livrer trop d'éléments personnels et s'en tenir à leur fable.

Fable qu'il évoqua d'ailleurs de lui-même, sans se douter que c'en était une :

— J'ai reçu par porteur spécial la lettre du comte de Provence m'expliquant les raisons de votre venue, et ce qu'il attendait de moi. Aussi, madame, je vous promets d'user de toute ma modeste influence d'ancien diplomate pour vous obtenir l'autorisation de consulter à votre guise les ouvrages de la bibliothèque du Marmor Palais. Quel genre de recherches devez-vous effectuer pour Mlle de Plessis-Tanneur, si ce n'est pas indiscret ?

— Du tout, monsieur. Du tout...

Voilà. Le rideau se levait. C'était l'instant où elle entrait véritablement en scène et commençait à dire son texte. Son cœur se mit à battre un peu plus vite, tant elle craignait de lâcher une bêtise ou de n'être pas crédible dans son rôle. Mais elle s'en tira bien, répondit avec naturel.

La conversation s'engagea ensuite très vite sur la ville elle-même et ce qu'ils pourraient y trouver d'agréable durant leur séjour. Ce fut finalement assez facile.

La fin de l'après-midi s'écoula tranquillement, entre

aimable discussion, thé et *Linzer Torte*, dont Zsófi se fit un devoir de leur expliquer la recette (« le segrrète, c'est de ne pas pleurrer le sugrre et les frramboices... »), avant d'être gentiment chassée du salon.

Si bien que, lorsque Ronan et Ninnen prirent possession de leurs chambres, au deuxième étage, pour s'y rafraîchir avant le souper, ils avaient l'impression de n'être pas reçus chez un inconnu, mais chez un ami. Gabriel Texier de La Barre avait mis à leur disposition deux pièces communicantes au deuxième étage de la maison. L'étage réservé aux invités, leur apprit encore Zsófi en les y accompagnant, tandis que le premier abritait « les apparrtements du gevalier ».

Berlin, 18 août

— On dit en France que Wilhelmine Enke est une nouvelle Mme de Pompadour. Est-ce exact, chevalier ?

Cette question n'avait pour but que de fournir à Ninnen une entrée en matière. Le comte de Provence lui avait déjà parlé de la favorite du roi de Prusse lors de leur entrevue chez lui. Mais elle espérait que son hôte lui fournirait plus d'informations.

— En effet. Elle règne depuis longtemps sur le cœur de Frédéric-Guillaume. Le roi a fait sa connaissance alors qu'il n'était encore que prince royal. Il avait vingt-cinq ans et elle seize. Il en a à présent cinquante.

Elle avait pris place dans le cabriolet du chevalier, qui lui avait proposé de l'accompagner au *Berliner Stadtschloss*, le château de Berlin, siège officiel du gouvernement. Ninnen devait y rencontrer le conseiller Manfred von Burgen, et lui présenter les lettres du comte de Provence et de Mlle de Plessis-Tanneur : lui seul pouvait l'autoriser à aller et venir à sa guise dans la bibliothèque du Marmor Palais. C'était la première étape, indispensable. Fidèle à sa promesse, Gabriel Texier de La Barre lui avait obtenu une audience dès le lendemain de son arrivée, alors que d'autres qu'elle auraient attendu plusieurs semaines.

— Mais il ne faut pas l'appeler Mme Enke, continua-t-il, car, en 1782, le roi a arrangé son mariage avec le chambellan Ritz.

— Elle ne vit donc pas au palais d'été ? demanda Ninnen, légèrement alarmée.

Elle s'était figuré la vie au Marmor Palais comme à Versailles sous Louis XV : un château rempli de courtisans occupant jusqu'aux chambres minuscules sous les toits. Et la favorite bénéficiant d'un appartement entier, richement meublé et décoré, comme la Pompadour en son temps.

— Mme Ritz habite à Berlin, dans sa propre maison.

— Mais elle vient souvent au palais ? insista Ninnen, inquiète de voir s'amenuiser ses chances de la croiser.

— Bien entendu ! Elle est de toutes les manifestations, de toutes les fêtes, et elle a quotidiennement rendez-vous avec le roi pour parler des affaires du royaume. Elle a beaucoup d'influence sur lui. Et comme cela se sait, on la sollicite énormément.

— Oh ! je vois..., dit-elle, alors qu'elle savait déjà tout cela.

Il faisait très beau et le cabriolet était découvert. Elle se protégeait du soleil sous une ombrelle de dentelle écrue, tout comme la robe qu'elle portait, sous un casaquin céladon. Elle avait rassemblé ses cheveux en une lourde tresse, qu'elle avait enroulée plusieurs fois sur elle-même pour s'en faire un chignon. Sans les mains habiles de Suzon, elle avait dû renoncer à ses coiffures spectaculaires habituelles.

— Elle s'est beaucoup impliquée dans la décoration du palais d'été et l'aménagement de ses jardins, enchaîna le chevalier. Ainsi que pour enrichir la bibliothèque de volumes rares. C'est une femme de goût, cultivée. Elle a vécu quelque temps en France dans sa jeunesse, et visité Versailles et Fontainebleau. Elle en a gardé une grande passion pour la culture et le faste français. Elle possède parfaitement nos grands écrivains : Voltaire, Montesquieu, Rousseau, Beaumarchais…

Voilà qui était intéressant, songea Ninnen, mais aussi très intimidant. Aurait-elle l'étoffe suffisante pour attirer et retenir l'attention d'une telle femme ?

— D'ailleurs, des festivités vont débuter dans quelques jours au Marmor Palais. C'est la favorite elle-même qui en a composé le programme en s'inspirant des *Plaisirs de l'île enchantée*, donnés en 1664 dans le parc de Versailles. Elles se dérouleront dans les jardins et l'orangerie : théâtre de plein air, spectacle nautique et feu d'artifice, banquet, bal… Un événement qui fait toutes les conversations depuis des semaines !

— Y assisterez-vous ? demanda Ninnen.

— Oui. J'ai l'honneur d'avoir été invité à tout.

— Cela promet d'être féerique !

— Aimeriez-vous venir ?

— J'adorerais ! Ce serait donc possible ? demanda Ninnen, très excitée à la perspective de toutes les occasions d'approcher la favorite que cela lui donnerait.

Et rapidement !

— Il me reste quelques privilèges, dus à mon ancien statut de secrétaire d'ambassade. Je me fais fort de vous obtenir des invitations, à votre époux et vous.

Elle le fixa, reconnaissante, et le gratifia d'un grand sourire. Lui-même la dévisagea longuement, avec une avidité qui la troubla et réveilla en elle un écho lointain. Mais un écho de quoi ? Comme lorsqu'il l'avait vue pour la première fois, quelque chose passa dans son beau regard bleu. Quelque chose de douloureux, disparu aussi vite qu'apparu.

Il n'y avait pas de Mme Texier de La Barre, leur avait

appris Zsófi le matin même, tandis que Ronan et elle déjeunaient à la salle à manger. « On dit que le gevalier pleurre engorre une belle dame qu'il a aimée dans sa jeunesse », leur avait-elle dit sur un ton d'importance et de confidence, tout en jetant un coup d'œil par-dessus son épaule pour vérifier que personne d'autre ne pouvait l'entendre commettre cette indiscrétion. Il n'y avait pas d'enfants non plus.

Ninnen s'était sentie pleine de compassion pour leur hôte : la jeune femme était morte, en avait-elle déduit, et, malgré les années, le cœur du chevalier n'avait jamais cessé de battre pour elle.

— J'espère que Zsófi ne vous importune pas trop, reprit-il soudain, brisant le silence qui s'était installé. Je l'ai vue vous parler assez longuement, ce matin.

— Oh non, pas du tout ! le rassura Ninnen. Quelle intéressante petite personne.

— Très déterminée, oui... Et prompte à mettre son grain de sel partout !

Il s'interrompit, le temps d'un sourire tout empreint de tendresse, et, une fois encore, Ninnen eut la sensation que quelque chose cherchait à remonter à la surface de sa mémoire. Quelque chose de confus et de complètement fuyant.

— Alors que son frère est particulièrement timide, poursuivit le chevalier. Ce qui ne permet pas de remarquer ses qualités, de prime abord.

Il parut hésiter à en dire plus, puis se décida.

— Tibor et Zsófi ont un statut un peu particulier à la maison, et j'ai bien peur que cela ne brouille un peu les cartes pour eux.

— Un statut particulier ? répéta Ninnen, pour l'inciter à préciser.

— Je n'ai pas toujours habité le quartier hollandais de Postdam. Avant le renversement de la royauté, je vivais à Berlin, dans une autre maison beaucoup plus grande, avec une domesticité plus importante également. Anna, la mère de Tibor et Zsófi, travaillait pour moi. Les enfants et elle logeaient dans la partie réservée aux domestiques. Elle avait fui un mari violent en Hongrie, alors que les petits avaient à peine deux et trois ans. C'était une femme courageuse et digne, qui espérait offrir à sa fille et son fils une vie meilleure que la sienne.

Il s'interrompit quelques secondes, le temps d'engager le cabriolet sur le Schlossbrücke, le pont de bois surplombant la Spree, à proximité du château.

— Lorsque le corps diplomatique en place a été dissous par la Convention, reprit-il en parlant plus fort, pour couvrir le fracas des sabots sur les larges traverses, je n'ai pas souhaité retourner en France. Non par crainte de l'agitation politique, mais parce que ma vie était ici. J'avais quitté le pays depuis bien trop longtemps. Personne ne m'y attendait plus.

Il se tut de nouveau, très brièvement, comme traversé par une émotion en lien avec sa dernière remarque.

— J'avais un pécule avec lequel vivre, reprit-il presque aussitôt, mais sur un pied plus modeste. J'ai alors acheté la maison de Mittelstraße, où m'ont accompagné Anna en tant que gouvernante, Dieter, qui s'occupe de mes chevaux et effectue quelques autres travaux, et Ursula, la cuisinière. Les autres ont retrouvé des places ailleurs. Anna avait une santé fragile et elle est morte l'année dernière, malgré les soins d'un médecin réputé de Berlin. Les enfants sont restés à la maison. Il n'était pas question que je les laisse livrés à eux-mêmes. Je les loge et les nourris, leur fais donner des leçons plusieurs heures par semaine. Mais comme ils refusent tout ce qui pourrait ressembler à de la charité de ma part, je respecte cela. Ils effectuent donc quelques tâches pour moi en échange. Zsófi accueille mes visiteurs et sert à table.

Il eut un petit rire.

— Elle fait aussi la conversation sans toujours savoir quand s'arrêter, comme vous l'avez constaté. Tibor apprend à s'occuper des chevaux auprès de Dieter. D'ici deux ou trois ans, si son intérêt se confirme, je l'enverrai à Vienne, dans une école vétérinaire réputée. Quant à Zsófi, son aisance en hongrois, sa langue maternelle, sa bonne maîtrise de l'allemand, son goût de la langue française et son aplomb pourraient bien la destiner à l'enseignement des langues dans une école pour jeunes filles, ou comme préceptrice. Mais, pour le français, il faudra qu'elle pratique encore beaucoup pour gommer son accent. Vous n'imaginez pas avec quelle impatience elle vous a attendus, ces derniers jours !

— Ils sont plus vos pupilles que vos domestiques, en somme ? demanda Ninnen, en songeant à la place spéciale qu'occupait aussi Urielle, la sœur de lait d'Anne, au manoir de Keroual.

— Oui, en un sens... Ah, nous arrivons !

La masse du *Berliner Stadtschloss* se dressait à présent devant eux. C'était un bâtiment compact de trois étages. Le temps avait passé si vite en discutant avec le chevalier, qu'elle n'avait presque rien vu du trajet ! Cet homme lui paraissait de plus en plus sympathique et intéressant.

Il mit le cheval au pas pour entrer dans l'une des deux cours du château. Si les façades extérieures présentaient une relative sobriété, celles de l'intérieur, avec leurs colonnades, leurs statues en hauteur, leurs arcades, illustraient tout à fait les grandes heures du baroque.

Laissant son équipage au soin d'un valet, Gabriel Texier de La Barre la conduisit à l'intérieur, l'entraînant d'un pas sûr dans les couloirs, en homme qui avait longtemps fréquenté les lieux.

Moins d'une heure plus tard, ils en ressortaient, Ninnen pourvue de sa précieuse autorisation.

10

Palais d'été, 22 août

Cela faisait quatre jours, à présent, que Ninnen se rendait tous les après-midi au palais d'été pour y « travailler ». Elle n'avait pas encore eu l'occasion d'y rencontrer la favorite, ni même simplement de la croiser. À vrai dire, elle n'avait croisé personne dans la bibliothèque, à part Herr Kleinlich, le conservateur.

Bien qu'elle ait obtenu l'agrément du conseiller Manfred von Burgen en personne, le sourcilleux et procédurier Herr Kleinlich l'avait soumise, le premier jour, à un véritable interrogatoire. Elle avait dû déployer des trésors d'inventivité pour lui indiquer précisément la nature des recherches dont Mlle de Plessis-Tanneur l'avait chargée. Ce qui n'avait pas été des plus simple ; son allemand n'était pas aussi précis que son anglais, même si elle ne se débrouillait pas trop mal.

N'ayant pas l'esprit scientifique de sa prétendue employeuse, elle avait improvisé un thème de philosophie générale à décliner à travers les lieux et les époques. « Si les femmes se mettent à philosopher, maintenant... », avait bougonné le conservateur. Puis il avait enfin condescendu à lui expliquer le système de référencement et de classement des ouvrages, s'étonnant presque qu'elle le retienne du premier coup. Quel odieux personnage !

Elle s'était mordu la langue pour ne pas lui répondre vertement. Elle n'était pas là pour refaire l'éducation d'un homme dont le patronyme signifiait, sauf erreur de sa part, « étroit de vue ». Pas question de se le mettre à dos : Dieu seul savait l'influence qu'il pouvait avoir par ailleurs, et ce qu'il pouvait entreprendre pour la desservir auprès de la favorite. Or la mission passait avant tout, y compris sa petite vanité blessée.

Mais l'homme était plus bête que méchant. Sa curiosité satisfaite, et sa bile déversée sur « les femmes savantes, plaies du siècle » – peut-être n'avait-il pas dit cela exactement, mais l'idée y était –, il l'avait laissée agir à sa guise. Elle s'était très vite prise au jeu. La bibliothèque n'avait pas usurpé sa réputation d'excellence. Elle recelait des trésors que Ninnen découvrait avec une joie presque enfantine. Incunables, éditions originales, manuscrits, partitions annotées de la main de Bach ou de Haendel… Tout ce qui avait été écrit et composé en Europe depuis la fin du Moyen Âge, ou peu s'en fallait, se trouvait rassemblé dans cette caverne d'Ali Baba. Et quel écrin ! Les lieux, à eux seuls, étaient une merveille.

Deux étages de niches et de rayonnages sculptés en chêne poli, accessibles en plusieurs endroits de la pièce par d'étroits escaliers en colimaçon. Des galeries que fermaient des rambardes de bois ouvragé. Des vitrines. Des cabinets clos, à l'abri de la lumière, pour la conservation des ouvrages les plus fragiles. Herr Kleinlich avait consenti à lui en ouvrir quelques-uns, le troisième jour, sans doute touché par son admiration sincère et son émerveillement. C'était ainsi qu'elle avait pu examiner quelques raretés enluminées. Et qu'elle avait révisé, par la même occasion, son jugement sur le conservateur : un homme qui écrasait une larme d'émotion devant l'un des dix manuscrits allemands complets de *La Chanson des Nibelungen* ne pouvait pas être totalement mauvais !

Cet après-midi-là, alors qu'elle feuilletait un exemplaire numéroté de la première édition des *Souffrances du jeune Werther*, parue vingt ans plus tôt, la porte principale de la bibliothèque s'ouvrit, laissant le passage à un groupe de cinq personnes. Trois femmes et deux hommes.

Par son allure et son élégance, l'une des femmes éclipsait tous les autres. Elle n'était pas très grande, mais il se dégageait d'elle quelque chose de puissant. Elle était vêtue d'une robe de soie bleu pâle à ramages dorés, et portait une perruque poudrée sur laquelle une aigrette de plumes et de saphirs apportait une note de couleur. Elle avait les traits doux, le teint clair, les yeux vifs, la bouche petite et rose. Mais les deux mouches qu'elle arborait, l'une au milieu du front – *la majestueuse* –, l'autre au coin de l'œil – *l'assassine* –, disaient qu'il ne fallait pas s'y fier. Il s'agissait là d'une femme de caractère.

Ninnen acquit alors la certitude qu'elle se trouvait enfin en présence de la favorite.

Herr Kleinlich émergea en trombe de son bureau, et plongea aussitôt dans une succession de révérences qui la confortèrent dans sa conviction.

— Frau Ritz… *Eure Exzellenz !* C'est un honneur !

— Bonjour, Herr Kleinlich.

La voix de la favorite était légèrement tranchante, comme si la politesse excessive du conservateur l'agaçait. Ninnen, quant à elle, ne savait que faire. Devait-elle s'incliner ? Et dans ce cas, révérence simple ? Double ? Triple ? Pouvait-elle lui adresser la parole ou fallait-il attendre des présentations en bonne et due forme pour s'adresser à cette dame ?

Alors qu'elle fouillait sa mémoire, pour se rappeler si elle s'était déjà trouvée dans pareille situation lors de ses séjours à Versailles, Wilhelmine Enke abandonna Herr Kleinlich à ses courbettes, se tourna vers elle, et l'examina avec une attention soutenue.

Il n'était pas difficile de comprendre pourquoi l'on nommait cette femme « la belle Wilhelmine » dans toute la Prusse et au-delà des frontières. Elle avait passé la quarantaine, calcula rapidement Ninnen à partir des éléments que le chevalier Texier de La Barre lui avait fournis, mais on lui en donnait sans mal dix ou douze de moins. Elle était d'une éblouissante beauté. Elle avait eu cinq enfants du roi, et si la maternité lui avait donné des formes épanouies, Ninnen imaginait sans mal la nymphe qu'elle avait été à seize ans, au moment de sa rencontre avec le futur Frédéric-Guillaume II. Mais pour régner vingt-cinq ans sans partage sur le cœur d'un homme peu habitué à lutter contre les tentations, il lui avait fallu bien d'autres qualités que sa seule beauté, fût-elle remarquable. Le roi avait eu de nombreuses maîtresses. Les monarques étrangers n'agissaient pas différemment d'un Louis XIV ou d'un Louis XV, lorsque l'on s'ingéniait à placer sur leur chemin les créatures les plus fraîches et les plus attrayantes. Mais conserver l'amour d'un homme ! Sa confiance, son respect, son attention de tous les jours... Lui devenir à ce point indispensable...

Aurait-elle su, elle-même, inspirer un tel amour, si le destin avait mis sur sa route un homme qu'elle aurait aimé à la folie ? Et pourquoi le visage de Ronan passa-t-il fugacement en surimpression de cette interrogation ?

La favorite ne lui laissa pas le temps de s'y arrêter. Elle s'avança dans un bruissement de soie, et stoppa devant

Ninnen, l'enveloppant d'une riche fragrance florale, à laquelle se mêlaient quelques notes épicées.

— Mme Villefranche-Lalande, je présume ? lui demanda-t-elle dans un français à peine teinté d'accent.

— Pour vous servir, madame, répondit Ninnen avec une petite révérence crispée.

— M. de Burgen m'a informée de vos recherches. Ainsi, vous travaillez pour Mlle de Plessis-Tanneur ?

— J'ai cet honneur, madame.

La facilité avec laquelle elle entrait dans son rôle la ravissait.

— J'ai pris beaucoup d'intérêt à lire ses ouvrages, qui figurent tous ici, comme vous l'avez peut-être constaté. J'aime les femmes intelligentes qui ont du répondant, et savent s'imposer dans un monde régi par les hommes.

Femmes dont vous-même constituez un parfait exemple.

Wilhelmine pencha légèrement la tête pour lire le titre du livre que Ninnen tenait toujours à la main, l'index en marque-page.

— Goethe ? Excellent ! L'un de mes auteurs favoris.

— L'un des miens également, s'autorisa à répondre Ninnen.

Elle ne mentait pas. Elle aurait pu réciter par cœur des passages entiers de *Werther* – en traduction française.

Elle n'était pas la seule, apparemment, car la favorite ferma à demi les yeux et déclama en allemand :

— « En vain j'étends les bras pour la saisir, le matin, quand je commence à reprendre mes sens au sortir de rêves accablants ; en vain, la nuit, étendu sur ma couche, je la cherche, quand l'innocente illusion d'un songe heureux m'a fait croire que j'étais assis auprès d'elle dans la prairie, tenant sa main et la couvrant de baisers ! »

« Se faire remarquer de cette femme », avait recommandé le comte de Provence. Se faire remarquer. Oui, mais comment ? En créant une connivence, peut-être ? En tentant quelque chose qui marque l'esprit de la favorite.

« J'aime les femmes qui ont du répondant... »

Il lui en fallait donc, à elle aussi. Du répondant... Voyons... Mais oui, du répondant *littéralement et littérairement* ! D'autant que le passage cité, elle-même l'avait lu et relu.

Prenant son courage à deux mains, elle se lança à son tour, en français :

— « Hélas ! Quand alors, encore à moitié étourdi de sommeil, je la cherche à tâtons, et que ce mouvement me réveille tout à fait... Un torrent de larmes s'échappe de mon cœur oppressé ; je pleure en contemplant avec désolation le sombre avenir qui m'attend. » Un texte aussi émouvant dans une langue que dans l'autre, ajouta-t-elle, espérant ne pas s'être montrée trop impudente pour cette première rencontre.

De toute évidence, non, car la favorite approuva son initiative d'un petit sourire. Ninnen, enhardie, lui sourit à son tour.

— Eh bien, madame, reprit Wilhelmine, mettant ainsi un terme à l'entretien, j'espère que vous trouverez en ce lieu tout ce que vous êtes venue y chercher.

Vous n'imaginez pas à quel point j'espère y parvenir, madame !

Elle lui fit une nouvelle révérence, tandis que la favorite se tournait vers le conservateur.

— Herr Kleinlich, je compte sur vous pour aider Mme Villefranche-Lalande en tout point.

— Mais certainement, *Eure Exzellenz* ! répondit celui-ci, en jetant un regard aigu à Ninnen, comme s'il la soupesait et la jugeait tout à coup différente, et de plus de poids qu'il ne l'avait pensé.

La favorite finit de traverser la pièce, suivie par ses quatre compagnons demeurés silencieux d'un bout à l'autre, et la quitta par la seconde porte, qu'un des hommes s'empressa de lui ouvrir.

Longtemps après son départ, les stances de Werther résonnaient encore dans le cœur de Ninnen. « En vain, la nuit, étendu sur ma couche, je la cherche, quand l'innocente illusion d'un songe heureux m'a fait croire que j'étais assis auprès d'elle dans la prairie. » Tout comme le héros du roman, des rêves l'agitaient, la nuit, depuis Charleville-Mézières. Des rêves heureux, audacieux. Comme si, dans son sommeil, son esprit contournait sournoisement les interdits qu'elle lui imposait le jour.

La trame en était à peu près toujours la même. Elle se promenait avec Ronan. Le lieu différait : une rue de Postdam, un jardin... Ou bien elle était seule avec lui chez le chevalier. Quoi qu'il en soit, au détour d'un geste anodin, leurs doigts s'effleuraient. Puis leurs regards se croisaient, s'accrochaient. Alors que, dans la réalité, ils n'osaient plus se toucher du tout, ni se regarder dans les yeux, là, Ronan lui enserrait aussitôt la main pour la porter à ses lèvres. Sans la quitter des yeux, il lui embrassait ensuite le poignet, et la sensation – si réelle ! – de sa bouche chaude et douce sur sa peau faisait naître en elle des frissons merveilleux. Puis il cessait, l'interrogeait d'un long regard brûlant... Elle comprenait toujours la question muette de ses yeux : j'ai tellement envie de t'embrasser, Ninnen, le permets-tu ? Il se penchait alors lentement, très lentement, sur elle, lui laissant tout le loisir de le repousser. Mais elle ne le repoussait pas. Et ses lèvres finissaient par rejoindre les siennes. Le baiser furtif, accidentel, affolé, honteux du bord de la Meuse, devenait un merveilleux baiser, espéré, consenti, maîtrisé. Un baiser puissant, possessif, qui la laissait pantelante entre ses bras. Un baiser comme jamais elle n'en avait reçu. Et comme elle n'en recevrait hélas jamais.

Dans ce rêve, aucune injonction d'une Mlle Dupin munie de la fourche du diable. Aucun malaise. Mais la douce sensation qu'il advenait précisément ce qui devait être. La certitude réconfortante que c'était le début de quelque chose de magique, que nulle pensée trouble, nul regard extérieur hostile n'était en mesure de salir.

Dans les minutes qui suivaient son réveil, le bien-être qu'elle avait ressenti dans son rêve perdurait. Comme un secret réjouissant. Puis, elle chassait le rêve pour vivre sa journée, impatiente déjà d'être à la nuit suivante, pour vivre à nouveau ce rendez-vous avec l'impossible.

Le Marmor Palais n'était pas Versailles. Il n'en avait pas la taille, loin de là. Carré et haut d'un étage seulement, il avait pour point fort, à l'étage supérieur, sa terrasse qui offrait une vue extraordinaire sur le lac de Heiliger See, et son belvédère. Un escalier, côté lac, permettait d'atteindre directement l'embarcadère, car le roi, disait-on, affectionnait particulièrement les promenades en barque. Dans le goût néo-classique, le château renouait avec l'architecture en vogue au XVIIe siècle. Il devait son nom aux pilastres et encadrements de fenêtres en marbre clair de Silésie, propre à illuminer la brique rouge de ses façades. La fin de sa construction et son aménagement dataient de deux ans à peine, et si Frédéric-Guillaume II avait des projets d'agrandissement, ce n'était pas pour l'immédiat.

On n'y circulait pas non plus comme dans un moulin, en dehors de moments très spécifiques et festifs. Aussi Ronan ne pouvait-il pas accompagner Ninnen à la bibliothèque pour ses pseudo-recherches. Il devait se contenter de l'accompagner jusqu'à la grille du parc avec le coupé que le chevalier avait mis à leur disposition, et de revenir la chercher. Ce qui l'ennuyait assez, car il n'avait pas oublié le pauvre homme poignardé à Charleville-Mézières, et il n'aimait pas, depuis, la laisser seule quelque part. Mais on pouvait tout de même la supposer en sécurité à l'intérieur d'un palais qui abritait le roi de Prusse et sa famille, et dont l'accès était contrôlé !

Comme aucune autre raison de s'alarmer n'était survenue durant le reste de leur voyage, ils essayaient de se convaincre, avec plus ou moins de succès selon les moments, que le vol des documents à Rouen puis la mort du vagabond faisaient partie de ces aventures déplaisantes dont les voyageurs au long cours étaient susceptibles de faire les frais. D'autant plus qu'ils paraissaient à leur aise financièrement. S'ils avaient circulé sans ostentation, leur apparence ne faisait pas pitié non plus.

Les quatre jours passés chez le chevalier avaient été fort plaisants : l'homme était de bonne compagnie, attentif à rendre leur séjour chez lui le plus agréable possible. Il y avait cependant une ombre au tableau : Ninnen semblait plaire un peu trop à leur hôte, qui se mettait très en frais pour elle ! Lorsqu'il ne se pensait pas observé, Gabriel Texier de La Barre la dévorait du regard, le visage traversé d'une expression particulière. Entre admiration et… tendresse. C'était étrange et d'autant plus dérangeant que Ninnen semblait également beaucoup l'apprécier. Il n'était pas rare qu'il les surprenne, au salon, en train de rire tous les deux d'une chose dont, par son absence, lui-même était forcément exclu. Ou qu'il les trouve assis l'un près de l'autre sur le sofa, abîmés dans une conversation dont il avait manqué une partie.

Il en éprouvait chaque fois un horrible pincement au cœur. Pire même, une forme de douleur à laquelle se mêlait de la honte. Il ne pouvait tout de même pas être jaloux de cette familiarité entre eux ! Cela ne se pouvait pas. Pas de la jalousie, comme… comme… un homme amoureux ! S'il avait eu par le passé, à Plévenon, une liaison sporadique et discrète avec une jeune femme, veuve et joyeuse d'avoir perdu le vieux mari que sa famille lui avait imposé, jamais il n'était tombé amoureux. Ni d'elle ni d'aucune autre. C'est pourquoi il lui était difficile de qualifier ce qu'il s'était mis à ressentir pour Ninnen depuis son arrivée en Angleterre, et plus encore depuis Charleville-Mézières. Depuis que ses lèvres avaient rencontré les siennes.

Un accident, bien sûr. Un accident auquel il ne devait chercher aucune signification cachée. La pauvre avait été bouleversée en le croyant mort ! Mais lui, ce contact lui avait embrasé les reins, comme la nuit où il lui avait caressé les cheveux durant son sommeil. Pour sa propre sauvegarde, il avait pu obtenir des chambres avec des lits jumeaux à chacune des étapes suivantes. Et, alors qu'il s'inquiétait de ce qu'il en serait chez le chevalier, ce dernier avait eu la délicatesse de mettre à leur disposition un appartement *à la française*, avec chambres séparées.

Ce qui n'avait pas empêché Ronan, toutes les nuits, de se relever pour coller l'oreille à la porte qui séparait les deux espaces. Il ignorait ce qui l'avait poussé à faire cela, car il n'aurait certainement jamais osé franchir cette porte !

Il l'avait entendue bouger, comme en proie à l'agitation dans son sommeil. La nuit précédente, il l'avait même entendue gémir doucement. Un gémissement non de peine ou de douleur… mais presque de volupté, qu'un rêve lui aurait arraché. De nouveau, la morsure de la jalousie l'avait taraudé. Quel rêve ? Que revivait-elle en songe ? Les baisers de Dennys ? Ses caresses ? S'était-elle donnée à lui durant leurs fiançailles ? Après tout, elle allait bientôt avoir vingt-neuf ans. Elle n'était plus une jeune fille, mais une femme, et une femme forte, déterminée. Même si elle lui avait avoué, à Auteuil, qu'elle n'était pas amoureuse de son fiancé, peut-être avait-elle voulu faire l'expérience de la sensualité sans attendre le mariage ? L'hypothèse qu'ils aient pu être amants lui était d'autant plus insupportable que, n'ayant jamais vu ni rencontré Dennys, il le parait, en imagination, de toutes les qualités physiques et morales. Mais de quel droit réagissait-il comme il le faisait ? En « propriétaire », presque !

Il devait lutter contre ce qui lui arrivait. Il était inimaginable que sa cousine puisse soupçonner les sentiments et les désirs qui le traversaient. « Dieu ne le permet pas. » Elle en serait horrifiée. Il perdrait à jamais son affection. Déjà qu'ils osaient à peine se regarder ou se toucher, depuis *l'incident*, même s'ils avaient convenu de tirer un trait dessus. Eux qui s'étaient pourtant frôlés, empoignés, pressés l'un contre l'autre sans y penser durant leurs jeux d'enfants... Lui qui lui avait maintes fois pris la main à la descente de diligence, sans y penser plus que cela. Lui qui l'avait maintes fois saisie par la taille pour l'aider à sauter à bas de cheval, en Bretagne, sans qu'ils en éprouvent tous deux rien que de tout à fait naturel...

Cette distance physique qui s'était instaurée entre eux faussait leur jeu devant le chevalier Texier de La Barre. Ils ne parvenaient plus à feindre d'être un jeune couple amoureux au quotidien, comme ils l'avaient fait sur le *Ladybird*, ou dans les différentes auberges où ils avaient fait étape. Leur hôte devait les prendre pour un mari et une femme particulièrement pudibonds, voire particulièrement froids l'un vis-à-vis de l'autre. Or, n'était-ce pas pour cette grande familiarité dont ils s'étaient félicités chez le comte de Provence qu'on leur avait choisi comme couverture d'être des époux ? Quelle ironie !

— Brice !

Ninnen venait d'apparaître à la grille, les joues roses comme si elle avait couru pour le rejoindre, et les yeux brillants d'excitation.

— Violette, enfin ! Vous êtes sortie bien plus tard, aujourd'hui ! Pas de problème, j'espère ?

Ces prénoms leur venaient facilement, à présent, même

lorsqu'ils étaient a priori seuls et hors de portée d'oreilles indiscrètes. De même que le vouvoiement.

Dès qu'elle fut près de lui, elle lui prit familièrement le bras, comme sans y penser – ce qui occasionna à Ronan un petit choc bien agréable. C'était la première fois depuis des jours et des jours que cela se produisait !

— Non, aucun problème, au contraire ! lui répondit-elle.

Puis elle se rapprocha de lui, leva la tête, et chuchota d'une voix tremblant de joie :

— Ça y est, je l'ai vue !

Elle l'entraîna alors vers le cabriolet d'un pas léger, presque dansant. Le cheval tendait le cou pour brouter placidement une touffe d'herbe à travers la grille. C'était un Bauernpferd gris – une race originaire du nord de l'Allemagne –, particulièrement fin pour un cheval de trait. Il répondait au nom d'Anténor.

Ronan ignorait ce qui le rendait le plus heureux : qu'elle ait établi un premier contact avec la favorite, ou ces deux gestes – lui prendre le bras et se presser contre lui ou presque pour lui annoncer la bonne nouvelle. Gestes qui marquaient assurément la fin de cette gêne persistante entre eux.

— Magnifique ! Vous me raconterez tout cela en détail dans la voiture.

Ils attendirent d'être installés, Ronan tenant les rênes, et d'avoir lancé Anténor au trot pour abandonner leurs rôles et discuter librement, sans plus de crainte d'être surpris ou entendus.

— Et maintenant, dit Ronan, je veux tout savoir !

Ninnen lui parla alors de l'apparition soudaine de Wilhelmine Enke dans la bibliothèque, et du bref échange qu'elles avaient eu.

— Ça ne pouvait pas mieux tomber ! dit-il. Cet après-midi, le chevalier m'a confirmé qu'il nous avait obtenu des invitations pour les festivités au palais d'été...

Festivités qui devaient débuter le lendemain après-midi.

— ... Ainsi, le souvenir de votre discussion sera encore frais dans l'esprit de la favorite, et peut-être pourras-tu lui parler encore.

— Je l'espère bien ! répondit Ninnen avec un petit rire ravi qui réchauffa le cœur de Ronan.

Ce rire marquait, une fois encore, le retour de la familiarité et du naturel.

— Pour fêter cette première victoire, ce soir, je t'emmène danser !

— Quoi ? Mais... Et notre hôte ?

— Il est invité à un dîner. La soirée est à nous ! As-tu entendu parler d'un établissement qui s'appelle Au P'tit Belleville ?

— Au P'tit Belleville ? Ici, à Postdam ?

— À Postdam, confirma-t-il. Sur les bords du lac Griebnitzsee.

— On croirait rêver !

Il lui lança un regard enthousiaste, heureux de la surprendre.

— À un point que tu n'imagines pas ! C'est un bal où l'on danse la musette, comme cela avait timidement commencé à Paris dans les quartiers populaires, il y a une dizaine d'années. C'est le chevalier qui m'en a parlé. Il a pensé que cela pourrait nous amuser. Le P'tit Belleville est tenu, paraît-il, par un ancien soldat français marié à une Prussienne. On devine de quel coin il est originaire !

Ninnen le fixa de ses yeux au bleu si particulier.

— Inimaginable, en effet ! Mais du diable si je sais danser la musette ! Cette danse n'a jamais fait partie de celles que m'a apprises mon si sérieux maître à danser, à Aubin !

Elle rit de nouveau.

— Je ne la connais pas plus que toi, reprit Ronan. Nous apprendrons ensemble. Ce sera amusant.

Elle se rembrunit soudain légèrement.

— Voilà une chose que je ne risquais pas de faire, à Londres, dans mes robes noires.

Ronan sentit son cœur se serrer.

— Tu préfères que nous restions chez le chevalier, ce soir ? s'empressa-t-il de demander.

Il se sentit tout à coup indécent, monstrueux d'égoïsme, d'avoir osé lui proposer une activité aussi frivole et sans lien direct avec leur mission, alors qu'elle était encore en deuil de son fiancé. Il avait tendance à l'oublier allègrement depuis leur départ. Il fallait dire aussi que les toilettes claires et estivales de Ninnen ne l'y aidaient pas. Il passait d'une seconde à l'autre à de telles extrémités émotives, avec elle !

Le visage de sa cousine s'éclaira de nouveau bien vite, et elle lui pressa le bras de sa petite main blanche.

— Non, pas du tout ! Allons Au P'tit Belleville, au contraire ! Connaissant Dennys, il aurait détesté que je me prive de toute distraction. Et nous venons de passer une vingtaine de jours si austères ! Nous méritons un peu de légèreté.

— Alors, ma chère, prépare-toi à danser une bonne partie de la nuit !

Tandis qu'ils arrivaient dans Mittelstraße, puis bifurquaient dans l'impasse qui menait aux écuries, Ronan croyait sentir encore sur son bras comme une marque précieuse, la douce chaleur qu'y avait imprimée la main de Ninnen.

11

Bord du lac de Griebnitzsee, soirée du 22 août

Le P'tit Belleville n'était rien d'autre qu'une buvette améliorée. Installée dans une cabane de planches au bord de l'eau, elle était dotée d'une piste de danse en plein air et de longues tables collectives équipées de bancs. Mais elle avait pour elle un cadre enchanteur. Le lac de Griebnitzsee, tout en longueur et en étroitesse, miroitait sous la lune et sinuait entre les arbres, telle une rivière, pour se perdre au loin dans l'ombre et la nuit. Des lampions de couleur accrochés aux branches éclairaient la piste. Partout ailleurs, des flambeaux jetaient sur l'ensemble une lumière aussi virevoltante que les jupes et les jupons des danseuses. Un accordéoniste et un autre musicien, soufflant avec vaillance dans les tuyaux de sa musette, donnaient la cadence, au-dessus d'un bourdonnement permanent de voix et de rires.

L'originalité incontestable du lieu, sa touche française apportée par la gouaille du propriétaire, qui vantait dans un allemand mâtiné de langue de Molière son absinthe distillée « selon la toute nouvelle méthode du Dr Pierre Ordinaire ! » et son consommé « à la véritable asperge d'Argenteuil ! », en faisaient un endroit à la mode. Toutes sortes de gens s'y pressaient, qui ne se seraient probablement jamais rencontrés ailleurs, ni en d'autres circonstances.

Tandis qu'immobiles près d'une table, Ronan et Ninnen prenaient le temps d'observer autour d'eux, elle sentait ses jambes la démanger de danser. Chose qui lui aurait été interdite à Londres, si elle avait été invitée à un bal. Elle aurait dû faire tapisserie sur une chaise, dans une robe noire, et regarder les autres jeunes femmes s'amuser en mousselines claires et souliers fins, la gorge et les bras brillant de bijoux colorés. Qui sait même si elle aurait accepté de quitter Crescent Court, sachant cela ?

Elle éprouva un instant de culpabilité en songeant au tombeau de marbre blanc, dans le cimetière d'Auteuil, portant le nom d'un homme à qui elle avait promis de consacrer le reste de sa vie. Puis elle pensa à cette vingtaine de jours passés en compagnie permanente de Ronan, au tourbillon émotionnel qui avait accompagné leur voyage et ces quelques jours en Prusse. Avait-elle vraiment – *sincèrement* – cru que l'affection tranquille et raisonnable qu'elle éprouvait pour Dennys allait lui suffire pour des décennies de vie commune ? Comme il paraissait s'être éloigné d'elle, durant cette courte période, alors qu'il avait été si présent à son esprit dans les semaines précédant la date du mariage, puis dans l'attente angoissée de ses nouvelles ensuite ! Elle gardait de lui un souvenir tendre, bien sûr. L'horreur de sa fin la révoltait toujours autant. Mais quelque chose s'était insinué et avait créé, malgré elle, de la distance...

— Alors là..., souffla Ronan. Si je m'attendais à ça !

Elle lui jeta un coup d'œil furtif. Il avait l'air aussi interloqué qu'elle de découvrir la spécificité de la danse pratiquée sous leurs yeux. Du coup, elle comprenait mieux la réticence de son maître de danse à inscrire la musette à son programme d'enseignement. Elle comprenait aussi pourquoi la piste n'avait pas besoin d'être immense. Les couples y étaient étroitement enlacés, pour une sorte de valse plus simple que celle qu'on lui avait apprise, mais aussi beaucoup plus déhanchée et sensuelle. Déhanchée au-delà du convenable. Sensuelle jusqu'au scandale. Et diablement intéressante !

Les joues soudain brûlantes, elle se surprit à souhaiter que cela ne fasse pas changer d'avis son cousin sur la manière dont ils passeraient la soirée. Même un verre d'absinthe et une assiette de consommé « à la véritable asperge d'Argenteuil » ne sauraient la consoler de ne pas prendre part à la joie simple, bruyante et incroyablement vivante de cette assemblée.

— Tu penses que nous devrions faire demi-tour ? demanda-t-elle cependant à mi-voix, presque timidement, tout en craignant une réponse affirmative.

Ronan répondit aussitôt par une autre question.

— C'est ce que tu souhaiterais ?

— Nnnon... Et toi ?

— Non plus.

Elle leva les yeux vers lui, sondant son visage. Comme il était beau ! Elle ne le découvrait pas subitement, bien entendu, mais plus les jours passaient, plus sa beauté lui devenait... sensible. Elle ne voyait pas comment formuler autrement ce qu'elle éprouvait. Elle se sentait étrangement faiblir lorsqu'il la dévisageait comme il le faisait en cet instant. Il fouillait son regard, lui aussi, comme en quête de la réponse à une question que, cette fois, il ne lui avait pas posée. Il était très brun et, même rasé de frais, une ombre demeurait sur ses joues, lui donnant l'air farouche.

Depuis Charleville, elle évitait de s'attarder sur sa bouche. Sa bouche qui souriait si rarement. Mais quand elle le faisait... Oh ! quand elle le faisait, elle en restait chamboulée. C'était terrible, ce qui lui arrivait ! Elle n'avait aucune expérience des choses de l'amour. Elle n'avait même jamais reçu de baiser. De vrai baiser passionné, s'entend. Le timide fiancé de ses dix-sept ans n'aurait jamais osé l'embrasser. Elle-même, à l'époque, n'envisageait pas qu'il puisse le faire hors mariage. Quant à Dennys, il s'était montré extrêmement respectueux vis-à-vis d'elle. De son côté, elle n'avait pas voulu penser à ce qu'il adviendrait, le soir de ses noces, avec cet homme pour qui elle avait une amitié sincère, mais n'éprouvait aucun désir sexuel. Alors que ce qu'elle ressentait pour Ronan depuis quelque temps... Oui, ce qu'elle ressentait, malgré son peu d'expérience et de connaissances, s'apparentait beaucoup à l'idée qu'elle se faisait du désir. Et ce qu'elle lisait dans ses yeux, à cet instant, en était aussi.

« Dieu ne permet pas l'union entre cousin et cousine. Ni même sa parodie ! Dieu les punit ! »

Elle déglutit avec peine, abasourdie par la prise de conscience de ce désir réciproque, envahie par la sensation angoissante d'être dans une nasse.

À cet instant, comme envoyé par ce Dieu qui brandissait au-dessus de leurs têtes le spectre de l'interdit, le patron de la buvette les remarqua. Il s'approcha d'eux, les invitant en allemand à prendre place à une table. Ce qu'ils firent, machinalement et sans un mot.

— Qu'est-ce qui vous ferait plaisir ? leur demanda-t-il ensuite, toujours en allemand. Un verre d'absinthe ? La méthode de distillation employée est une méthode toute nouvelle, mise au point par le Dr...

— Nous sommes français, le coupa Ronan, dont l'allemand n'était pas aussi bon que celui de Ninnen, et qui avait dû perdre le fil au mot « méthode ».

— Des compatriotes ! s'écria alors l'homme en français, levant les bras.

Puis il fit un tour complet sur lui-même, répétant à la cantonade :

— Des Français ! Des Français ! Vous me permettrez de vous offrir une absinthe !

Comme Ninnen faisait mine de refuser – elle avait entendu dire que cette boisson était très forte et qu'il en fallait peu pour perdre la tête –, le propriétaire du P'tit Belleville lui posa familièrement la main sur le bras en insistant.

— Non ! Non ! Pas de refus ! Vous me vexeriez ! Angela ! cria-t-il ensuite en allemand. Angela, *meine Liebe*, des compatriotes !

Une femme gironde et courte sur pattes sortit alors de derrière le comptoir de la buvette en s'essuyant les mains sur son jupon. Elle s'approcha pour les saluer sans façons.

Ninnen ne s'offusqua pas d'une attitude que, dans son milieu, on aurait jugée offensante. Car rien ne la distinguait vraiment des femmes attablées ou qui dansaient. Et puis, pourquoi aurait-elle eu droit à plus d'égards qu'une autre personne ? Elle ne s'était jamais pensée meilleure ou au-dessus du lot simplement parce qu'elle était née noble. Une conviction qu'elle partageait avec Anne et ses cousins depuis longtemps, même si son propre père en jugeait autrement. C'était ce que nous étions et ce que nous faisions qui comptait, pas le titre ou le milieu qui nous était donné à la naissance.

Elle avait revêtu ce qu'elle avait de plus simple et de plus passe-partout : une robe de coton bleu canard à l'encolure soulignée d'un liseré de dentelle. Elle s'était coiffée comme elle se coiffait presque tous les jours depuis qu'elle avait entrepris ce voyage, d'une longue tresse enroulée en chignon, ornée d'un ruban bleu également. Sans doute tous ces gens auraient-ils été fort surpris d'apprendre qu'elle était encore, quelques années plus tôt, la fille d'un riche comte breton et pair de France.

— Ma chère Violette, commenta alors Ronan, les rappelant à leur rôle, je crois que nous n'allons pas pouvoir refuser de faire plaisir à un *compatriote*.

Il la gratifia d'un clin d'œil discret, tandis que l'homme courait déjà leur chercher les boissons.

— Voici vos « fées vertes » annonça celui-ci à son retour, plaçant devant eux deux verres à moitié remplis d'un liquide à la couleur acidulée.

Puis il posa une cuillère à absinthe ajourée en équilibre au-dessus de chaque verre, et du sucre dans les cuillères. Il tendit ensuite la main vers sa femme, derrière lui. Elle l'avait suivi avec un pichet qu'il saisit, puis il versa un peu d'absinthe supplémentaire sur le sucre.

— Là ! dit-il en se redressant, visiblement satisfait. C'est prêt ! Je vous laisse déguster.

Tandis que sa femme et lui s'éloignaient, Ninnen trempa les lèvres dans le breuvage.

— Ce n'est pas désagréable…

Ronan approuva d'un claquement de langue, reposant son propre verre, après en avoir, lui aussi, avalé une gorgée.

— C'est très anisé, reprit-elle.

Il eut un petit sourire, mi-tendre, mi-moqueur.

Oh ! ce sourire !

— L'anis est l'ingrédient de base de cette boisson, Violette !

— Ah… D'accord. Je sens aussi une pointe d'amertume. Et d'épices, non ?

En tout cas, c'était très frais et très rafraîchissant. Parfait pour cette chaude soirée d'été.

— C'est délicieux ! conclut-elle.

Son verre fut vide avant même qu'elle ait compris comment il s'était vidé, de même que celui de Ronan. Le patron de la buvette, qui les couvait, de loin, d'un regard attendri, vint aussitôt les resservir. Ninnen songea que ce n'était guère raisonnable, mais la seconde absinthe fut bue tout de même.

Elle se sentait bien. Vraiment bien. Un peu étourdie, peut-être, avec la sensation de flotter légèrement au-dessus du banc sur lequel elle était assise. Mais détendue. Elle avait envie de sourire aux anges. Et à Ronan.

Sans doute le consommé « à la véritable asperge d'Argenteuil » aurait-il été bienvenu, agrémenté d'une solide tranche de pain de campagne, mais le patron du P'tit Belleville en décida autrement. S'approchant une fois encore de leur table, il les incita si peu discrètement à rejoindre la piste de danse qu'ils ne purent faire autrement qu'obtempérer, au risque, sinon, de trop attirer l'attention sur eux. Ce qu'ils ne souhaitaient pas.

C'est ainsi qu'ils se retrouvèrent au milieu de nombreux autres couples.

Ronan l'enlaça, alors qu'elle posait une main sur le haut de son bras, et que l'autre allait se nicher au creux de la sienne. Sa main était si petite qu'il l'enveloppait toute de ses longs doigts. Puis il l'entraîna dans une valse telle qu'elle se pratiquait dans les bals et les salons des grandes maisons. Elle se sentait si légère, si gaie, dans ses bras ! Il y avait des semaines et des semaines qu'elle n'avait pas dansé, elle qui aimait tant cela. Elle commentait tout ce qu'elle voyait en riant, tandis qu'ils tournoyaient.

Au bout de quelques tours, ils durent cependant se rendre à l'évidence : non seulement il leur était malcommode d'évoluer dans un espace suffisant pour accomplir correctement les mouvements, mais le tempo donné par l'accordéoniste et le joueur de musette ne correspondait pas du tout aux rythmes dont ils avaient l'habitude. Par ailleurs, quelques regards de travers leur firent comprendre qu'ils en prenaient trop à leur aise et que, faute de se mettre au diapason, ils devraient quitter la piste.

— Eh bien, déclara Ninnen avec un rire teinté d'embarras, mon cher Brice, il semblerait que ce soit la musette ou rien !

— Alors, ce sera la musette ! répondit-il en resserrant

fermement le bras autour d'elle. N'avons-nous pas dit tout à l'heure que nous apprendrions ?

Ce disant, il la plaqua tout contre lui, imitant en cela les autres danseurs. Leurs deux corps entrèrent alors en contact étroit. Elle se sentit aussitôt rougir, mais comme elle était plus petite que lui, il ne pouvait voir son visage si elle ne relevait pas la tête. Sauf que son cœur s'emballait, et que Ronan devait forcément s'en apercevoir.

Ils reprirent la danse, en s'inspirant des autres danseurs. Des pas plus petits. Des tourbillons moins amples et beaucoup plus rapides, ce qui limitait leurs déplacements. Des déhanchés... Oh ! mon Dieu, les déhanchés, avec tout ce qu'ils avaient d'indiscret ! Ils y réussirent fort bien, pour des débutants, car en quelques minutes, plus rien ne les différencia des couples qui évoluaient autour d'eux.

Avec la vitesse, l'effet des deux verres d'absinthe – elle aurait vraiment mieux fait de se limiter au premier ! –, l'obscurité de plus en plus profonde au-delà de la piste et des arbres, Ninnen ne voyait plus les lampions comme des points distincts, immobiles, mais comme des rubans volants qui dessinaient dans l'air des arabesques étourdissantes.

— C'est féerique ! dit-elle, s'abandonnant à la griserie de la danse, à l'air tiède de la nuit, dans les bras de Ronan.

Plusieurs morceaux se succédèrent, sans qu'ils desserrent leur étreinte. Leur étreinte... indécente. Cependant, elle se sentait si bien. Délivrée de tout ce qui n'était pas le plaisir de tourbillonner en musique. Ne plus penser à rien. N'être que ce corps habité de sensations merveilleuses. Dans cette nuit parfumée. Au milieu de toute cette joie, cette énergie de vivre que lui renvoyaient les gens, les rires, le brouhaha. Au milieu de tant de simplicité aussi, et d'anonymat. Personne ne les connaissait, ici, personne ne jugeait le fait qu'ils soient enlacés comme un véritable couple, alors qu'ils étaient cousin et cousine. Rien de tout cela n'aurait pu avoir lieu, à Londres, sous le regard de leurs connaissances et de leur famille.

Elle finit par poser la joue contre lui, juste au niveau de son cœur. Il battait aussi frénétiquement que le sien. Elle crut sentir un baiser léger sur ses cheveux. La pression de la main de Ronan, au creux de son dos, était telle que pas un instant depuis qu'ils avaient commencé à danser elle ne l'avait oubliée. Elle ne put s'empêcher de trembler.

— Tu as froid ? murmura-t-il contre sa tempe, la caressant de son souffle chaud.

Non, elle n'avait pas froid. Au contraire ! Elle avait très chaud. Elle étouffait d'émotion contenue.

Elle poussa tout à coup un soupir vaincu : ils ne pouvaient plus se mentir. Ni chacun à soi-même ni l'un à l'autre. Ce n'étaient plus un cousin et une cousine qui dansaient ainsi, si étroitement enlacés qu'une feuille de saule n'aurait pu passer entre eux, mais un homme et une femme habités d'un même désir qui leur mettait le sang en ébullition.

Elle était inexpérimentée, mais pas ignorante des choses de l'amour, et il y avait chez Ronan des signes que leur extrême proximité laissait deviner et qui ne trompaient pas. Elle repoussa vigoureusement l'image de Mlle Dupin. Pas ce soir. Pas sur la musique. Pas sous ces étoiles. Ils n'étaient personne, ici, que des ombres sans visage. Qui saurait, là-bas, en Angleterre ? Ou à Fréhel ? Cette nuit était magique et, comme dans la comédie de William Shakespeare[1], au matin, tout serait oublié !

Depuis combien de temps dansaient-ils ? Les morceaux s'étaient succédé sans qu'ils se lâchent, sans qu'ils marquent de pause. Plusieurs flambeaux s'étaient éteints, que personne n'avait rallumés. Les heures avaient passé, elle ignorait

1. *Le Songe d'une nuit d'été.*

comment, et les danseurs désertaient à présent peu à peu la piste. Elle redressa la tête et chercha le regard de Ronan. Les lampions avaient perdu de leur intensité, aussi ne capta-t-elle que deux prunelles sombres et fiévreuses. Elle perçut une brève crispation dans la main qui enserrait la sienne, puis, très lentement, le visage de son cousin se rapprocha du sien.

Lorsque sa bouche trouva la sienne, elle ferma les yeux pour mieux en profiter. Il lui effleura les lèvres, effectuant de petites pressions, les abandonnant une fraction de seconde pour mieux y revenir ensuite. Il l'affola ainsi de contacts furtifs et délicieux qui lui donnèrent envie de lui saisir la tête à deux mains pour s'arrimer à sa bouche. Mais elle n'osa pas.

La langue de Ronan chercha bientôt à se frayer un passage. Elle l'accueillit, répondant à ce baiser, toute frémissante et presque au bord des larmes, tant les sensations étaient au-delà de ce qu'elle avait cru ressentir dans ses rêves, les nuits précédentes. Il la plaqua de plus belle contre lui avec un grognement, imprimant alors à son baiser, à son étreinte, une possessivité qui la laissait pantelante. Le monde avait disparu autour d'elle. Les bruits s'étaient tus. Elle n'était plus qu'un corps fébrile, un cœur exalté.

Plus tard, bien plus tard – y avait-il eu un seul baiser ? Plusieurs ? Sans doute. Le temps s'était-il arrêté ? –, Ronan desserra son étreinte, et les choses, les gens reprirent peu à peu consistance. Mais elle ne souhaitait plus danser. Qu'était la danse ? Qu'aurait-elle pu lui apporter, après l'expérience bouleversante pour elle de ce baiser ? Ces baisers ? Intenses, brûlants, passionnés…

Ils échangèrent très peu de mots, sur le chemin du retour. Trop parler aurait fait éclater la bulle de bien-être et de merveilleuse langueur dans laquelle elle était enfermée.

Chez le chevalier, ils se quittèrent dans le couloir sur un autre baiser tout aussi fougueux que *le*, *les* précédents, elle ne savait vraiment plus ! Pourtant, cette nuit-là, la porte de communication entre leurs deux chambres resta fermée.

12

Maison du chevalier, 23 août au matin

Ninnen avait très mal dormi. Entre deux longues périodes d'insomnies durant lesquelles il lui avait semblé sentir encore les lèvres de Ronan sur les siennes, son corps pressé contre le sien, des rêves absurdes l'avaient agitée. Et dans ces rêves, il était encore question de lui.

À un moment, elle s'était relevée pour verrouiller la porte de communication entre leurs deux chambres. Non qu'elle ait redouté une indélicatesse de la part de son cousin. Pas du tout. C'était un geste symbolique pour elle. Parce qu'elle ne savait plus où elle en était. Parce que la nuit, contrairement à l'adage, n'est pas toujours la meilleure conseillère, et qu'elle avait besoin d'ériger entre eux une barrière concrète, propre à faire retomber la charge émotionnelle qui lui mettait la tête et le cœur à l'envers.

Elle était contente, à présent que les heures avaient opéré de la distance, de bénéficier d'un moment de solitude. Elle avait croisé Ronan rapidement en descendant à la salle à manger pour déjeuner : il lui avait annoncé qu'il sortait se promener. Il n'avait rien ajouté, n'avait tenté aucun geste, étrangement distant. C'était mieux ainsi. Elle était remontée au deuxième étage aussitôt son déjeuner pris, peu encline à discuter avec le chevalier. Elle avait besoin de réfléchir.

Ils avaient complètement perdu la tête, la veille, au bord du lac ! La faute, sans doute, à l'absinthe, à la musique, à tous ces couples enlacés autour d'eux et aux lumières qui semblaient tourbillonner au moins autant qu'eux… La faute à cette mission qui les chamboulait, les plaçait constamment l'un près de l'autre dans un rôle d'amoureux. Qui leur faisait perdre de vue la limite entre le réel et le masque. Jamais une telle chose ne se serait produite, à Londres, au milieu de leurs familiers. Jamais ils ne se seraient embrassés, pour commencer.

La faute à la musique ? Aux lumières ? Vraiment ? s'insurgea alors un petit monstre dans sa tête. *Ose dire que tu n'y as pas pris de plaisir ! Ose prétendre que tu n'avais pas rêvé d'un tel baiser !* Non, elle ne le pouvait pas. Elle avait aimé chaque instant de cette soirée. Elle avait aimé chaque pas de danse. Leur proximité. Leur complicité. Elle avait aimé la chaleur de Ronan contre elle. La bouche de Ronan sur la sienne. Son souffle mêlé au sien…

Une soudaine faiblesse la saisit, et elle dut s'asseoir sur le bord de son lit. Tout cela avait un nom. Un nom qu'elle avait déjà formulé en son for intérieur sur la piste de danse. *Le désir.* Elle désirait Ronan. N'attendait qu'un autre baiser de lui, puis un autre. Que la tête lui tourne encore, pressée contre lui, sa grande main posée au creux de son dos. Mon Dieu, oui, elle le désirait, cela ne faisait aucun doute ! Mais elle pouvait lutter contre ce désir. Refuser de le laisser s'exprimer librement. Ils étaient cousins ! Pourraient-ils passer la porte de Crescent Court main dans la main, et affronter le regard de ses parents ? Non. C'était aussi simple que cela, il n'y avait rien à ajouter.

Elle se releva, respira profondément, et s'approcha de la fenêtre. À cet instant, Tibor et Zsófi sortirent dans

Mittelstraße : c'était un des matins de la semaine où ils allaient prendre des cours particuliers. Ils s'éloignèrent d'un pas allègre, tout en parlant fort dans leur langue maternelle. Zsófi dansait presque sur le trottoir, et faisait de grands gestes. Leurs paroles, inintelligibles mais joyeuses, montaient de la rue jusqu'à Ninnen.

Le chevalier Texier de La Barre était un homme vraiment particulier et plein de bonté : avoir gardé sous son toit ces deux orphelins et les faire éduquer pour qu'ils puissent, plus tard, avoir tous deux un métier honorable en lien avec leurs goûts...

Elle éprouvait une vive sympathie pour lui et aimait bien leurs discussions. Ils abordaient des sujets variés, mais le chevalier ne mentionnait jamais sa vie en France. Elle n'en savait toujours que ce qu'il leur avait appris le jour de leur arrivée : qu'il était vendéen d'origine, mais n'était jamais retourné en France après sa nomination à Berlin dans le corps diplomatique.

Était-ce à dire qu'il n'avait plus ni ses parents ni d'éventuels frères et sœurs, neveux ou nièces ? Elle n'osait pas le questionner sur sa famille, mais s'interrogeait beaucoup. Ce qui attisait surtout sa curiosité autant que sa compassion, c'était ce que Zsófi lui avait confié, le lendemain de leur arrivée... Cette femme qu'il avait aimée et perdue dans sa jeunesse. Cette femme qui l'avait laissé inconsolable au point de ne vouloir en épouser une autre. Était-elle morte ? En avait-elle préféré un autre ?

Elle imaginait mal qu'on ne puisse pas aimer en retour un homme aussi agréable, aussi cultivé et possédant d'aussi bonnes manières. Un homme séduisant, également, car le chevalier avait d'autant plus dû l'être autrefois, qu'il l'était encore. Non, la dame de son cœur était certainement morte, et dans des circonstances tragiques. Quelle explication, sinon, à cette douloureuse solitude ? L'avait-il vue mourir dans ses bras ?

Elle se sentait pleine d'une étrange tendresse vis-à-vis de lui. L'idée qu'il ait pu, des années et des années durant, chérir si fort le souvenir d'un amour perdu, qu'il n'en avait jamais guéri, l'émouvait au plus haut point.

Elle se décida à redescendre au salon, dans l'idée de faire un peu de piano. Cela finirait sûrement de la détendre.

Comme elle arrivait au niveau du premier étage, elle s'arrêta un instant sur le palier. Elle aurait bien aimé savoir à quoi ressemblaient les appartements privés de leur hôte. Si le chevalier les avait invités à profiter de sa maison comme s'il s'agissait de la leur, l'invitation ne s'étendait toutefois pas à l'étage qui lui était réservé. Elle poursuivit donc jusqu'au rez-de-chaussée, et alla directement au piano-forte.

C'était un Bartolomeo Cristofori, un très bel instrument moderne de facture italienne, en bois délicatement marqueté. À la recherche de quoi jouer, Ninnen s'approcha du meuble à partitions, contre le mur entre les deux fenêtres qui donnaient sur la rue. Elle était curieuse également des goûts musicaux de son hôte. De grands compositeurs : Rameau, Bach, Couperin, Mozart, Verdi, Albinoni, mais aussi des romances et des pièces mineures de musiciens moins renommés... qu'elle connaissait néanmoins pour certains, car les partitions figuraient aussi au château d'Aubin.

Elle opta pour un adagio d'Albinoni arrangé pour piano, ainsi que pour une sonate de Mozart. L'adagio était d'une lenteur et d'une douceur à la mélancolie poignante. Elle l'associait systématiquement à sa mère, qui le jouait très souvent. Elle-même adorait cette pièce. Elle plaça la partition sur le support, s'installa sur le tabouret, releva le rabat du clavier et commença. Le piano-forte avait un très beau son.

Elle se laissa emporter par la musique, et ce ne fut que lorsque la dernière note eut fini de vibrer qu'elle découvrit le chevalier appuyé contre un mur, légèrement en arrière à sa droite. Il avait les yeux dans le lointain et une expression si triste qu'elle crut qu'il allait se trouver mal.

— Est-ce que tout va bien ? demanda-t-elle en commençant à se lever pour aller vers lui.

Il lui fit aussitôt signe de se rasseoir.

— Tout va bien. Je vous en prie, continuez... Je suis désolé si je vous ai inquiétée.

Comme elle le fixait toujours, indécise, il précisa, un peu à contrecœur sembla-t-il :

— J'ai... J'ai connu quelqu'un, autrefois, qui jouait souvent ce morceau. Vous entendre m'a rappelé des souvenirs un peu... difficiles.

Sa fiancée perdue, songea Ninnen avec un petit pincement au cœur, même si Zsófi n'avait jamais mentionné de fiançailles. Elle était navrée d'avoir pu le blesser.

— Pardonnez-moi si je vous ai attristé, monsieur. Je me croyais seule dans la maison, et il se trouve que j'aime beaucoup ce morceau.

Il lui sourit. Un sourire fugace et aussi mélancolique que l'adagio.

— Ne vous excusez pas, Violette. Au contraire, faites-moi plaisir et continuez à jouer. S'il vous plaît... Ce piano-forte sert si peu souvent !

— Vous ne l'utilisez pas, chevalier ?

— Si, quelquefois.

— Et que jouez-vous, alors ?

— Du Bach, du Mozart essentiellement...

— J'ai vu un arioso de Bach pour quatre mains, sur le meuble à partitions. C'est une pièce que je maîtrise bien...

La toute première que sa mère lui avait apprise à jouer avec elle, dans son enfance.

— ... Accepteriez-vous de la jouer avec moi, monsieur ?

Il parut hésiter, et une ombre passa sur ses traits.

— Il y a si longtemps que je n'ai pas repris ce morceau… Je crains de vous gâcher le plaisir par mes hésitations.

— Je suis certaine que non ! répondit-elle avec un grand sourire.

Il la fixa alors comme s'il cherchait à voir en elle au-delà des apparences, et elle eut de nouveau l'impression que quelque chose cherchait à se frayer un chemin dans son propre esprit. Une vague, très vague réminiscence. Insaisissable.

— Soit ! Mais n'oubliez pas que vous l'avez voulu ! lâcha-t-il enfin avec un petit rire qui lui illumina le visage.

Elle se décala sur le long tabouret pour lui faire de la place, tandis qu'il attrapait la partition. Puis il s'installa, et tous deux commencèrent à jouer. Il n'avait peut-être pas repris l'arioso depuis longtemps, mais ses doigts ne l'avaient pas oublié. Ils couraient sur les touches, agiles et sûrs.

Elle lui jeta un coup d'œil rapide et fut frappée par son expression. Il paraissait à la fois heureux et très ému. Avait-elle eu raison d'insister ? Il avait été trop poli pour refuser catégoriquement de jouer avec elle, mais, de toute évidence, cet arioso, comme l'adagio, remuait en lui des choses qu'elle aurait peut-être mieux fait de laisser dormir. Leur jeu s'accordait bien, cependant, comme si ce n'était pas la première fois qu'ils s'asseyaient au piano ensemble.

Ronan entendit la musique avant même d'avoir ouvert la porte d'entrée. On jouait à quatre mains sur le piano-forte…

Il s'était échappé de la maison dès qu'il avait été prêt, ce matin-là, sans même prendre le temps de déjeuner. Il n'avait pas fermé l'œil de la nuit, ou si peu, et il avait besoin de prendre l'air, avant que la chaleur de la journée ne devienne trop étouffante. Il était allé à pied jusqu'au lac de Griebnitzsee, dont il avait suivi les berges sur une très longue distance. Et retour.

Si ce qui s'était produit au bord de la Meuse avait été accidentel, ce qui s'était passé la veille, sur la piste de danse, ne l'était pas du tout. Ninnen et lui s'étaient embrassés. Embrassés véritablement. Longuement. En pleine conscience. Et ils avaient recommencé juste avant de se séparer jusqu'au lendemain. En ce cas, pourquoi avait-elle verrouillé sa porte dans la nuit, comme si elle avait craint de sa part une attitude inappropriée ? Il ne dormait pas. Les yeux grands ouverts dans le noir, il tentait d'y voir clair dans ses émotions. C'est alors qu'il avait entendu la clé tourner lentement dans la serrure. Son cœur s'était mis à battre très vite. Il avait cru, les premiers instants, que Ninnen *ouvrait* la porte pour le rejoindre dans sa chambre. Puis il avait compris que c'était le contraire : elle *fermait* pour que lui ne puisse pas en franchir le seuil. Il en avait été profondément blessé.

Il n'aurait pas voulu qu'elle entre. Pas encore, ou peut-être même jamais. Il avait besoin de réfléchir à tout ce qui leur était arrivé depuis qu'ils avaient quitté Londres. À ces changements intervenus si vite dans leurs relations. Mais qu'elle verrouille la porte de communication, comme si elle n'avait aucune confiance en lui, en sa capacité à... à... À quoi, au juste ? Gérer ses pulsions ? Pour qui le prenait-elle ? Il était un gentleman, bon sang !

Tout à l'heure, lorsqu'il l'avait croisée tandis qu'elle descendait déjeuner, il n'avait pas eu envie de lui parler. Il était encore trop affecté par son geste. Il s'était contenté de lui indiquer qu'il sortait. Toute autre parole aurait été beaucoup trop amère. À la mesure de sa blessure d'orgueil. Il aurait cru qu'elle le connaissait mieux que cela !

Ils avaient franchi une ligne. Indéniablement. Leurs liens affectifs étaient en train d'évoluer et, pour sa part, c'était plus fort que lui. Il était attiré par Ninnen comme un homme peut l'être par une femme qu'il trouve aimable et désirable. Et ces baisers de la veille lui avaient allumé les sangs. Elle n'en demeurait pas moins sa cousine.

Sa cousine... Le mot, la notion faisaient résistance, en dépit du violent désir qu'il ressentait pour elle. Il n'était pas certain que les autres voient d'un bon œil son attirance. Ou plutôt leur attirance réciproque, puisque ces baisers, elle les avait souhaités autant que lui. Il était même sûr que non. Ici, à Postdam, sous couvert de leurs fausses identités, ils pouvaient s'enlacer, se prendre la main, être surpris à échanger un baiser, même... Cela ne choquerait personne : pour tous, ils étaient mari et femme. Mais à leur retour à Londres ? Mais devant son oncle et sa tante ? Devant leurs amis, leurs connaissances ? Tous ces gens qui la savaient sur le point d'épouser Dennys ? Ils ne pourraient que se cacher, comme si, dans leur cas, s'aimer était sale, honteux...

S'aimer ? En étaient-ils vraiment là ? Les choses, entre eux, avaient-elles évolué à ce point ? Quand ? Comment ? C'en était ahurissant !

Il referma la porte d'entrée derrière lui et secoua la tête, comme si ce geste avait eu le pouvoir de faire disparaître toutes les objections qui s'élevaient en lui, ou ce désir si difficile à assumer.

Il emprunta le long couloir jusqu'au salon, où il trouva Ninnen et le chevalier assis l'un contre l'autre sur le tabouret de piano. Il en fut contrarié. Puis il se calma aussitôt. Ninnen ne lui avait-elle pas prouvé qu'il n'avait pas lieu de jalouser la complicité qu'il surprenait parfois entre leur hôte et elle ? Ils s'entendaient bien, c'était tout. Aurait-il vraiment souhaité qu'il en soit autrement ? Le chevalier était un atout précieux pour leur mission, il devait lui en être reconnaissant. Le problème, ce n'était pas Gabriel Texier de La Barre, c'était lui. C'étaient son corps, ses bras, sa bouche, qui réclamaient Ninnen. C'était son cœur, qui battait stupidement, follement, dès qu'elle était dans la même pièce que lui.

— Bonjour ! lança-t-il pour s'annoncer.

Ninnen tourna la tête un instant et lui fit un petit sourire tremblotant, avant de revenir à la partition. Elle était tout aussi perdue que lui. Il le sentait dans son dos qui s'était soudain raidi et son toucher plus nerveux sur le clavier. Ses longs cheveux n'étaient retenus que par un ruban sur la nuque, et ses boucles se déployaient dans son dos, souples, brillantes, effroyablement tentantes. Elle ne portait pas de fard, et il trouva adorables son nez et ses pommettes parsemés de taches de rousseur.

Le chevalier et elle plaquèrent bientôt les derniers accords du morceau, puis échangèrent un sourire. Leur hôte se leva alors, prit la main de Ninnen et la serra entre les siennes. Ronan lui trouva l'air exagérément troublé pour quelqu'un qui venait simplement de jouer un petit air à quatre mains.

— Merci, Violette. Il y avait vraiment très longtemps que je n'avais joué ce morceau. Grâce à vous, j'ai retrouvé, le temps de cet arioso, un peu de ma jeunesse en Vendée.

— J'en suis ravie, chevalier !

À cet instant, la porte d'entrée claqua, et la voix de Zsófi s'éleva.

— Nous sommes de rretourr, monsieur !

Tous trois se tournèrent vers la porte restée ouverte. Zsófi, qui avait troqué son bonnet habituel contre un chapeau de paille garni d'un bouquet de roses de tulle minuscules, entra alors d'un bon pas dans la pièce, les yeux brillants et les joues roses.

— Eh bien, Zsófi, de quoi a-t-il été question, ce matin, avec Frau Forscher ? lui demanda le chevalier avec cette indulgence amusée dont il faisait toujours preuve face à la vivacité et aux manières familières de la jeune fille.

— De géométrrie, monsieur. Et d'une fable de Jean de

La Fontaine. L'histoirre d'un rrat et d'un lion emprrenné dans un filète…

— Pris dans un filet, la corrigea-t-il.

Tibor était resté en retrait, comme toujours. Il avait bien moins d'aplomb que sa sœur.

— Madame, poursuivit Zsófi en se tournant vers Ninnen, est-ce que vous c'aurez beçoin de moi pourr vous prréparrer, tout à l'heurre ?

Elle faisait allusion à leur départ pour le palais d'été, où les manifestations organisées par la favorite débuteraient par une course à la bague et une pièce de théâtre en plein air.

Elle s'efforçait d'afficher un air indifférent, mais Ronan devinait sa fébrilité.

— Certainement, Zsófi ! lui répondit Ninnen, qui n'était sans doute pas dupe non plus de son apparent détachement.

Ce que Zsófi confirma en battant aussitôt des mains, l'air aux anges.

— J'ai déjà pensé à une coiffurre, madame… Une coiffurre qui va rendrre jalouces toutes les autres cinvitées !

13

Palais d'été, fin d'après-midi et soirée du 23 août

Les festivités commencèrent par un défilé à cheval des concurrents de la course à la bague. Comme ces deux jours de fête étaient placés sous le signe de *l'Iliade* et *l'Odyssée*, ces messieurs avaient été invités à revêtir des costumes évoquant les héros de la Grèce antique et mythologique. Certains nobles s'étaient même vu attribuer un personnage en particulier. Gabriel Texier de La Barre, posté juste à côté de Ninnen, lui énuméra les noms des comtes, ducs ou marquis prussiens dissimulés sous les traits, qui d'un Ulysse, qui d'un Agamemnon, d'un Achille, d'un Hector, d'un Pâris, d'un Ajax, ou encore d'un Patrocle.

— Voilà qui nous a en tout cas valu un beau défilé de mollets dans leurs cothurnes ! conclut-elle, lorsque tous les cavaliers eurent pris place tout au bout de l'allée centrale, pour le départ de la course.

Sa remarque déclencha l'hilarité de ses deux compagnons, et elle fut soulagée de voir enfin rire Ronan, lui qui l'avait battue froid et était resté tendu depuis le matin. Elle se sentait d'humeur à plaisanter, légère et confiante : nul doute que ces journées et soirées lui donneraient l'occasion de croiser à nouveau la favorite.

Elle se sentait très belle aussi, dans la plus jolie robe qu'elle possédait : une tenue conçue par Rose Bertin[1] elle-même, durant sa période d'exil à Londres. Une soie vert d'eau brodée d'arabesques d'or, qui allait parfaitement bien avec sa chevelure, et de la dentelle de Bruges en ruchés.

Elle l'avait déjà portée à deux reprises lors de soirées dans la capitale anglaise. Il avait été un temps, dans le milieu où évoluaient ses parents, où porter la même toilette à plus d'un événement mondain aurait entraîné de hauts cris. Et que dire alors de la porter *deux jours de suite* – de même que les bijoux – pour des manifestations réunissant les mêmes personnes ! Ce qu'elle s'apprêtait à faire cependant, car elle ne disposait pas d'autre toilette d'apparat.

L'argent que leur avait obligeamment prêté ce cousin éloigné de sa mère à leur arrivée à Londres n'avait pas permis de remplacer entièrement les riches garde-robes que sa mère et elle avaient dû abandonner à Aubin, dans leur fuite. Dieu seul savait à qui elles profitaient, maintenant ! Comme elle n'avait appris que la veille qu'elle était conviée à ces fêtes, elle n'avait bien entendu pas eu le temps de se faire faire une nouvelle robe. Tant pis, elle remettrait celle-ci le lendemain, y compris pour le bal !

Elle avait agrémenté sa tenue d'un collier, de boucles d'oreilles et d'un bracelet de jade choisis parmi les bijoux que sa mère avait glissés dans son sac au moment de leur départ du château, et qu'elle avait absolument tenu à lui confier, quand Ronan et elle avaient quitté Londres. « Sait-on jamais quelles personnes vous pourriez rencontrer à Rome, ma chérie, ni dans quel palais elles pourraient vous inviter ! »

Zsófi, quant à elle, ne s'était pas vantée : elle lui avait fait une coiffure très aérienne que Suzon n'aurait pas reniée, soulignée d'un audacieux bouquet d'ocelles de paon. Ninnen

1. Modiste dont le talent et la renommée lui valurent d'habiller la reine Marie-Antoinette, puis de devenir sa « ministre des modes ».

s'était extasiée comme il convenait sur la dextérité de la jeune fille : Zsófi s'était rengorgée, rouge jusque sous son bonnet.

La course à la bague commença enfin, sous l'œil attentif de deux cents spectateurs, selon les informations glanées par le chevalier. Chacun des cavaliers, muni d'une longue baguette de bois et son cheval lancé au galop, devait décrocher un petit anneau suspendu à une potence montée pour l'occasion. Ce n'était pas aussi simple qu'il y paraissait… Ninnen savait de quoi elle parlait. Ses cousins, Anne et elle s'étaient essayés à ce jeu, quelquefois, en bordure du petit bois qui longeait une partie des jardins d'Aubin. Avec bien peu de résultat, mais beaucoup de rires !

Lorsque les gagnants de la course eurent été récompensés par des médailles, tous furent conviés à se diriger vers un théâtre de verdure. *Iphigénie* de Jean Racine y serait donnée. Cette fête glorifiait le palais d'été et ses jardins, mais elle était aussi un hommage à Louis XIV et ses *Plaisirs de l'île enchantée*. Il n'était donc pas étonnant qu'un dramaturge contemporain de ce souverain et distingué par lui soit mis à l'honneur, et dans sa langue.

Le « fond de scène », si l'on pouvait formuler les choses ainsi, donnait sur le lac de Heiliger See, où des décors de bateaux, voiles en berne, avaient été installés, sans doute solidement arrimés à des barques. Ils figuraient la flotte des rois coalisés autour de Ménélas, dont l'épouse, Hélène, avait été enlevée. Flotte immobilisée par la volonté d'Artémis, dont le courroux réclamait le sacrifice de l'innocente Iphigénie.

Il n'était pas loin de 21 heures lorsque la représentation prit fin. Alors qu'un mouvement s'opérait lentement vers les grilles, dans un brouhaha général, un nombre restreint d'invités, dont Ninnen, Ronan et le chevalier, bifurquèrent vers l'orangerie pour le souper. Il faisait très doux. La lumière du jour commençait à faiblir et, tout au long du chemin, des flambeaux illuminaient les allées, faisant luire les bijoux des dames. L'air bruissait de conversations et du frou-frou des robes.

Ronan lui avait présenté le bras pour qu'elle y pose la main, qu'il avait aussitôt recouverte de ses doigts chauds. Un petit frisson la parcourut à ce contact. Il n'en fallut pas plus pour que les souvenirs de la veille resurgissent. Le trouble dans lequel l'avaient jetée leurs baisers perdurait. Si elle l'oubliait par moments, comme pendant la course à la bague et la représentation, cette proximité avec son cousin le ravivait.

Un peu plus tôt, vers la fin du spectacle, il avait obligeamment replacé sur ses épaules sa fine étole de soie. Il s'était attardé, laissant les mains sur elle plus longtemps que nécessaire. Pour s'assurer que l'étoffe ne glisserait pas de nouveau, ou simplement pour la toucher ? À l'idée qu'il ait pu avoir envie de poser les mains sur elle par plaisir uniquement, un long frisson l'avait parcourue.

— Tu as froid ? avait-il alors murmuré, si près de son oreille que son souffle chaud l'avait fait frémir de plus belle.

Pragmatisme, discrétion, là encore, ou désir d'être tout près, de respirer son parfum ?

Elle avait resserré les pans de l'étole autour de son buste et acquiescé, alors que ce n'était pas vrai. Elle n'avait pas froid. Elle brûlait au contraire de le sentir si près d'elle sur le banc. Elle n'avait été attentive qu'à cela, même, durant la pièce entière, et elle aurait été bien incapable de se souvenir des détails de la mise en scène.

Avec quelle rapidité les choses avaient évolué pour elle ! Voilà que le moindre effleurement, le moindre contact de la part de Ronan la jetait dans l'affolement et un abîme d'interrogations. Lesquelles revenaient à peu près à se demander si chaque geste de son cousin, chaque rapprochement était commandé par son rôle d'époux à jouer aux yeux des autres, ou si la soirée de la veille, la danse, les baisers, avaient véritablement marqué le franchissement d'une limite. La réalité avait-elle vraiment basculé, ou était-ce encore un égarement, une confusion des sentiments à cause de ce rôle qui les obligeait à sortir de la zone relationnelle dans laquelle ils évoluaient depuis toujours ?

Heureusement, l'orangerie, tout illuminée, apparut soudain devant eux, l'arrachant aux questions qui la harcelaient depuis qu'ils étaient rentrés du P'tit Belleville.

— Elle n'a été achevée qu'il y a quelques mois, leur apprit le chevalier. Il s'y est déjà donné quelques concerts publics, au cours desquels le roi lui-même a joué du violoncelle.

— Est-ce que c'est bien un sphinx que j'aperçois en hauteur ? demanda Ninnen, contente de pouvoir focaliser son attention sur autre chose que la main de Ronan posée sur la sienne.

Car il ne se contentait pas de la tenir, en fait. Il lui caressait la peau du bout des doigts. Mais il semblait le faire machinalement, sans y penser, et elle n'aurait su dire si c'était une bonne ou une mauvaise chose. Là encore, tout dépendait de la manière dont on analysait la situation !

— C'en est bien un, confirma le chevalier avec une drôle de voix, comme si cette fantaisie architecturale l'amusait, alors que le palais en lui-même était très classique.

— Et regardez les statues sous le porche, Violette ! lui fit remarquer Ronan.

L'entrée se faisait par un portail égyptien, au-dessus duquel veillait le sphinx en question. Un porche semi-circulaire, décoré de deux statues de divinités, ouvrait sur une longue galerie.

— L'une d'elles représente Anubis, non ? dit-elle.

— Peut-être... Mais je ne vois pas ses oreilles, répondit Ronan.

La remarque n'était pas particulièrement destinée à faire rire, mais ils pouffèrent, comme s'ils avaient besoin de se délivrer de quelque chose.

Ces baisers l'ont autant chamboulé que moi, songea-t-elle, et elle s'étonna d'en éprouver une telle satisfaction.

— Nous allons bientôt en avoir le cœur net ! déclara le chevalier.

Mais un tel monde se pressait sous le porche, lorsqu'ils y parvinrent enfin, qu'ils oublièrent de regarder.

Un maître de cérémonie et son aide, muni d'une liste, plaçaient les convives autour de tables rondes. Il fallut un certain temps pour que tous les invités soient installés et, quand vint leur tour, Ninnen constata avec une vive déception qu'ils n'étaient pas à la table de Wilhelmine Enke.

Celle-ci se trouvait néanmoins non loin d'elle. Lorsque leurs regards se croisèrent, Ninnen la salua d'un signe de tête. Fallait-il faire plus ? Esquisser une révérence devant tous ces gens ? Mais ne risquait-elle pas de froisser la souveraine, si elle le faisait ? Car la reine était là aussi, assise à la table d'honneur, avec Frédéric-Guillaume II et quelques autres personnes. La favorite, bien évidemment, ne s'y trouvait pas. Si son statut n'était plus un secret pour personne, depuis le temps, les apparences devaient être sauvegardées.

Quelle hypocrisie ! songea-t-elle. Puis elle comprit soudain que l'équation se jouait à trois, alors qu'elle n'avait pensé jusque-là qu'au charme et aux qualités de Wilhelmine Enke, pour avoir su conserver tant d'années l'amour et l'intérêt du souverain. Même si les mariages royaux, en Europe et ailleurs, étaient le fruit d'alliances politiques et non de sentiments, la reine devait souffrir malgré tout de l'influence de la favorite sur son époux. Tout comme la pieuse et discrète Maria Leszczyńska avait dû souffrir de la puissance et du rayonnement de la marquise de Pompadour.

Pauvre reine ! Elle la plaignait. Comme il devait être

difficile pour elle de faire bonne figure devant les courtisans ! Et comme cela devait jaser, dans son dos !

Alors qu'elle venait juste de prendre place à la table qui leur avait été assignée, entre Ronan et Gabriel Texier de La Barre, Ninnen vit la favorite se pencher vers son voisin de table et lui parler derrière son éventail. Celui-ci se leva alors et s'approcha d'eux.

— Madame Villefranche-Lalande, dit-il en français, en s'inclinant devant elle. Messieurs, ajouta-t-il en se tournant successivement vers Ronan et le chevalier. Mme Ritz vous invite à sa table.

Ils s'y rendirent aussitôt. « L'invitation » valait certainement ordre, car pareille sollicitation ne se refusait pas, mais Ninnen n'allait pas rechigner, dans la mesure où cela servait ses objectifs !

— Chevalier..., commença alors la favorite, en tendant familièrement la main à Gabriel Texier de La Barre, voilà des semaines, il me semble, que je n'ai eu le plaisir de votre visite à Berlin !

Il s'inclina devant elle et saisit sa main tendue pour un baisemain.

— Croyez bien que je le regrette, madame, mais des affaires m'ont retenu loin de Postdam, lui répondit-il.

Ninnen se demanda soudain si c'était vrai. Il était en tout cas chez lui lorsque le messager du comte de Provence avait traversé la moitié de l'Europe à bride abattue pour lui demander de les accueillir, et d'user de son influence pour qu'elle puisse accéder au palais d'été. Ce qui s'était passé bien des jours avant leur propre arrivée. Étrange...

Elle ne s'y attarda pas, cependant, car Wilhelmine Enke se tournait vers elle.

— Madame Villefranche-Lalande, j'espère que la bibliothèque du palais fait votre bonheur, et qu'elle fera, par ricochet, celui de Mlle de Plessis-Tanneur pour son ouvrage en cours.

— Tout à fait, madame, cet endroit recèle de véritables trésors !

C'était vrai, le contenu de la bibliothèque l'émerveillait, mais elle avait conscience aussi, en disant cela, d'adresser un compliment discret à la favorite. Cette dernière s'était beaucoup impliquée dans l'enrichissement du fonds, comme le lui avait confié Val d'Essart, lorsqu'ils s'étaient vus à Hyde Park.

Comme elle surprit le regard appréciateur dont Wilhelmine enveloppait Ronan, une brusque bouffée d'allégresse l'envahit.

Toutes, pensa-t-elle, *elles sont toutes sensibles à sa ténébreuse beauté, même la favorite d'un roi, et c'est* moi *qu'il a embrassée !*

Surgit alors immédiatement l'idée qu'il en avait peut-être embrassé d'autres. *Sûrement, même, qu'est-ce que tu crois ?* Et cela jeta une ombre sur cette brusque exaltation. Elle n'y avait jamais vraiment songé. Mais, là encore, elle n'eut pas le loisir de s'y arrêter : la politesse commandait qu'elle agisse.

— Madame, puis-je vous présenter mon mari, monsieur Brice Villefranche-Lalande ?

— Vous avez une bien charmante épouse, monsieur, dit alors aimablement Wilhelmine Enke à Ronan, lui tendant la main, dont il baisa galamment le bout de doigts.

Mais le nouveau regard qu'elle lui coula indiquait que c'était plutôt la petite Mme Villefranche-Lalande qui avait de la chance d'avoir un tel époux !

Ninnen retint de justesse un gloussement qui aurait été fort malvenu. Elle était ravie de l'honneur que leur faisait la favorite en les conviant à sa table. Hélas, son cousin et elle n'y seraient pas seuls, et ils ne pourraient pas lui parler des troupes prussiennes et de l'armée de la coalition royaliste : outre le chevalier, six autres personnes y avaient pris place.

Tous trois étaient les seuls à ne pas porter de perruque

poudrée, remarqua-t-elle. Ronan avait les cheveux noués en catogan, et le chevalier les portait trop courts pour les attacher. Ils étaient tous deux vêtus fort élégamment. Le bleu ardoise de la veste brodée de Gabriel Texier de La Barre mettait en valeur sa blondeur et le bleu de ses yeux. Quant à Ronan, un habit de soie vert foncé sobrement bordé d'un galon d'argent accentuait son air un peu sauvage de brun au teint mat si dangereusement séduisant.

Ce qui le différencie avantageusement de ces paons enfarinés, le chevalier excepté ! songea encore Ninnen, dont le cœur se mit à battre un peu plus vite lorsqu'elle se remémora le goût de ses lèvres sur les siennes, au milieu de la piste de danse du P'tit Belleville. C'était comme un secret entre eux, un secret si excitant qu'il lui en occasionnait des papillonnements dans le ventre.

Lorsqu'ils furent installés et que les présentations furent faites, la discussion démarra sur les événements de 1789 à Paris. Ninnen s'attendait à des sujets plus anodins, des commentaires sur le défilé et la course, sur la pièce de théâtre. Mais elle concevait que des aristocrates prussiens qui n'avaient pas quitté leur pays soient friands d'informations sur le vaste mouvement républicain qui avait soulevé et divisé la France. Non qu'ils aient besoin d'explications politiques… Plus de cinq ans après, les informations avaient eu le temps de circuler. Ils semblaient surtout friands d'anecdotes propres à les horrifier.

— Étiez-vous à Versailles, lors du pillage et de la mise à sac du château ? s'enquit en allemand une dame d'un certain âge.

Elle rappelait à Ninnen la vieille comtesse du Chassoy, avec sa couche de céruse trop épaisse sur le visage, maladroitement rehaussée d'aplats rouges au niveau des pommettes.

— On dit que cela a été le fait de furies dépenaillées, qui

ont arraché de leurs mains rideaux et boiseries ! poursuivit la dame.

Un murmure d'effroi parcourut certains convives, qui affichèrent un même air horrifié.

— Je doute que de pauvres femmes harassées de travail et mal nourries en aient vraiment eu la force ! rétorqua Ninnen en français, sans prendre le temps de réfléchir.

Un silence pesant suivit sa déclaration, que tous avaient comprise, tandis que Ronan, assis à sa droite, lui pressait discrètement le bras. Alors qu'elle prenait conscience de la portée de ses paroles, l'homme en face d'elle l'interpella en français également, la mine offusquée :

— Soutiendriez-vous ces révolutionnaires sanguinaires, madame ?

Moi ? fut-elle sur le point de rétorquer. *Moi, dont le fiancé a été emprisonné et guillotiné par eux voici quelques semaines à peine ?*

Elle se retint à temps, effarée par ce que son impulsivité avait failli lui faire dire. Officiellement, elle était mariée depuis plusieurs années à ce bel homme qui attirait les regards féminins de toute part dans l'orangerie.

— Je veux dire..., tenta-t-elle de se justifier, je veux dire...

Elle jeta un coup d'œil affolé à la favorite. Venait-elle étourdiment de gâcher ses chances d'intéresser cette femme ? Ce si long trajet, tous ces jours passés à la bibliothèque, à attendre, à espérer, pour échouer aussi lamentablement ?

Puis elle se reprit et, estimant que le mieux était de coller au plus près de ce qu'elle était au fond d'elle, au plus près de ses convictions, elle poursuivit d'une voix bien plus assurée :

— On peut être royaliste et réaliste ! On peut être royaliste et vouloir comprendre comment le feu a pris aux poudres ! Sinon, quel enseignement tirer des événements ?

Un bref regard au chevalier lui permit de surprendre

un petit sourire d'approbation. Elle s'enhardit alors et fixa quelques secondes la favorite.

— C'est très juste, madame, commenta celle-ci.

Rassurée par cet appui, Ninnen poursuivit en français, sans vraiment se soucier de savoir si tout le monde la comprenait. La favorite le parlait couramment, et elle souhaitait surtout s'adresser à celle-ci.

— Plusieurs choses ont motivé cette marche sur le château de Versailles, les 5 et 6 octobre 1789, comme je ne doute pas que vous le sachiez… Une disette de pain sur Paris est l'une d'elles. Un problème général d'envergure, et non lié à quelques situations particulières. Dans ce contexte, on peut concevoir que des mères qui n'ont pas de quoi nourrir leurs enfants manifestent leur colère, et interpellent ceux qui les gouvernent, dont le devoir est de les protéger.

Elle s'interrompit le temps de reprendre sa respiration. On entendait les mouches voler au-dessus de la table. Nul doute que tous comprenaient.

— Je souhaite de tout mon cœur la restauration de la royauté en France, monsieur, ajouta-t-elle en regardant tout particulièrement l'homme qui l'avait prise à partie. Mais permettez que je souhaite aussi une royauté à l'écoute de tous, petites gens comme grands seigneurs.

Voilà, elle l'avait dit. Il ne lui restait plus qu'à espérer que la favorite serait sensible à sa position politique. Si elle appréciait autant qu'elle l'avait affirmé les ouvrages de philosophie de Mlle de Plessis-Tanneur, ses vues ne pouvaient pas la laisser indifférente.

En effet, si Ninnen demeurait royaliste dans l'âme – n'était-elle pas ici comme envoyée secrète du comte de Provence, futur régent de France, si le Dauphin était restitué sur le trône ? –, elle partageait avec sa cousine Anne des vues plus progressistes que les défenseurs de la monarchie absolue. Elle était favorable à une monarchie parlementaire qui soit à l'écoute de tous les Français, et pas seulement des puissants.

— Devons-nous comprendre, madame, lui demanda alors un autre convive, d'une voix aimable et tempérée, que vous prônez la monarchie constitutionnelle ?

Comme la favorite la regardait d'un air bienveillant, mais surtout intéressé, elle enfonça le clou :

— Constitutionnelle et parlementaire, monsieur !

Elle voulait une société plus juste, qui donne à chacun une chance, indépendamment du milieu dans lequel il était né. *En dépit* du milieu dans lequel il était né, d'ailleurs, le plus souvent. Elle avait lu les grands penseurs de l'époque, dont les idées avaient contrebalancé l'éducation très élitiste qu'elle avait reçue.

— Les rois sont de droit divin ! s'insurgea la vieille dame qui ressemblait tant à la comtesse du Chassoy. Ils n'ont pas à rendre de comptes !

— Paris n'est pas le pays tout entier, reprit Ninnen, abandonnant les généralités et se concentrant sur la France, espérant ainsi moins effaroucher ses interlocuteurs. Il me semble judicieux que des représentants venus de différentes régions, plus au fait de ce qui s'y passe, donnent au roi des informations qui lui permettront de régner en étant bien informé des réalités, et en se montrant ainsi attentif et équitable.

À ce moment-là, on apporta les potages et les entrées, ce qui offrit un dérivatif bienvenu à une conversation qui prenait une tournure beaucoup trop lourde. Une terrine de turbot en gelée rappela à l'une des deux autres dames présentes une anecdote arrivée récemment chez une duchesse au cours d'un grand dîner. Anecdote qui entraîna une partie de la tablée dans une conversation plus légère, faite de considérations gastronomiques et de ragots. Au grand soulagement de Ninnen.

Lorsque les viandes parurent, il fut question de chasse et de chiens.

Alors que les desserts faisaient leur apparition, la favorite, qui avait assez peu parlé mais beaucoup écouté, dit à Ninnen :

— Madame Villefranche-Lalande, si vos recherches vous en laissent le loisir, il faudra venir me rendre visite avant votre départ, chez moi, à Berlin. Nous causerons un peu mieux de ce dont vous avez parlé...

— Ce sera un plaisir et un honneur, madame, répondit Ninnen, abasourdie d'avoir obtenu ce qu'elle commençait à désespérer d'obtenir.

Elle n'osa pas regarder Ronan, de crainte de laisser voir sa joie et d'attirer la suspicion. Il fut encore question de personnes qu'elle ne connaissait pas, d'événements auxquels elle n'avait pas participé, ce qui lui permit de se tenir en retrait jusqu'à la fin du repas.

Il était près de 2 heures du matin lorsqu'ils rentrèrent chez le chevalier. Ronan s'attarda au salon avec leur hôte, tandis que Ninnen montait se coucher. La pensée que son cousin cherchait ainsi à éviter d'emprunter les escaliers avec elle au même moment, afin que la situation de la veille au soir ne se reproduise pas, la traversa. Elle en ressentit un fort dépit qui ternit la grande satisfaction qu'elle avait tirée de l'invitation de la favorite et des petits gestes attentifs que Ronan avait eus pour elle.

Elle ôta délicatement les ocelles de paon de ses cheveux, défit à regret la belle coiffure que lui avait faite Zsófi, puis se déshabilla à la hâte. Elle était fatiguée après deux soirées de suite à l'extérieur, dans le bruit et l'agitation. Elle voulait sombrer dans le sommeil.

14

24 août, fin d'après-midi

Une foule, aussi dense que la veille pour la course à la bague et la pièce, se pressait en direction du théâtre de verdure. Il faisait une très grosse chaleur, et Ninnen avait un peu de mal à respirer. Elle était obligée de suivre le mouvement, prise dans cette nasse humaine. Impossible d'avancer à son rythme, ou de regarder où elle posait les pieds !

Le premier divertissement du second jour de fête allait bientôt commencer dans les jardins du palais d'été. Il s'agissait de tableaux vivants, donnés sur l'eau ou bien sur la scène, selon les moments, tandis que des comédiens déclameraient des extraits de *l'Odyssée* d'Homère, dans sa traduction allemande. Le programme annonçait : « Ulysse dans l'antre du Cyclope », « Circé la magicienne », « Le chant des sirènes », « Nausicaa », « Le retour à Ithaque », « Les prétendants », « L'arc d'Ulysse » et enfin « Ulysse et Pénélope ». Les grands rôles seraient tenus par des dames et des seigneurs de la cour. Nul doute qu'un faste de costumes, de décors et d'accessoires charmerait bientôt les yeux des spectateurs. On ne pouvait rivaliser au rabais avec les magnificences de Versailles au temps de Louis XIV !

Ninnen se demanda alors si la favorite, qui devait prendre

part au spectacle, jouerait Circé l'enchanteresse, ou bien la fidèle Pénélope. Et comment comptaient-ils figurer les compagnons d'Ulysse transformés en cochons ? songea-t-elle encore avec un petit rire.

Les invitations avaient manifestement été envoyées en masse. Mais elle savait que, de même que pour le souper dans l'orangerie, les personnes conviées au feu d'artifice tiré sur le lac, puis au bal qui suivrait, seraient en nombre bien plus restreint.

Le chevalier ne les avait pas accompagnés, cette fois – une visite à rendre absolument à l'extérieur de Postdam, avait-il annoncé. Il les rejoindrait pour le feu d'artifice. Quant à Ronan, il venait tout bonnement de disparaître, happé par une marée humaine sur sa droite, alors qu'il était encore à côté d'elle quelques instants plus tôt !

Elle se hissa sur la pointe des pieds, toujours entraînée par la foule, pour tenter d'apercevoir sa tête. Elle devait dépasser du lot, il était si grand ! Hélas, sa propre taille ne lui permit pas de voir grand-chose, et son cousin demeura invisible.

Alors qu'elle avançait d'un pas de plus, assez contrariée de se trouver séparée de lui, elle sentit quelque chose résister derrière elle. Elle eut l'impression que l'on cherchait à la retenir. Elle se pencha en avant avec brusquerie pour se dégager… et le bruit caractéristique d'une étoffe qui se déchire l'éclaira aussitôt sur la nature de la gêne qu'elle venait de ressentir. Un maladroit avait gaillardement marché sur le bas de sa robe et elle, en forçant, l'avait déchirée !

Bon sang ! Sa belle robe en soie vert d'eau ! Une création de Rose Bertin en personne ! Sa seule toilette acceptable pour un bal donné par le roi de Prusse… Avec un peu de chance, il s'agirait non pas de la robe elle-même mais d'un de ses jupons. Ou bien la jupe s'était-elle seulement décousue du buste ? Ce serait un moindre mal.

Avec l'impression pénible d'être un saumon épuisé remontant le cours d'un torrent bouillonnant des Highlands, elle essaya de se faufiler sur un côté, afin de s'extraire de la foule. Il lui fallut plusieurs minutes pour y parvenir.

Enfin, elle se trouva seule sur une étroite bande de pelouse bordée de buis. Elle saisit l'arrière de sa robe et se contorsionna pour évaluer l'étendue des dégâts... À ce niveau-là, ce n'étaient même plus des dégâts, c'était une véritable catastrophe ! L'accroc débutait assez haut, et la soie, déchirée sur une bonne longueur, pendait en un triste pavois, offrant un panorama de premier choix sur ses dessous blancs. Elle soupira, lasse tout à coup. Elle ne pouvait pas rester comme ça. Il lui fallait retourner chez le chevalier et se changer. Mais pour mettre quoi ? Elle n'avait rien d'autre qui convenait pour le niveau d'élégance requis, or il fallait absolument qu'elle se montre sous son meilleur jour à la favorite ! Et Ronan toujours perdu corps et biens dans cette vague humaine qui était enfin parvenue au théâtre de verdure. S'il la cherchait parmi tous ces gens, il ne risquait pas de la trouver ! Il ne lui restait plus qu'à filer jusqu'à Mittelstraße, en espérant qu'elle pourrait héler un cab sans attendre...

La maison était silencieuse et lui parut vide lorsqu'elle arriva. Elle ne chercha pas à s'en assurer. Elle préféra filer comme une souris jusqu'au deuxième étage : il n'était pas question que Dieter, la cuisinière, Zsófi ou Tibor, à supposer qu'ils soient là, bénéficient d'une vue imprenable sur son postérieur. Les rires moqueurs qu'elle avait essuyés en quittant les jardins du palais d'été, puis dans la rue en attendant un cab, étaient bien suffisants !

Alors qu'elle arrivait sur le palier menant aux chambres, ses pas étouffés par l'épais tapis bleu qui se poursuivait au-delà des marches, elle crut entendre un bruit. Elle s'arrêta et tendit l'oreille, le cœur battant soudain un peu plus vite. C'était probablement la femme de ménage. Pourtant, son instinct lui criait de rester sur ses gardes.

Elle se remit à avancer très précautionneusement. La porte de sa chambre était entrouverte, et c'était à l'intérieur que quelqu'un s'agitait. Elle s'approcha et tendit le cou pour regarder sans être aperçue. Un homme était en train de fouiller sa malle ! Elle eut soudain très peur. Était-ce le même individu que celui qui avait retourné leur chambre à l'auberge de Rouen, et volé les fausses lettres ? Ou encore celui qui avait poignardé ce pauvre vagabond, à Charleville-Mézières, en croyant tuer Ronan ? S'agissait-il du même ? Ou bien étaient-ils plusieurs, lancés à leurs trousses ? Quoi qu'il en soit, un malfaiteur s'était introduit ici en catimini. Une sueur d'effroi lui glissa entre les omoplates en une longue traînée glacée, malgré la chaleur ambiante.

Depuis qu'ils étaient à Postdam, ils avaient un peu laissé derrière eux les vicissitudes du voyage. L'accueil du chevalier, son charme, les divertissements, les baisers avec Ronan... Tout cela avait occupé le devant de la scène, et ils en avaient oublié le danger potentiel. Bien à tort, inconscients qu'ils avaient été ! Est-ce que l'autre envoyé du comte de Provence était sur place, lui aussi, gravitant autour du palais d'été ? Avait-il déjà approché von Wöllner ? Était-il au repas de la veille, dans l'orangerie ?

Il fallait qu'elle rebrousse chemin. Tout de suite ! Qui savait ce que cet homme lui ferait, s'il la découvrait à quelques pas de lui ?

Alors qu'elle opérait un très prudent et très discret retrait, sans tourner le dos à la porte et en veillant à ne pas faire froufrouter ce qui lui restait de soie sur sa robe, l'homme se redressa. Elle s'arrêta net, retenant son souffle. Puis il se tourna à demi, et elle reconnut son profil. *Le chevalier*

Texier de La Barre ! Elle se plaqua la main sur la bouche pour étouffer un hoquet de stupéfaction. Déroutée, elle chercha un endroit où se dissimuler, alors que ce dernier se tournait vers la porte de communication entre les deux chambres. Il s'apprêtait à fouiller les affaires de Ronan, à présent.

Voilà pourquoi il avait inventé ce rendez-vous à l'extérieur de Postdam. Pour être libre de fouiller ici à sa guise, pendant que son cousin et elle seraient occupés au spectacle. Finalement, elle en aurait presque béni l'homme qui lui avait marché sur la robe ! Sans lui, elle ne serait jamais revenue pour changer de toilette et elle n'aurait jamais surpris le chevalier.

Il y avait une pièce minuscule, au bout du couloir, dans laquelle on rangeait du linge de maison. Zsófi la leur avait montrée, le jour de leur arrivée, lorsqu'elle les avait accompagnés jusqu'à l'étage mis à leur disposition. Ninnen s'y dirigea, priant pour que les lames de parquet ne grincent pas sous le tapis. Elle y arriva sans s'être fait remarquer. La porte n'était pas fermée à clé. Elle se glissa à l'intérieur. Puis elle attendit, tendant l'oreille et le sang aux tempes.

Pourquoi le chevalier fouillait-il leurs affaires ? Que cherchait-il ? Il n'y avait plus rien à découvrir, maintenant que les lettres de recommandation avaient été remises à qui de droit et qu'elle avait obtenu ses entrées au palais. Le cœur au bord des lèvres, elle répugnait à se formuler l'horrible pensée. Non, pas lui ! Pas le chevalier ! Il ne pouvait pas être de mèche avec les républicains ? Il ne pouvait pas être un de leurs espions ? On ne les avait tout de même pas envoyés dans la gueule du loup ?

Elle essaya de se calmer. Tout cela n'avait pas de sens. Il y avait sûrement une explication anodine. Non, elle avait beau tourner et retourner les choses, il n'y en avait pas. Pourquoi un homme bien élevé comme Gabriel Texier de La Barre commettrait-il ce genre d'indiscrétion, si ce n'était parce qu'il les soupçonnait de ne pas être Violette et Brice Villefranche-Lalande ? Il cherchait leur véritable identité, voilà ce qu'il faisait ! Et cela pour une seule raison : parce qu'ils étaient découverts ! Ou du moins le seraient-ils bientôt.

Et Ronan qui se trouvait seul au théâtre de verdure, et ne se doutait de rien ! Elle se rassura en se disant qu'il ne risquait pas grand-chose tant qu'il demeurait au milieu de la foule des spectateurs. Se pouvait-il que le chevalier soit responsable de l'arrestation de Dennys ? Il avait dit à la favorite qu'il s'était absenté de Postdam durant plusieurs semaines. Non, non, non, impensable ! Ce serait beaucoup trop horrible ! Oh mon Dieu, sa tête allait exploser !

Elle l'entendit alors longer le couloir – elle le *sentit*, plutôt, aux vibrations silencieuses du parquet – et, bientôt, une porte claqua à l'étage de ses appartements. Elle patienta encore un peu, puis sortit de la petite pièce et se précipita dans sa chambre, où il ne reviendrait sûrement pas. Elle était oppressée et tremblait, incapable de réfléchir convenablement.

Au bout de quelques minutes, une porte claqua de nouveau à l'étage inférieur, et ce fut ensuite le tour de celle donnant sur la rue. Ninnen s'approcha alors de la fenêtre avec prudence, pour ne pas risquer de se montrer. Gabriel Texier de La Barre quittait la maison. Elle le suivit des yeux tandis qu'il s'éloignait à grands pas. Où allait-il ? Rendre des comptes ? Raconter qu'il n'avait rien trouvé dans leurs affaires susceptible de les relier de près ou de loin à la coalition royaliste ?

Elle n'hésita pas longtemps. Dès qu'il eut disparu au coin de Mittelstraße, elle descendit au premier étage et s'engouffra dans les appartements du chevalier. Elle aussi, elle savait fouiller ! Elle ouvrit une première porte qui donnait sur la chambre, puis une autre sur un bureau. Elle choisit de commencer par cette pièce.

L'endroit était agréable, élégant et sobre, à l'image de leur hôte. Elle en eut un violent pincement au cœur, l'impression affreuse d'avoir été aveugle et stupide. Elle ne s'attarda pas à en détailler le mobilier, elle s'approcha du bureau et commença à examiner les papiers posés dessus. Il n'y avait là rien de suspect. Il s'agissait essentiellement de factures. Elle ouvrit un premier tiroir. Une réserve de plumes pour écrire, du papier, des buvards, un cachet de cire et un sceau… Rien de particulier non plus. Le deuxième tiroir contenait un croquis. Elle poussa un petit cri qu'elle étouffa aussitôt de sa main. C'était elle ! Elle, dessinée à la sanguine sur une feuille !

Elle pressa sa paume sur son ventre, inspira longuement, puis relâcha son souffle avec lenteur. Abasourdie. L'esprit empli de brume. Pourquoi le chevalier avait-il dans son bureau un portrait d'elle, sinon parce qu'on le lui avait fourni pour l'identifier ? La reconnaître… On sentait le dessin fait à la va-vite, et sans doute était-ce parce que son auteur l'avait croquée à son insu. Où donc ? Aux après-midi de jeu de la comtesse du Chassoy ?

Elle était représentée la tête légèrement baissée – sans doute examinait-elle ses cartes à ce moment-là –, l'air absorbé. Mais c'était bien elle, pas de doute. La seule bizarrerie de ce portrait était qu'on l'avait représentée les cheveux lâchés, alors que jamais elle n'était sortie en public sans l'une de ces merveilleuses coiffures inventées par Suzon.

Cette découverte corroborait l'hypothèse du comte de Provence : un traître se dissimulait au milieu de leur petit cercle secret de Londres. Quelqu'un qui n'avait laissé aucune chance à Dennys. Qui l'avait suivi – ou fait suivre par un acolyte – dès son départ d'Angleterre, puis dénoncé à son arrivée à Auteuil. Et cette personne était maintenant en contact avec Gabriel Texier de La Barre. C'était à peine concevable, et pourtant, ce portrait d'elle était la preuve de son lien avec le traître de Londres... Un ancien membre du corps diplomatique ! Un homme dont le comte de Provence et Val d'Essart semblaient si sûrs de la loyauté ! Comme il leur avait bien caché son jeu, à Ronan et elle !

Elle en éprouva une déception douloureuse. Pire qu'une déception, même. De manière tout à fait incompréhensible, elle s'était attachée à lui et se sentait affreusement trahie. Il était si charmant ! Et ce moment délicieux, passé ensemble au piano-forte !

Très bien... Elle inspira de nouveau longuement et expira. Plusieurs fois. *Très bien...* Elle tendit l'oreille. La maison était toujours aussi silencieuse. Elle remit en place la feuille de papier sur laquelle on avait crayonné son visage. Ensuite, elle remonta dans sa chambre et se changea. Sa tenue n'avait plus aucune importance. Elle devait retourner au palais d'été et prévenir Ronan le plus vite possible. L'avertir de se méfier du chevalier.

Puis, dès que le bal aurait commencé, elle devrait absolument approcher la favorite et lui demander un entretien privé. Sur-le-champ.

15

24 août, soirée

La nuit tombait lorsque Ninnen descendit du cab, devant la grande entrée des jardins. Elle laissa à sa droite le palais et ses colonnes de marbre déjà dans l'ombre, et s'engagea sur l'allée principale, en direction du lac. Sur sa gauche, le sphinx du grand portail égyptien de l'orangerie semblait veiller sur les lieux comme un dieu tutélaire. Bientôt, les invités qui revenaient du théâtre de verdure apparurent : le spectacle des tableaux vivants devait être terminé, et tous les gens qui n'avaient pas été conviés à la suite des réjouissances s'apprêtaient à quitter l'endroit. Le brouhaha de leurs voix lui parvenait, de plus en plus fort, tandis que la masse de leurs silhouettes se dessinait devant elle. Le crépuscule éteignait les couleurs chamarrées des toilettes.

Jugeant qu'il lui faudrait naviguer péniblement parmi eux, elle qui arrivait en sens inverse, et afin d'éviter un nouvel incident de robe – la cohue ne lui valait décidément rien, ce jour-là ! –, elle bifurqua dès qu'elle le put dans une allée secondaire. Hors de question d'être retardée de quelque manière que ce soit. Le feu d'artifice allait suivre. Elle devait rejoindre Ronan au plus vite et lui faire part de sa découverte à propos de Gabriel Texier de La Barre. Une part d'elle voulait croire encore qu'il existait une explication inoffensive à ce qu'elle avait vu, mais sa raison lui criait que c'était peine perdue, qu'il n'y en avait aucune. Ronan aurait-il l'idée de l'attendre au théâtre de verdure ? S'il se mettait en mouvement, lui aussi, ils risquaient de tourner en rond et de se chercher toute la soirée !

L'allée qu'elle avait empruntée était beaucoup plus calme. De hauts massifs de rosiers lui envoyaient par vagues le parfum entêtant et sucré des fleurs. Une brise délicate agitait le feuillage des arbres et des buissons. Elle entendait le clapotis d'une fontaine… Elle aurait aimé flâner, profiter de la douceur de l'air du soir, de ces fragrances délicieuses propres à la rêverie, mais le temps pressait ! Elle marchait vite, et le gravier crissait sous ses escarpins.

Soudain, il lui sembla percevoir des pas, assez loin derrière elle. Elle demeurait nerveuse depuis qu'elle avait surpris le chevalier en train de fouiller leurs affaires, et elle s'alarma aussitôt de cette présence inconnue. Son isolement, dans cette partie des jardins, lui parut tout à coup beaucoup moins bucolique.

Elle accéléra, tout en restant aux aguets. Il lui sembla que l'autre personne accélérait aussi. Son cœur se mit à battre plus vite, de manière désordonnée, et elle fit de gros efforts pour ne pas se laisser gagner par la panique. C'est qu'il commençait à faire vraiment sombre, au milieu de ces arbres et de ces buissons ! Le lac et ses flambeaux, le théâtre de verdure et ses lumignons, étaient encore assez loin.

Bien sûr, il ne pouvait s'agir que d'un invité qui, comme elle, allait assister au feu d'artifice. Elle se décida à jeter un coup d'œil par-dessus son épaule. C'était un homme. Le feuillage jetait des ombres sur son visage, et elle trouva qu'il approchait bien vite pour un simple promeneur.

Elle rassembla alors jupe et jupons pour ne pas se prendre les pieds dedans, et se mit à trottiner. Une allure qui pouvait encore passer pour le désir de ne pas être en retard au spectacle, et non pour une fuite affolée. De toute façon, avec ces escarpins de soie aux talons fins, impossible de courir, à moins de tenir absolument à se tordre la cheville ! Elle ne voulait pas montrer son malaise : si cet homme était mal intentionné, autant lui laisser croire qu'elle ne se doutait de rien. Cela lui laisserait un petit avantage, même si elle ignorait encore en quoi cela pourrait lui profiter. Et s'il n'était qu'un convive…

Oh ! que n'aurait-elle donné en cet instant pour voir Ronan surgir devant elle, grand, fort, rassurant, et la prendre dans ses bras ! Comme elle s'y serait blottie avec plaisir et soulagement ! Mais elle était seule dans cet endroit isolé du parc. Et elle avait eu la bêtise de s'y fourrer elle-même !

L'homme avait également allongé le pas : plus de doute, il tâchait de ne pas se faire distancer. Elle entendait ses pieds heurter le sol à bonne cadence et à contretemps de son propre trottinement. Pis, il paraissait gagner du terrain.

Elle crut tout à coup l'entendre l'appeler d'une voix étouffée, comme s'il craignait qu'une autre personne ne le surprenne. Qui ? Ils étaient seuls ! Elle tendit l'oreille, sans toutefois ralentir. Une chose était sûre : il s'était mis à courir.

— … elle… oual !

Mademoiselle de Keroual ?

Impossible !

— Mademoiselle de Keroual !

Cette fois, elle avait bien entendu. Qui pouvait l'appeler par son véritable nom, *ici* ?

L'homme était à présent sur ses talons.

— Mademoiselle ! C'est le chevalier Ravenne-Durance !

Le chevalier Ravenne-Durance ? De leur petit cercle de Londres ?

Elle reprit un rythme de marche ordinaire et le dévisagea lorsqu'il arriva à côté d'elle. C'était bien lui. Son cœur se remit à battre plus posément.

— Chevalier ? Vous ? À Postdam ?

Puis elle comprit. Il était l'autre envoyé secret. Ce qu'il lui confirma aussitôt.

— C'est moi que le comte de Provence a chargé de rencontrer von Wöllner.

Elle respira mieux. Dire qu'elle avait cru…

— Faisons le point, voulez-vous ? dit-il encore. Mais méfions-nous des oreilles indiscrètes.

Comme les premières lueurs des flambeaux apparaissaient au loin, devant eux, il lui saisit le bras et l'entraîna à vive allure sur un petit sentier qui dessinait à bonne distance un arc de cercle autour des berges aménagées du lac.

Ils marchèrent en silence, s'enfonçant toujours plus loin dans le fond du parc.

— Avez-vous déjà pu parler à la favorite, de votre côté ? lui demanda-t-il d'une voix pressante au bout de quelques minutes, tandis que ses doigts lui enserraient toujours fermement le bras.

Après le bref soulagement qu'elle avait éprouvé en le reconnaissant, Ninnen se sentit de nouveau en proie au malaise. Comment savait-il, pour Wilhelmine Enke ? « Je vous propose d'être la pièce plus secrète que secrète de mon échiquier », lui avait dit le comte de Provence. Seul ce dernier et Val d'Essart étaient au courant, pour elle.

— L'avez-vous fait ? insista-t-il avec rudesse.

Malgré l'ombre grandissante, elle voyait son visage. Il n'avait plus rien d'aimable. Elle tenta de se dégager, mais il ne lâcha pas prise.

— Vous avez menti. Vous n'êtes pas l'envoyé du comte ! s'écria-t-elle.

— Si, je vous assure, je le suis bel et bien.

— Mais vous n'avez pas l'intention de parler à von Wöllner, devina-t-elle.

— Cette tête n'est pas seulement jolie, elle réfléchit vite !

Ninnen se serait volontiers passée de ce compliment. Le chevalier ricana, sûr de lui à présent. Sûr de sa victoire. Et rien ne laissait malheureusement espérer le contraire. Elle était en fâcheuse position.

— C'est vous qui avez livré Lord Gregson aux républicains ?

— Je n'ai pas eu cet honneur. C'est un autre qui l'a suivi jusqu'en France.

Cet « honneur » ! Quand on sait ce que Dennys a enduré !

Elle eut envie de lui marteler le visage de ses poings pour faire disparaître son air triomphant.

— Qui ?

Qui d'autre, encore, dans le groupe des coalisés de Londres, était un traître à la Cause ?

— Vraiment, vous n'attendez pas que je vous donne un nom, si ? Mais vous ne m'avez pas répondu : avez-vous parlé à la favorite ?

Comme elle ne disait rien, il la dévisagea avec un sourire mauvais.

— Non, vous ne l'avez pas encore fait. Je le lis sur votre visage. Il est vrai que la belle Wilhelmine est toujours entourée d'une nuée de vautours en habits de soie ! Quoi qu'il en soit, la partie est terminée pour vous, *madame Villefranche-Lalande*, ainsi que pour votre… *mari*. Vous avez perdu.

Mme Villefranche-Lalande…

Ils n'étaient que deux à connaître leur fausse identité. Deux ! Le comte de Provence et…

— Val d'Essart ! souffla-t-elle. C'est lui qui vous a informé.

Il inclina la tête.

— Notre régent autoproclamé choisit décidément bien mal certains de ses plus proches collaborateurs… Mis à part vous, ma chère !

— Vous m'avez suivie depuis Londres ? Vous deviez pourtant quitter la capitale le lendemain même de notre réunion chez la comtesse du Chassoy.

— C'est exact. Mais pas pour me rendre en Prusse. J'avais prévu de me tenir caché quelque temps, puis de réapparaître et prétendre que le roi avait refusé notre demande. Et puis, Val d'Essart a appris que le comte souhaitait envoyer à Postdam une deuxième personne. Lorsqu'il a su que c'était vous la candidate, il s'est proposé pour vous accompagner. Vous *protéger*.

Il ricana.

— Il se serait débarrassé de vous en chemin. Hélas, le zèle de votre cousin à jouer votre ange gardien a contrecarré ses projets. Val d'Essart n'ayant alors plus aucune raison de quitter Londres, c'est moi qui vous ai suivis. *Théoriquement*, en effet, j'étais déjà parti…

S'il admettait si volontiers la trahison du conseiller et sa propre implication, c'est qu'il ne comptait pas lui laisser la possibilité de le dénoncer. *Il allait la tuer.* Ses yeux fouillaient l'ombre, dans l'espoir d'elle ne savait quoi. Impossible que Ronan la trouve ici. Impossible que quiconque passe par là à cette heure, avec l'attraction que constituaient le bord du lac et ses lumières.

Elle n'était même plus effrayée, elle n'était que rage et dégoût devant ce traître malfaisant.

— La fouille de notre chambre, à Rouen ? demanda-t-elle.

— L'habit de moine offre tant de possibilités ! Mais vous connaissez le proverbe…

— Le pauvre homme, à Charleville-Mézières ?

— Une bien jolie redingote… Malheureusement, il n'aura pas profité bien longtemps de son larcin.

— Vous n'avez rien tenté d'autre, ensuite.

— Vous avez su protéger vos arrières. Et depuis que vous êtes ici, je reconnais que vous m'avez donné du fil à retordre et quelques sueurs froides. Pas facile de tenter quelque chose sans risque d'être vu.

— Pourquoi cette trahison à la royauté, chevalier ?

Il ne répondit pas. Il se contenta de la fixer d'un regard étrangement satisfait.

— *Pourquoi* ? répéta-t-elle.

Il laissa encore passer une poignée de secondes avant de déclarer froidement :

— Inutile d'espérer gagner du temps avec vos questions, *il* ne viendra pas.

Ninnen sentit tout le sang refluer de son visage et, même si le chevalier Ravenne-Durance se contentait de la retenir par le bras, elle eut la sensation qu'il venait de lui assener un très violent coup de poing dans le ventre. *Il*. Ronan. Que s'était-il passé pendant qu'elle retournait au 28, Mittelstraße pour changer de robe ?

— Oui, ma chère, vous avez bien compris. À l'heure qu'il est, mon acolyte s'est occupé de votre *époux*.

Les mots peinaient à faire sens, à se frayer un passage jusqu'à son esprit. Elle ne voulait pas les entendre ! Elle ne voulait pas comprendre ! Un froid terrible l'envahit, l'anesthésiant toute. Ses dents se mirent à s'entrechoquer, comme si la température était passée en négatif, alors qu'il faisait encore doux.

Avec une lenteur cruelle, il sortit un petit pistolet de sa basque, et le pointa sur elle.

— Et maintenant, c'est votre tour. Triste journée pour la famille de Keroual : elle va bientôt compter deux membres de moins. Notre petit cercle de Londres va en être secoué, assurément ! Mais je veux bien satisfaire votre curiosité et répondre à votre dernière question. Pourquoi est-ce que je fais cela ? Pour l'argent, tout simplement ! Les républicains ont su généreusement réparer le tort qu'ils m'avaient causé en nationalisant mon domaine des Landes, en 1793. Un dédommagement moyennant contrepartie, naturellement...

— Par vénalité ? Même pas par conviction ? lâcha-t-elle avec mépris.

Un rictus déforma les traits du chevalier Ravenne-Durance.

— Vous n'êtes pas en posture de me faire la morale, mademoiselle de Keroual ! cria-t-il presque, lui agitant le pistolet près de la figure.

Tandis qu'il disait cela, une silhouette se profila entre les arbres, derrière lui. Un homme de taille moyenne, dont les cheveux clairs formaient un halo sur la tête.

L'acolyte... Gabriel Texier de La Barre, qui le rejoignait, son horrible tâche terminée...

Ninnen ferma les yeux, le visage de Ronan imprimé sur l'envers des paupières. Elle avait l'impression de se noyer, de couler inexorablement au fond de la mer. Mais un sursaut de révolte et de rage la secoua soudain. Elle ne pouvait pas le laisser gagner. Avec l'énergie du désespoir elle tenta une fois encore de dégager son bras. Le chevalier offrit moins de résistance, cette fois, comme distrait soudain par quelque chose. Elle ne prit pas le temps de chercher quoi, elle lui échappa et s'élança en courant droit devant elle. Une détonation retentit dans son dos. Un choc violent, une douleur affreuse dans le crâne, elle qui tombait lourdement sur le sol, puis du brouillard dans les yeux, dans la tête.

Voilà, c'était fini... Sa dernière pensée fut pour Ronan.

— J'aurais tant voulu te dire que je t'aime, murmura-t-elle.

Un mouvement de foule l'avait emporté, il ne savait comment, alors que Ninnen et lui se dirigeaient vers le lac pour assister au premier divertissement de l'après-midi. Quelque chose d'assez incroyable, comme une lame de fond, tandis qu'ils discutaient l'un à côté de l'autre. En quelques secondes à peine, sa cousine avait disparu à ses yeux ! Engloutie dans le frou-frou des robes chatoyantes, des vestes de soie brodées, des éventails qui s'agitaient frénétiquement. Entraîné par le mouvement général, il avait essayé de résister, de revenir sur ses pas, de la chercher du regard par-dessus son épaule. Mais Ninnen était petite, et il lui avait été impossible de la repérer.

Il s'était résigné en espérant la retrouver au bord du lac, sans trop y croire cependant. La foule était si dense ! Il n'était pas tranquille. Pas tranquille du tout de la savoir seule au milieu de tant d'inconnus. Le chevalier ne les avait pas accompagnés. Il avait à faire ailleurs. Dommage. Ronan aurait été rassuré de savoir Ninnen auprès de leur hôte, faute d'être là lui-même. Sa jalousie stupide avait disparu. Gabriel Texier de La Barre était un homme sensible au charme et à la fraîcheur de Ninnen, comme ils l'étaient tous, à Londres, dans leur petit cercle, mais c'était tout. Et qui aurait songé à l'en blâmer ?

Ronan avait donc attendu, rongeant son frein, guettant la vague des spectateurs qui affluaient après lui pour les tableaux vivants et la lecture des extraits d'Homère. Ses yeux avaient avidement guetté une masse de cheveux roux. En vain. Il ne l'avait pas vue.

Il avait alors décidé de patienter jusqu'à ce que tout le monde soit placé et que les lectures commencent pour naviguer entre les gens, à sa recherche. Ce qu'il avait fait pendant une heure au moins, les nerfs en pelote, angoissé de savoir Ninnen seule. Là encore, ses efforts étaient restés sans objet.

Puis un homme l'interpella soudain, surgi à ses côtés.

— Monsieur Villefranche-Lalande ?

— Oui ?

— Votre épouse a eu un malaise, monsieur.

Son cœur fit un bond énorme dans sa poitrine. Il y avait tant de monde, et il faisait si chaud ! Ninnen avait dû suffoquer dans sa toilette au bustier ajusté. S'évanouir, peut-être, bien que cela ne ressemble pas à son énergique nature, même si sa silhouette fine laissait souvent penser le contraire.

Pourvu qu'elle n'ait pas été piétinée, dans cette cohue !

— Où est-elle ? demanda-t-il d'une voix âpre.

— Elle a été transportée à l'abri. Suivez-moi, je vais vous conduire à elle.

— Est-elle blessée ?

— Non, monsieur. Et elle vous a demandé.

Partiellement rassuré sur l'état de sa cousine, Ronan emboîta le pas de l'homme.

Ce dernier était manifestement français. Cela s'entendait. Il ne s'étonna pas de se trouver en présence d'un compatriote : si la colonie d'émigrés de Coblence était la plus nombreuse, dans ce pays, d'autres étaient disséminés dans différentes villes d'Europe. Et Postdam, avec le palais d'été, offrait un intérêt qu'il pouvait comprendre.

Inquiet, pressé de retrouver Ninnen et de s'assurer par lui-même qu'elle allait bien, il suivit l'homme sans faire attention à ce qui se passait autour de lui, tout d'abord. Puis, au fur et à mesure qu'ils avançaient, il prit conscience d'être mené à l'écart des grandes allées du parc, dans un endroit à la végétation plus touffue et plus sauvage. La lumière déclinait rapidement. Bientôt, il ferait totalement nuit.

Il s'arrêta net.

— Où est-ce qu'on va, comme ça ? demanda-t-il, suspicieux. Je ne vois aucun bâtiment.

Dans la seconde, l'autre se retourna, un poignard à la main, et se jeta sur lui pour tenter de le frapper au cœur. Ronan put lui empoigner le bras pour éviter le coup, mais son adversaire avait beaucoup de force.

Ce dernier revint à la charge sans lui laisser le temps de souffler, frappant de nouveau. Une fois encore, Ronan para l'attaque. La troisième tentative l'atteignit au bras gauche, déchirant la manche de son habit, et lui entama la chair.

C'est à peine s'il y prit garde. Il guettait le moment de ne plus être seulement dans la parade et l'esquive, mais dans l'offensive. Il avait affaire à rude partie. L'individu savait se battre.

Ronan ne l'avait pas bien regardé lorsque celui-ci l'avait abordé, ne songeant qu'à Ninnen. Il comprenait à présent : il se trouvait face à un mercenaire. Peut-être l'inconnu qui avait fouillé leur chambre, à Rouen, et tué le vagabond à Charleville ? Pour le compte de qui ? Pas le sien, c'était sûr ! Il était manifestement à la solde d'un autre.

Par bonheur, il était plus svelte que son assaillant. Il multiplia d'abord les déplacements pour le fatiguer, regagnant ainsi l'avantage. Puis il passa en mode attaquant. Enfin ! Il empoigna l'homme et lui coinça la tête sous son bras, le privant de toute amplitude de mouvement. Il parvint ensuite à retourner l'arme et blessa l'individu à l'abdomen. Faire cela lui répugnait, mais c'était sa vie ou celle de son adversaire.

Il l'abandonna, recroquevillé sur sa plaie qui saignait en abondance. Il revint sur une allée plus dégagée, tout en déchirant un peu plus sa manche pour s'examiner le bras. L'entaille ne semblait pas profonde et elle n'était pas très douloureuse, même si, tout autour, le tissu de sa chemise et de sa veste était rougi de sang.

Il lui fallait trouver Ninnen au plus vite ! Mais comment ? Était-elle seulement encore dans les jardins ? Si elle était parvenue jusqu'au théâtre de verdure, et qu'elle était tranquillement en train d'assister à la fin du spectacle, tout allait bien. Mais si quelqu'un d'autre l'avait entraînée à l'écart, tout comme lui, lui faisant croire qu'il avait besoin d'elle ? L'idée qu'on puisse lui faire du mal le rendait fou !

Il se mit à courir, conscient de ne rien maîtriser de la situation, ce qui l'affolait plus encore. Il avait la bouche sèche et les poumons en feu.

Ninnen, Ninnen, Ninnen…, scandaient ses pas sur la terre battue.

Il entendit soudain des voix. Il stoppa aussitôt sa course et tendit l'oreille.

— *Par vénalité ? Même pas par conviction ?*

C'était la voix de sa cousine. Crachant le mépris.

Il se laissa guider sans bruit vers une zone assez semblable à celle où l'autre homme l'avait entraîné, entre les arbres. Il était hors d'haleine et faisait des efforts pour ne pas souffler bruyamment. Tant qu'il ne voyait rien, qu'il ne pouvait évaluer la situation, il ne devait pas trahir sa présence.

Une voix masculine répondit :

— *Vous n'êtes pas en posture de me faire la morale, mademoiselle de Keroual !*

Cette voix… Il la connaissait. Oui, oui… Il la connaissait… Où l'avait-il entendue ? À Londres ou ici, à Postdam ?

À Londres ! C'était le chevalier Ravenne-Durance !

Que faisait-il ici ?

Il les eut bientôt en vue. Le chevalier tenait Ninnen par le bras et la menaçait d'un pistolet. Le cœur de Ronan fit un bon énorme dans sa poitrine et une vague de rage le saisit. Il s'exhorta aussitôt au calme, condition *sine qua non* pour intervenir efficacement.

Il s'approcha. S'approcha encore, tâchant de ne pas faire craquer de brindilles sous ses pieds.

Au moment où il s'apprêtait à bondir sur le chevalier, avec l'intention de lui frapper le bras pour dévier un éventuel coup de feu, il se passa deux choses. Parfaitement simultanées. Ninnen parvint à se dégager de l'étreinte de Ravenne-Durance et se mit à courir droit devant elle. Un autre homme, plus près que lui, sortit subitement de l'ombre, fondit sur le chevalier et l'atteignit au moment même où le coup partait. La détonation déchira le silence, et Ronan vit Ninnen s'écrouler.

Non !

Il hurla. Oubliant où il se trouvait. Oubliant qui il incarnait. Oubliant le prénom qu'il était censé lui donner.

— Ninnen !

Sans plus se soucier des deux hommes qui luttaient et du second coup de feu qui retentit sous les arbres, il courut auprès d'elle.

16

Quelqu'un lui parlait, mais elle ne comprenait pas. Elle voulait ouvrir les yeux, mais elle n'y parvenait pas. Ses paupières étaient de plomb. Ses oreilles bourdonnaient, son crâne était douloureux, son esprit empli de brouillard. Et elle se sentait si fatiguée… Où était-elle ? Des bruits sourds se répétaient en cascade, par séquences de cinq ou six. Comme des salves lointaines. Étaient-ils réels, ou bien n'existaient-ils que dans sa tête ?

— Ninnen…

Un chuchotis tout près d'elle. Une main chaude, ferme, qui enserrait la sienne. Des lèvres douces sur le bout de ses doigts, au creux de son poignet. Sur sa tempe.

— Ninnen, est-ce que tu m'entends ?

Une intonation familière. Rassurante. Un souffle léger sur sa joue.

Ronan…

C'était si bon de le savoir là, tout près…

Ronan ?

Elle eut la brusque sensation d'une chute vertigineuse, et les événements lui revinrent telle une fulgurance. Le chevalier Ravenne-Durance qui la menaçait de son pistolet. Qui lui annonçait froidement la mort de son cousin. Le choc atroce. L'impression qu'elle se disloquait. Puis la colère. La rage immense. Elle qui lui échappait, courant droit devant elle. Le coup de feu et… Et quoi ?

Elle papillonna, capta au-dessus d'elle, entre deux battements de cils, un visage encore flou qu'elle reconnut pourtant.

— Ronan…, dit-elle d'une voix éraillée, à peine audible.

Un baiser léger sur ses lèvres accueillit ce premier mot. Un petit rire heureux retentit.

— Je suis là, Ninnen. Et je ne te quitte plus !

— Tu es vivant !

Un sanglot de bonheur la secoua. Elle réussit enfin à ouvrir les yeux et rencontra aussitôt un regard vert profond chargé de… Oui, elle ne se trompait pas… chargé d'amour.

— Je suis là, répéta-t-il.

Elle essaya de se redresser, mais elle eut un étourdissement et se laissa retomber sur quelque chose de mou en gémissant. Un oreiller ? Est-ce qu'elle était dans une chambre ?

— Doucement ! Doucement ! lui enjoignit-il. Je vais t'aider…

Il la souleva très délicatement, passant un bras dans son dos, et lorsqu'elle fut en position assise, il la cala contre lui. L'enveloppa de ses bras comme un cocon protecteur. Elle se laissa aller contre son torse, la tête nichée au creux de son cou, avec un soupir de bien-être. Elle contre lui. Elle dans ses bras. C'était une telle évidence. Pourquoi n'auraient-ils pas le droit de s'aimer ?

Ils étaient tous les deux sur un sofa, et on avait posé sur elle un châle vaporeux. Elle se tâta la tête qui lui faisait toujours mal. Elle sentit, à gauche, une bosse aussi grosse qu'un œuf de pigeon, surmontée d'une plaie qui semblait bénigne. Elle avait dû saigner un peu, car ses cheveux étaient légèrement poissés au niveau de la bosse, mais elle ne saignait plus. Elle avait simplement l'impression que les tambours des armées royales de France et d'Europe rivalisaient de virtuosité sous son crâne.

Elle observa autour d'elle. Elle était dans une pièce décorée avec raffinement, qui tenait à la fois du boudoir et du bureau. Elle ne reconnut pas l'endroit. Ils ne se trouvaient pas chez le chevalier.

Le chevalier !

Elle pivota dans les bras de Ronan pour lui faire face, très agitée tout à coup.

— Ronan…, chuchota-t-elle, s'accrochant des deux mains aux revers de son habit. Ronan, le chevalier Texier de La Barre est le complice de Ravenne-Durance !

— Ninnen, le chev…

— Il avait un portrait de moi dans son bureau ! Cela veut tout dire !

— Ninnen, éc…

— C'est vrai que tu ne sais pas tout ! On m'a déchiré ma robe, dans la cohue, après que nous nous sommes perdus de vue, et je suis retournée chez lui.

— Ninn…

— Il n'était pas en rendez-vous, il fouillait nos affaires ! Je l'ai vu.

Elle avisa alors sa manche déchirée et le sang.

— Mon Dieu, Ronan, tu es blessé ! Il faut te faire s…

Un baiser la fit soudain taire. Un baiser si possessif, si impérieux qu'il lui fit oublier son mal à la tête. Elle se sentit mollir, en proie à une faiblesse délicieuse qui n'avait rien à voir avec le coup sur son crâne. Heureusement, Ronan la maintenait d'un bras autour de la taille, l'autre sur sa nuque. Elle ne se demandait plus si c'était bien ou mal de l'embrasser, de mêler sa langue à la sienne, son souffle au sien. Elle l'avait cru mort et il était vivant, si merveilleusement vivant contre sa bouche ! C'était tout ce qui comptait.

Ce fut lui qui mit fin à leur baiser, et elle eut l'impression d'un grand vide. Elle voulait l'embrasser encore ! Elle voulait qu'il la serre contre lui. Elle voulait sentir la chaleur de son corps, son odeur. Elle voulait éprouver de nouveau ces picotements merveilleux qui la parcouraient à son contact.

Mais il la saisit par les épaules et la fixa, l'air grave. Ce qui la ramena brutalement à la réalité, qui n'était pas à la douceur des baisers : Ravenne-Durance avait voulu la tuer et Ronan était blessé au bras.

— Ninnen, il faut que tu m'écoutes, maintenant… D'accord ?

Elle hocha la tête.

— Gabriel Texier de La Barre n'est pas notre ennemi. Il m'a même devancé de quelques secondes pour te sauver. Quelques secondes qui ont fait toute la différence. Sans son intervention, je crois bien…

Il s'interrompit, comme s'il manquait soudain d'air, et elle revit en effet la silhouette du chevalier se dessiner entre deux arbres, à proximité de Ravenne-Durance.

— … Je crois bien que le coup de feu t'aurait tuée, termina Ronan d'une voix altérée.

Elle ferma les yeux un instant. Dire qu'elle avait cru qu'il rejoignait son complice, une fois le meurtre de Ronan perpétré ! Mais pourquoi avait-il fouillé leurs affaires, alors ? Et ce portrait d'elle, dans son bureau… Cela n'avait aucun sens !

Ronan lui raconta ce qui s'était passé de son côté, depuis que la foule les avait séparés sur le chemin du théâtre de verdure.

— Voilà, conclut-il. Il a fait dévier le premier coup en bondissant sur Ravenne-Durance, et toi, tu as très violemment heurté une branche basse en courant. Mais, sur le moment, j'ai cru qu'il t'avait touchée. J'ai eu si peur ! Si peur, Ninnen…, répéta-t-il plus bas.

Il lui saisit le visage en coupe et la dévisagea avidement, sonda son regard, comme pour s'assurer qu'elle était bien là, qu'il n'était pas le jouet d'un rêve cruel.

— Un deuxième coup est parti tandis qu'ils se battaient,

reprit-il enfin. Mais je n'ai rien vu, j'étais près de toi. Puis Gabriel est arrivé. Il a eu l'air tellement bouleversé en te découvrant par terre, inconsciente ! Et si soulagé, ensuite, tout comme moi, lorsque nous avons constaté que la balle ne t'avait pas atteinte. Seulement, tu ne voulais pas reprendre connaissance... Je t'ai soulevée dans mes bras, et il a suggéré que nous t'emmenions au château. Wilhelmine Enke s'apprêtait à assister au feu d'artifice, de la terrasse. Elle nous a vus et nous a fait signe de la rejoindre à l'étage par l'escalier extérieur. Puis elle nous a conduits ici. Nous sommes dans son bureau.

Même si la favorite ne logeait pas au palais d'été mais à Berlin, dans sa propre maison, elle y disposait néanmoins d'une pièce réservée. Le chevalier avait expliqué à Ninnen que le roi la consultait quotidiennement pour certaines affaires. Par ailleurs, elle y recevait des solliciteurs, comme la Pompadour à Versailles.

— Et nos agresseurs ?

— La première détonation a alerté des gardes postés à l'une des entrées secondaires du parc. Ils sont arrivés très vite. Le plus âgé a reconnu le chevalier Texier de La Barre. Ils se sont emparés de Ravenne-Durance, que le chevalier avait assommé avec la crosse du pistolet. Je les ai ensuite envoyés sur la piste de l'autre homme...

La pièce était traversée des lueurs multicolores du feu d'artifice, dont Ninnen entendait à présent bien plus distinctement les pétarades. Elle voulut se lever pour voir le bouquet final, par la fenêtre grande ouverte. Un final particulièrement spectaculaire. Elle était appuyée contre Ronan, blottie dans ses bras. En proie à des émotions qu'elle n'avait jamais ressenties avec qui que ce soit.

Le bal commencerait sous peu, mais elle n'y assisterait pas. Pas plus qu'elle n'avait assisté aux autres manifestations de cette seconde journée, à l'exception de ces derniers feux, qui embrasaient somptueusement la nuit, et semblaient ne pas vouloir s'arrêter. Ils se terminèrent pourtant, mais Ronan et elle demeuraient immobiles, incapables de se lâcher.

Un coup discret frappé à la porte les fit bouger cependant, et revenir au centre de la pièce.

— Oui ? dit Ronan.

La favorite en personne fit son entrée. Lorsqu'elle vit Ninnen debout, son visage s'illumina d'un sourire.

— Comme je suis heureuse de vous voir revenue à vous, madame ! commença-t-elle dans son français presque parfait. Vous nous avez beaucoup inquiétés !

— Merci de votre sollicitude, madame, et de m'avoir accueillie ici.

— Je vous en prie. J'ai fait appeler mon médecin... Il attend dans la pièce à côté. Voulez-vous que je le fasse entrer pour qu'il vous examine, madame ?

— Oui, répondit Ronan à sa place.

— Non, objecta Ninnen. Je me sens mieux, Brice, et je préférerais qu'il recouse d'abord votre blessure, de crainte qu'elle ne s'infecte. Allez..., insista-t-elle en lui lançant un regard appuyé.

C'était enfin l'occasion de parler à Wilhelmine Enke et de lui délivrer le message du comte de Provence. Si le médecin entrait d'abord pour elle, la favorite se retirerait par discrétion, et qui sait si elle reviendrait seule ensuite, ou même si elle reviendrait tout court ?

Tandis que Ronan sortait se faire soigner son estafilade et refermait la porte derrière lui, la favorite désigna le sofa sur lequel Ninnen était allongée un peu plus tôt.

— Asseyons-nous, voulez-vous ? Vous devez être encore bien éprouvée. Vous vous êtes donné un coup terrible sur la tête, semble-t-il !

Comme Ninnen s'installait, étourdie d'être restée debout devant la fenêtre un peu trop longtemps, même si elle avait prétendu le contraire, Wilhelmine Enke prit place en face d'elle sur une bergère.

— Quelle heureuse femme vous êtes, madame ! Votre mari vous aime comme un fou ! Si vous aviez pu le voir, vous portant dans ses bras comme le plus précieux des trésors, les traits ravagés par l'angoisse ! Seul un homme profondément amoureux, irrémédiablement amoureux, se comporte ainsi !

Ninnen se sentit suffoquer à ces paroles, au point d'en perdre un instant de vue ce qu'elle devait faire...

Alarmée, la favorite s'écria aussitôt :

— Vous vous sentez mal ! Et moi qui m'attarde et vous empêche de vous reposer !

Comme elle faisait mine de quitter son siège, Ninnen l'arrêta d'un geste. Puis elle inspira longuement, la main crispée sur sa robe. S'efforçant de mettre de côté le maelström d'émotions que ses paroles avaient suscité, elle se lança :

— Madame, j'ai un message à vous délivrer de la part du comte de Provence, chef de la coalition royaliste européenne...

Cinq minutes plus tard, elle lui avait dit ce qu'elle avait à lui dire, sans toutefois lui révéler sa véritable identité, ni la détromper sur son statut. Elle demeurait Violette Villefranche-Lalande, secrétaire particulière de Mlle de Plessis-Tanneur, chargée de faire des recherches pour son employeuse dans la magnifique bibliothèque du Marmor Palais. Raison pour laquelle on l'avait chargée d'approcher la favorite pour une mission politique hors des canaux officiels.

— Vous paraissez réellement épuisée, madame..., dit la favorite avec une sollicitude toute maternelle, lorsque Ninnen eut terminé de parler. Vous n'êtes pas en état de vous déplacer. Allongez-vous encore un moment... Personne ne vous dérangera, ici.

Ninnen accepta en la remerciant encore. Malgré la douceur de la nuit, la chaleur que dégageaient les lampes à huile allumées dans la pièce, elle commençait à avoir froid, et sa tête lui faisait toujours mal. Alors que Wilhelmine se retirait sans bruit, elle s'enveloppa dans le châle et se recoucha sur le sofa.

Elle dut s'endormir un moment, car lorsqu'elle ouvrit les yeux la porte du bureau était entrouverte, alors qu'elle se souvenait avoir vu la favorite la refermer. Elle était seule. Deux personnes discutaient à voix basse dans le couloir. Leurs murmures parvenaient jusqu'à elle, et elle crut reconnaître les voix de Gabriel Texier de La Barre et de Wilhelmine Enke.

Elle tendit l'oreille. Oui, il s'agissait bien eux.

— *C'est elle, c'est bien elle ! J'en suis certain, à présent.*

De qui le chevalier parlait-il ? Il semblait bouleversé.

— *Parlez-lui dès son réveil, chevalier.*

— *Mais j'ai promis... J'ai promis que jamais je ne chercherais à la revoir.*

Qui donc ? Qu'est-ce que cela voulait dire ?

— *Parlez-lui, chevalier !* répéta la favorite d'un ton plus ferme. *Votre promesse est intacte. Ce n'est pas vous qui avez cherché à la revoir, c'est le destin qui l'a conduite à vous.*

Est-ce que c'était d'elle qu'il était question ? Et de quelle promesse s'agissait-il ?

À cet instant, Wilhelmine poussa légèrement la porte et lui jeta un coup d'œil. Voyant qu'elle était consciente, elle l'ouvrit en grand et entra. Derrière elle, la silhouette de Gabriel Texier de La Barre s'encadra dans l'ouverture.

— Madame, dit-elle avec un beau sourire, voici le chevalier qui a, je crois, quelque chose d'important à vous révéler.

Intriguée au plus haut point, Ninnen se redressa sur le sofa. Elle se sentait terriblement honteuse d'avoir cru qu'il était un ennemi, alors qu'il avait été son ange gardien et son sauveur. Ronan semblait certain qu'il n'aurait pu lui-même atteindre à temps Ravenne-Durance. Sans cet homme, elle serait sans doute morte à l'heure qu'il était.

— Chevalier..., dit-elle en lui adressant un petit sourire tremblotant.

Elle avait la gorge serrée, et son cœur s'était mis à cogner dans sa poitrine. Les paroles qu'elle avait surprises l'avaient troublée. Quelle était donc cette révélation ?

Il entra dans la pièce. La favorite en sortit aussitôt, et referma la porte.

— Violette..., commença-t-il.

Puis il s'interrompit et s'éclaircit la gorge.

— En fait, reprit-il d'une voix plus assurée, j'ignore pourquoi vous vous faites appeler Violette car, lorsqu'il vous a vue tomber, croyant qu'une balle vous avait atteinte, ce n'est pas ce prénom que votre mari a crié dans son affolement.

Elle déglutit avec peine. Elle aussi, quand elle avait cru Ronan mort, noyé dans la Meuse, durant ces si terribles instants, elle avait tout oublié et hurlé son véritable prénom. Le cri du cœur, qui se moque bien des constructions de l'esprit. De tous les mensonges que l'on se raconte, quelle qu'en soit la raison.

— Il vous a appelée Ninnen.

Il vint se planter devant le sofa, et elle dut renverser la tête en arrière pour voir son visage. Il y avait de l'espoir dans son regard. Un espoir immense. Dans le sien en retour, il y avait certainement de la panique.

Puis, de nouveau, cette chose tenta de se frayer un chemin dans sa mémoire. Un écho lointain qui s'obstinait. Comme une mélodie qui nous tourne autour et nous obsède, sans que nous soyons capables d'en retrouver les paroles, ni les circonstances dans lesquelles nous avions l'habitude de l'entendre.

— Je pense que votre nom de jeune fille est Ninnen de

Keroual. Je pense aussi que vous êtes la fille de Victoire de Croix-Lépine.

Elle eut la sensation que la foudre lui tombait sur la tête. Au-delà de son propre nom de famille, il avait prononcé le nom de jeune fille de sa mère ! Comment pouvait-il le connaître ?

— Non, rectifia-t-il. Je ne *pense* pas, je suis *certain* à présent que vous êtes la fille de Victoire. Vous lui ressemblez tellement ! Vous êtes le vivant portrait de ses vingt ans. Je l'ai su dès que je vous ai vue, le jour de votre arrivée chez moi. En même temps, c'était tellement improbable que je n'ai eu de cesse d'obtenir une confirmation. Votre époux me l'a donnée tout à l'heure, en criant votre véritable prénom.

Il s'interrompit de nouveau. Durant un long moment, cette fois. Le regard qu'il fixait sur elle était traversé d'émotions multiples : attente, espoir malgré son ton assertif, tendresse. Et cette tendresse la chamboulait.

Elle comprit avec son cœur bien avant son esprit. Elle comprit grâce à cette réminiscence confuse, bien avant qu'il le lui dise. Et elle n'avait pas envie de lui mentir.

— Vous ne vous trompez pas, chevalier, dit-elle alors, la voix enrouée, je suis bien Ninnen de Keroual.

Il eut un petit rire étrange, presque un sanglot, et formula alors ce qu'elle avait déjà deviné :

— Je suis votre père, Ninnen.

Troisième partie

Nous savons conter des mensonges tout pareils aux vérités, mais nous savons aussi, lorsque nous le voulons, proclamer des vérités.

HÉSIODE

17

— Mon père…

Ce n'était pas une question, et elle se sentait curieusement calme.

— Mon père, répéta-t-elle dans un souffle, tandis qu'il s'accroupissait devant elle pour éviter de la surplomber et de l'obliger à renverser la tête pour le regarder.

— Cet aveu est brutal, et je vous supplie de me pardonner cette brutalité. Jamais vous n'auriez dû l'apprendre, mais les circonstances… Et cet homme prêt à vous tuer… Je ne peux plus me taire, Ninnen, malgré la promesse que j'ai faite autrefois !

Il tritura machinalement les franges du châle dans lequel elle était encore enveloppée, puis désigna l'espace libre à côté d'elle sur le sofa.

— Est-ce que je peux m'asseoir ? demanda-t-il, presque timidement.

Elle acquiesça d'un hochement de tête.

— Est-ce que…

Il tendit le bras pour lui prendre la main. Elle ne la lui refusa pas.

— Est-ce que vous avez envie d'entendre mon histoire ? demanda-t-il encore.

Puis il corrigea aussitôt :

— *Notre* histoire…

Elle regarda cet homme qu'elle avait appris à connaître et à apprécier au cours de son séjour chez lui, ce bel homme au regard si ardent en cet instant, si désireux de la convaincre de l'écouter. Cet homme dont elle avait eu la folie de penser qu'il lui voulait du mal.

Elle accepta de nouveau d'un signe.

— Bien…

Il la dévisagea longuement à son tour, répéta « bien », s'éclaircit la voix, et commença.

— Je vous l'ai indiqué le jour de votre arrivée : je suis Vendéen d'origine. J'ai grandi à Fontenay-le-Comte. Une ville dont le nom ne doit pas vous être étranger, Ninnen, puisque c'est là que votre mère a grandi aussi. Notre histoire n'a rien d'original, il en existe probablement des milliers de semblables…

« Victoire et moi nous connaissions depuis l'enfance. Nos mères étaient de grandes amies. Toutes deux avaient épousé des hommes de petite noblesse, des chevaliers à la fortune modeste, qui se limitait au revenu de domaines peu étendus. Je le précise parce que cela aura son importance. Mais nous n'avons jamais manqué de rien, tant s'en faut. Nous avons vécu une enfance heureuse et insouciante. »

Il s'interrompit, comme pour lui laisser le temps de faire un commentaire ou de lui poser une question, mais elle avait besoin d'en entendre plus.

Il enchaîna alors.

— L'amitié enfantine qui nous liait s'est peu à peu transformée en un sentiment plus fort, bien plus fort, et à quinze ans, nous savions déjà tous les deux que nous nous aimerions la vie entière. Nous voulions nous marier, avoir une grande famille. Nos mères envisageaient avec joie une union entre nous. Durant quelques mois, elles ont encouragé notre amour…

Ninnen lui coula un regard stupéfait, frappée par la coïncidence. Ronan et elle n'avaient-ils pas, sans le savoir, imaginé pour leur fausse histoire d'époux exactement ce que sa mère et Gabriel avaient vécu ?

— Hélas, il en a été tout autrement pour le père de Victoire. Lorsque nous avons commencé à prononcer le mot « fiançailles », votre grand-père – le chevalier de Croix-Lépine – m'a fait venir dans son bureau, au manoir, pour m'annoncer que jamais il ne me donnerait sa fille.

Ninnen sentit sa main, qui entourait toujours la sienne, se crisper légèrement. Le souvenir de ce refus était d'évidence encore douloureux, même après tant d'années.

La voix rocailleuse de Zsófi résonna à ses oreilles : « Le gevalier pleurre encorre une belle dame qu'il a aimée dans sa jeunesse. » Cela faisait des jours que Ninnen s'en émouvait, qu'elle s'interrogeait, échafaudait des hypothèses, sans se douter que la belle dame était sa propre mère !

Mais il poursuivait, l'empêchant de se livrer plus longtemps à ses réflexions.

— Le chevalier de Croix-Lépine a ajouté qu'il avait de l'amitié et du respect pour ma famille, qu'il connaissait et appréciait par ailleurs mes qualités. Que son refus n'était pas lié à ma personne. Il souhaitait simplement pour Victoire un mari beaucoup plus fortuné. J'avais seize ans, et cela m'a dévasté. Votre mère aussi, et plus encore lorsqu'il la fiança, trois mois plus tard, au riche Loïc de Keroual, tout récemment devenu comte d'Aubin. Nous étions si jeunes, si désespérés... Pourtant, aucun de nous n'a songé à s'élever contre cette décision. Votre... *père*...

Il buta sur le mot, et une contraction musculaire lui déforma un instant la bouche. Ninnen ne perdait aucune de ses paroles. Et, tandis qu'elle le regardait, l'image de celui qu'elle avait cru être son père se superposait douloureusement au visage du chevalier. C'était Loïc son père, parce qu'elle avait grandi avec cette certitude, parce qu'elle s'était construite autour de cela. Il était dans tous ses souvenirs. Peu de gens appréciaient son orgueil, on le trouvait plein de morgue. Mais avec elle, il avait toujours été simplement un homme avec son enfant. Un homme qui l'aimait.

Elle estimait le chevalier. Qui n'aurait pas été heureux d'avoir un tel homme pour père ? Elle souhaitait enfouir au plus profond d'elle ce moment d'affolement pendant lequel elle avait cru qu'il était un danger pour elle. Mais cette révélation faisait naître des questions très dérangeantes, propres à écorner cette estime. Que savait Loïc de tout cela ? Comment sa mère avait-elle pu cacher à son époux un secret pareil ? Car elle savait compter : née plusieurs années après le mariage de ses parents, si elle était bien la fille du chevalier, elle était aussi le fruit d'un adultère.

— ... Votre père avait vu Victoire à Versailles, lors de sa présentation à la cour. Il en était tombé amoureux au point d'ignorer la modestie de sa dot. Il était aussi plus âgé, avec un statut et un titre plus propices à susciter l'intérêt qu'un futur chevalier de seize ans sur le point de partir étudier le droit à Paris. Vous souvenez-vous de votre grand-père, Ninnen ? L'avez-vous fréquenté ?

— Non. Il est mort lorsque j'étais toute petite. Si je l'ai rencontré, si nous avons passé du temps ensemble en Vendée, ou s'il est venu en visite au château d'Aubin, je ne m'en souviens pas.

— C'était un homme respectable et droit, mais particulièrement autoritaire. Dans sa maisonnée, personne, jamais, n'allait à l'encontre de ses choix.

Comme mon père... enfin, Loïc de Keroual, songea-t-elle. Pas étonnant que mon grand-père l'ait choisi pour sa fille !

— Ma famille a été invitée au mariage, qui a eu lieu à Fontenay-le-Comte.

Il marqua une courte pause, visiblement en proie à une forte émotion, puis reprit :

— *J'ai* été invité, mais je n'ai pas pu assister à la cérémonie. Cela m'était moralement et physiquement impossible. J'avais trop mal. J'ai pris mon cheval et j'ai galopé, galopé durant des heures, le cœur déchiré. J'ose l'avouer, j'ai pleuré comme un enfant. Pleuré sur mon malheur, pleuré sur la perte de Victoire et l'avenir sombre et vide qui se présentait à moi. J'ai pleuré sur votre mère elle-même, qui devenait la femme d'un homme qu'elle n'aimait pas et n'aimerait probablement jamais. Pardon de vous raconter cela aussi crûment, Ninnen ! Mais je vous livre les événements tels que je les ai vécus et ressentis.

Il se tut et resta encore un moment sans parler, lui caressant machinalement le dos de la main avec son pouce. Puis il releva la tête, chercha son regard et lui fit un sourire un peu triste.

— Votre main est à peine plus grande aujourd'hui que lorsque vous étiez une fillette.

— Parce que..., commença-t-elle. Parce que, lorsque j'étais petite...

Ne le savait-elle pas déjà, tout au fond d'elle ? N'étaient-ce pas ces réminiscences qui cherchaient à remonter ?

Il hocha la tête.

— Nous avons passé des moments ensemble, oui...

— Alors, c'est pour cela que, depuis mon arrivée à Postdam, un sentiment étrange m'habite quand je vous regarde. Une impression de familiarité sans pourtant qu'aucune image précise ne me vienne.

— Vous n'aviez que quelques années ! Il n'est pas étonnant que vous ne vous souveniez pas.

— Pourtant..., reprit-elle en le dévisageant avec une acuité nouvelle. Pourtant, à la lumière de ce que vous me dites, je comprends mieux ce que j'ai éprouvé à plusieurs reprises. Une partie de moi ne vous a pas oublié.

Il avait dû la dévorer du regard, à chacune de ces occasions, pour fixer en lui ses traits de petite fille. Et c'était cette intensité qui se rappelait à elle, cette scrutation faite d'amour et de tristesse dont elle avait retrouvé l'écho, quelquefois, depuis son arrivée chez lui.

Il eut un petit rire heureux.

— C'est doux de savoir que, pendant tout ce temps, quelque chose de moi vous est resté, même si vous n'en aviez pas conscience ! Victoire et moi non plus n'avons pu nous oublier. Nous nous sommes écrits en secret. Tous les jours ou presque. Mes lettres, je les adressais à une de ses amies, à Plévenon. Récemment mariée, elle aussi. Lucille... Une jeune femme qui avait vécu un temps à Fontenay-le-Comte, et que nous connaissions tous les deux. C'est chez elle que Victoire allait les chercher. De même que Lucille m'envoyait les siennes.

— Lucille de Vaux-Baron, oui... Je la connais bien. Ma mère et elle sont encore très liées. Elles se voient souvent. Enfin, elles se voyaient souvent avant que nous soyons obligés d'émigrer. Parce que..., crut-elle bon d'expliquer, nous avons dû fuir en Ang...

Il l'interrompit.

— Je sais déjà tout cela, Ninnen.

Elle lui lança un regard intrigué.

— Comment...

— Chaque chose en son temps. Vous comprendrez bientôt. Voulez-vous que je poursuive ?

Elle fit « oui » d'un signe de tête.

— Une fois ces lettres réceptionnées, Victoire tenait à les conserver près d'elle, pour les relire. Elle avait aménagé une cachette dans la chambre qu'elle occupait. Dans ses vastes et magnifiques appartements du château d'Aubin, devrais-je plutôt dire, sans commune mesure avec ce que ma modeste fortune aurait pu lui offrir. Je ne suis jamais entré chez vous, mais elle me les avait dépeints.

De très beaux appartements, en effet, richement meublés et décorés... On ne pouvait enlever à son père de les avoir gâtées, sa mère et elle. Elle passa mentalement en revue la grande chambre claire, le boudoir bouton-d'or aux meubles en bois de merisier, la garde-robe remplie de toilettes élégantes, et le cabinet de bain digne de celui que Louis XIV avait fait installer à Versailles. Si cachette il y avait vraiment, où se trouvait-elle ? Était-il possible que les lettres du chevalier s'y trouvent encore ? Ils avaient fui, la nuit où les partisans de La Rouërie avaient été trahis, arrêtés et exécutés. Ils s'étaient cachés dans la galerie souterraine avec ce qu'ils avaient sur eux, rien d'autre, à part des liquidités que son père gardait au château. Si sa mère avait glissé quelques bijoux dans son sac, où aurait-elle dissimulé une épaisse liasse de lettres d'amour dont l'expéditeur devait rester secret ?

Mais le chevalier continuait :

— Nous nous sommes revus quelquefois, après son mariage. En tout bien tout honneur, mais à l'insu du comte d'Aubin, je dois le reconnaître. À Paris. À Fontenay-le-Comte, lorsque Victoire y a brièvement séjourné pour le mariage de sa sœur cadette, votre tante Héloïse. Six ans ont passé ainsi. Son union avec Loïc de Keroual demeurait stérile. Une déception pour elle qui souhaitait malgré tout des enfants. Au moins un, pour avoir auprès d'elle quelqu'un à chérir. Mais cela aussi lui était refusé. L'année de nos vingt-deux ans, sa mère est tombée très malade. Victoire a alors fait un long séjour à Fontenay-le-Comte pour la soigner et lui tenir compagnie. Mon propre père venait de décéder, et pour soutenir ma famille, j'étais revenu de Paris où j'avais tout juste terminé mes études de droit et de rhétorique. Par le jeu de la succession, j'étais devenu chevalier, mais un chevalier toujours aussi peu fortuné. Quant à nos sentiments, ils étaient toujours aussi forts, et nous... nous... sommes devenus... amants.

Il avait baissé la voix sur les derniers mots sans s'en rendre compte, et il lui jeta un coup d'œil coupable, cherchant probablement à s'assurer que cette évocation de leur intimité ne la choquait pas trop. Cela la fit rire, malgré la solennité du moment.

— J'ai bientôt vingt-neuf ans, chevalier, comme vous le savez forcément, et je suis au fait des réalités de la vie. Par ailleurs, mon existence même implique certaines choses...

Son rire parut le soulager. Ce fut d'une voix moins hésitante qu'il poursuivit :

— Victoire est demeurée cinq mois à Fontenay, sans son époux. Et cinq mois après son retour, elle vous mettait au monde... Un beau bébé, né à terme sans aucune réserve possible. C'est moi qui ai suggéré votre prénom : Ninnen. Vous êtes bien mon enfant. Et si vous en doutez encore, il vous suffit de comparer nos yeux.

— « Ton regard est un champ de pervenches », me disait souvent ma mère, lorsque j'étais petite. C'est à vous qu'elle l'a dit tout d'abord, n'est-ce pas ? Pour vous qu'elle a imaginé ces paroles ? C'est vous qu'elle voyait, à travers moi. Je comprends mieux sa passion pour ces fleurs, dont elle faisait remplir les parterres du jardin d'Aubin.

— Chaque année, jusqu'à vos quatre ans, je suis venu en Bretagne en secret. Votre mère vous emmenait chez cette amie, qui a été notre complice. C'est dans sa maison que je vous voyais. Notre liaison n'avait duré que ces quelques mois, à Fontenay, mais j'ai eu l'immense bonheur de vous voir une dizaine de fois, durant ces années-là. L'immense bonheur et la très grande douleur aussi.

« Revoir Victoire était à chaque fois merveilleux et atroce, parce qu'elle était l'épouse d'un autre. Vous entendre me parler de votre père – *l'autre* père – de votre petite voix charmante et zézayante me brisait le cœur. Mais qu'avais-je à vous offrir, à toutes les deux ?

« À vingt-sept ans, j'ai été nommé à l'ambassade de Prusse, et je m'apprêtais à passer une grande partie de mon existence à l'étranger. J'aurais pu proposer à Victoire de s'enfuir, de m'accompagner à Berlin. Mais c'était lui promettre une existence de honte et de déracinée. Les choses finissent toujours par se savoir, surtout celles que l'on voudrait cacher. C'était pointer inévitablement du doigt son adultère, et faire ouvertement de mon adorable petite fille une bâtarde. Faute d'éprouver de l'amour pour Loïc, votre mère semblait au moins avoir trouvé une forme d'équilibre auprès d'un homme qui l'aimait et la choyait, comme il vous aimait, Ninnen, et vous choyait.

« Puisque être ensemble était impossible, sauf à vous faire vivre toutes les deux dans l'opprobre, nous avons pris la décision la plus difficile qui soit : rompre tout contact, visuel ou épistolaire, pour se donner à chacun la chance de trouver un semblant de bonheur, ou du moins d'apaisement, là où le destin nous avait placés. J'ai renoncé à vous voir grandir, Ninnen, même de loin en loin, pour que vous puissiez vivre sans l'anathème de la bâtardise. En fille de comte, d'un homme comblé de vous avoir pour descendante, et apte à vous offrir la meilleure éducation, la meilleure existence possible. Non pas en enfant illégitime d'un homme sans grande fortune. »

— Durant ces vingt-cinq dernières années, avez-vous trouvé le bonheur, chevalier ? lui demanda-t-elle avec douceur.

Il fit « non » de la tête.

— L'apaisement, alors ?

Il eut un sourire infiniment triste.

— À la vérité, je n'ai cherché ni l'un ni l'autre. Vous dire que je suis resté complètement seul serait vous mentir.

Quelques jolis fantômes m'ont tenu compagnie, parfois. Par ailleurs, je n'ai pas entièrement respecté ma parole de rompre le contact. Si, effectivement, je n'ai jamais tenté de vous revoir, un Breton du cap Fréhel, payé par moi, m'a donné régulièrement de vos nouvelles. Jusqu'à votre départ en Angleterre. C'est par lui que j'ai été informé de votre fuite. Ensuite, plus rien. J'imagine qu'il a été emporté, comme tant d'autres, dans la tourmente révolutionnaire.

« J'ai alors pensé me rendre outre-Manche, pour m'assurer discrètement que vous alliez bien, toutes les deux. C'est alors que le comte de Provence m'a envoyé un messager pour me prier d'accueillir un couple de Français qui venait de séjourner à Londres, dont la jeune femme devait effectuer des recherches à la bibliothèque du Marmor Palais. L'espoir fou que je puisse, grâce à ce couple, entendre parler de vous, m'a tenu éveillé toutes les nuits jusqu'à votre arrivée. J'imaginais le monde des Français de Londres – qu'ils soient exilés ou simples voyageurs – aussi petit qu'à Coblence, leur cercle aussi étroit et solidaire. Ils auraient forcément entendu parler de Victoire et Ninnen de Keroual. Et si cela n'avait pas été le cas, j'aurais poursuivi mes recherches ailleurs ! »

— Vous imaginiez bien... C'est en effet une communauté unie.

— J'en ai eu la fièvre, Ninnen ! Et lorsque je vous ai vue... Lorsque je vous ai trouvée à la porte même de ma maison, après plus d'un an sans nouvelles de vous, j'ai cru qu'une vision surgissait du passé. Sauf que cette vision était rousse au lieu d'être blonde. Mais vous aviez un autre nom. Et vous me racontiez une tout autre histoire. Vous étiez une femme mariée depuis plusieurs années. Vous me parliez de Vannes... Vous étiez secrétaire particulière d'une grande dame. Et cela faisait près de vingt-cinq ans que je n'avais vu votre mère. J'ai pensé que mon esprit me jouait un vilain tour. Que je prenais pour une réalité mon vœu le plus cher :

me retrouver en votre présence, un jour, et vous révéler qui nous étions véritablement l'un pour l'autre. Cela malgré la promesse de ne jamais rien entreprendre pour entrer en contact avec vous.

Ninnen se remémora les paroles qu'elle avait surprises dans le couloir : « Ce n'est pas vous qui avez cherché à la revoir, c'est le destin qui l'a conduite à vous. » La formule de la favorite était jolie et si juste !

— Je suis repassée chez vous cet après-midi pour changer de robe, et je vous ai surpris dans ma chambre, fouillant mes affaires. Je comprends maintenant pourquoi : vous cherchiez une réponse.

— *Mea culpa*. Oui, j'ai commis cette indélicatesse. J'étais si troublé par votre visage ! J'avais besoin de certitudes. Mais je n'ai rien découvert.

— J'ai aussi un aveu à vous faire, chevalier. Lorsque vous êtes reparti, j'ai fouillé votre bureau. Et j'ai trouvé le portrait à la sanguine dans un tiroir. Je m'y suis reconnue. Dans ma crainte d'être démasquée comme envoyée secrète du comte de Provence…

Comme il marquait un vif mouvement de surprise, elle lui assura :

— Je vous en dirai tous les détails plus tard. Pour en revenir au portrait, j'ai cru qu'on vous l'avait transmis pour vous permettre de m'identifier comme telle. Je vous ai pris pour un espion à la solde des républicains ! Si j'avais un peu plus réfléchi, je me serais rendu compte de l'absurdité de ces conclusions ! Il s'agit de ma mère, n'est-ce pas ?

— C'est en effet un portrait de Victoire. C'est moi qui l'ai fait durant la période où elle est revenue s'occuper de sa mère. Elle lisait dans le jardin. Je l'ai dessinée à son insu. C'est à ce moment-là aussi qu'elle a travaillé l'adagio que vous jouiez l'autre jour, et que nous nous sommes entraînés à l'arioso à quatre mains.

— Je comprends mieux pourquoi vous aviez l'air si ému.

— Ninnen… Est-ce que… Est-ce que je peux vous serrer dans mes bras ?

Les larmes aux yeux, elle acquiesça. Ce qu'elle venait d'entendre l'avait bouleversée au-delà des implications pour elle. Comme sa mère et le chevalier avaient dû souffrir, tous les deux ! Comme ce dernier souffrait encore, c'était évident ! Sans doute autant que sa mère, malgré les années ! Et son père, dans tout cela ? Lui aussi avait aimé Victoire et l'aimait encore. De cela, elle était certaine. Oh ! quel imbroglio !

Il se pencha et la tint contre lui longtemps.

— J'ai tant espéré que ce moment me serait donné ! chuchota-t-il. Tant espéré !

Un coup discret à la porte les sépara.

— Oui ? fit Ninnen.

Le battant s'ouvrit et Ronan apparut. Ils devaient avoir un air étrange, tous les deux, car il les dévisagea tour à tour, les sourcils froncés et l'air suspicieux. Il ne portait pas sa veste et, sous la manche déchirée et ensanglantée de sa chemise, elle aperçut le bandage.

— Tout va bien ? demanda-t-il.

— Oui. Et toi, ta blessure ?

Elle se rendit compte trop tard qu'elle ne l'avait pas vouvoyé, alors qu'elle l'avait toujours fait devant le chevalier.

— Ça ira, répondit-il. Ce n'était qu'une estafilade.

Le chevalier se leva du sofa et commença à opérer un retrait vers la porte.

— Je vous laisse avec votre mari, Ninnen. Mais… l'est-il vraiment, ou ce mariage est-il une invention, tout comme ce prénom… Violette ? demanda-t-il avec un sourire complice.

— Je ne suis pas mariée. Et il ne s'appelle pas Brice Villefranche-Lalande, confirma-t-elle. Gabriel…

Elle avait conscience de la portée symbolique de ce

changement dans sa manière de s'adresser à lui. Elle ne l'appellerait jamais « père » ou « papa », c'était impossible, mais elle voulait lui faire comprendre que son récit l'avait profondément émue, qu'elle ne lui était pas hostile et qu'il avait au contraire franchi un cap dans son cœur.

— ... Je vous présente Ronan de Keroual.

Comme Ronan lui lançait un regard alarmé, croyant probablement qu'elle avait perdu la tête d'avoir révélé leur véritable identité, elle le rassura :

— Ne t'inquiète pas. J'ai beaucoup de choses à te raconter ! ajouta-t-elle avec un sourire complice au chevalier.

Puis elle précisa, à l'attention de ce dernier :

— Ronan est mon cousi...

Elle s'interrompit, tandis que la portée des confidences de Gabriel se frayait un chemin dans son esprit.

— Ronan ! Tu n'es pas mon cousin ! s'écria-t-elle.

Il la fixa, abasourdi, tandis qu'elle éclatait d'un rire en cascade.

— Tu n'es pas mon cousin !

— Mais que...

Le chevalier s'était glissé dans le couloir et refermait doucement la porte.

Elle sauta du sofa et se jeta au cou de Ronan, son mal au crâne oublié.

— Loïc n'est pas mon père, c'est Gabriel ! Tu comprends ce que cela veut dire ?

Il posa deux mains légèrement tremblantes sur ses épaules et l'éloigna de lui, sondant son regard. Puis il comprit soudain, lui aussi.

— Nous n'avons pas de lien de sang, Ronan !

18

Maison de Gabriel, nuit du 24 au 25 août

La nuit était déjà bien avancée lorsqu'ils arrivèrent chez le chevalier. Celui-ci était resté au palais d'été, à la demande de la favorite qui souhaitait lui parler, avait-il prétendu. Et à qui il devait aussi quelques danses, avait-il ajouté avec un petit air complice qui ne les avait pas trompés. Il voulait surtout les laisser rentrer tous les deux en tête à tête. Il avait forcément entendu ses propos, juste avant de quitter discrètement le bureau de Wilhelmine Enke. Et il était trop fin pour ne pas avoir compris ce qu'il en était véritablement entre eux.

Ils avaient longé la salle de bal, au rez-de-chaussée, dont les grandes baies vitrées étaient ouvertes sur les parterres fleuris. Le rythme entraînant des valses les avait accompagnés jusqu'à l'extérieur des jardins. La nuit était claire et le ciel constellé. Un cab les avait ramenés à Mittelstraße. Durant le trajet, Ninnen avait répété en détail à Ronan ce que Gabriel lui avait appris.

La maison était silencieuse. Ils montèrent aussitôt au second étage, mais avec une extrême lenteur, de front sur les marches, comme pour retarder le moment qu'ils savaient désormais inévitable. Mais qu'ils appelaient tous les deux.

Qu'ils attendaient depuis des jours, s'interdisant pourtant de l'espérer. Intimidés, peut-être, à la perspective de la fin de cette nuit si riche en événements. Ou pour mieux savourer. Mieux anticiper les gestes, les caresses, les murmures qui jalonneraient cette première fois.

Car ils feraient l'amour, c'était certain. Ils se donneraient l'un à l'autre, libérés enfin de toute culpabilité, de toute crainte. De tout lien de sang. Et cette idée jetait Ninnen dans une transe faite tout à la fois d'appréhension et d'impatience.

Elle ignorait tout de la vie sentimentale de Ronan à ce jour. Ils n'en avaient jamais parlé, pas plus qu'elle n'en avait parlé avec Anne. Même si elle se doutait qu'en tant que jumelle, celle-ci avait reçu des confidences. Elle avait conscience en revanche de son absence totale d'expérience. Elle espérait ne pas le décevoir par une pudeur ou une maladresse excessives. Pensait-il qu'elle s'était donnée à Dennys ? Qu'elle connaissait tout des jeux de l'amour ? Oh ! comment lui dire qu'elle était encore vierge sans passer pour une oie blanche pathétique de presque vingt-neuf ans !

En dépit de cette inquiétude, elle éprouvait une véritable euphorie à l'idée qu'elle vivrait cette première fois avec l'homme qu'elle aimait, malgré deux engagements passés et deux fiancés. *Le seul homme qu'elle ait jamais aimé.* Car elle aimait Ronan. Tout scrupule, toute résistance envolée, cet amour lui apparaissait dans toute sa force et sa nouveauté. Lumineux. Évident. Il l'aimait, lui aussi. La peur qu'il avait eue de la perdre en était la preuve, s'il en fallait encore une.

Ils arrivèrent sur le palier et s'engagèrent dans le couloir. Ils n'avaient toujours pas échangé un mot. Elle sentait Ronan aussi tendu, aussi nerveux qu'elle. Ils s'arrêtèrent devant la première porte, celle de sa propre chambre. Puis ils se firent face. Sur le rebord de l'une des fenêtres du couloir, une petite lampe à huile allumée, probablement laissée par Zsófi, diffusait une lueur faible, mais suffisante pour que Ninnen remarque la pâleur de Ronan. Lui qui avait un teint mat de brun, il portait son trouble sur le visage. Elle en fut soulagée, d'une certaine manière. S'il avait affiché une assurance d'homme rompu à la séduction, elle en aurait été plus intimidée, plus gauche encore.

Elle aurait voulu parler, mais sa gorge nouée l'en empêchait. Elle releva la tête et chercha son regard. Il était vert de nuit, vert d'orage, comme une mer grondant sous la tempête.

— Ninnen…, dit-il dans un souffle.

Puis il lui saisit le visage entre ses grandes paumes et se pencha lentement vers elle. Elle ferma les yeux, chavirée, dans l'attente du contact de sa bouche.

Il lui donna un baiser très doux, qui jurait avec l'ardeur de son regard chargé de désir. Il lui butina la bouche sans se presser, lui aspirant les lèvres avec douceur, les relâchant, les reprenant de nouveau. Elle se sentit faiblir. Une faiblesse délicieuse et si pleine de promesses !

Elle fit machinalement un pas en arrière et se trouva contre la porte, leurs bouches toujours soudées l'une à l'autre par ce baiser nonchalant, presque joueur… Elle glissa alors la main derrière elle et chercha la poignée à tâtons. Le battant s'ouvrit. Elle mit fin à leur baiser, regarda Ronan de nouveau, la gorge toujours aussi serrée, le cœur cognant contre sa poitrine… Puis elle lui prit la main et l'entraîna à l'intérieur. Sa façon de lui indiquer qu'elle était prête.

La lune, presque pleine, rendait le ciel laiteux. Filtrés par les voilages clairs, ses rayons nimbaient la pièce d'une lumière spéciale, feutrée, comme pour souligner la particularité de ce moment.

Ronan lui enserra les bras, puis ses mains glissèrent jusqu'aux siennes, qu'il saisit et embrassa tour à tour.

— J'ignore à quel moment exactement les choses ont changé, Ninnen, mais pour ma part, elles ont bel et bien changé. Seule la certitude de notre lien familial m'a retenu jusqu'à ce jour de te l'avouer.

— Moi aussi, j'ignore à quel moment elles ont changé, Ronan. Et moi aussi, je me suis débattue avec la conviction que cette attirance pour toi était répréhensible. C'est pourquoi la révélation du chevalier s'apparente à un miracle ! Parce que cela signifie... Cela signifie...

La pudeur l'empêchait de formuler sa pensée à voix haute. Il le fit à sa place.

— Cela signifie que rien ni personne ne peut nous empêcher de nous aimer. Parce que je t'aime, Ninnen. De tout mon corps et de toute mon âme. Je t'aime d'autant plus que j'ai lutté contre mon désir et contre cet amour. Je ne pensais pas possible que tu éprouves les mêmes sentiments en retour, et je m'interdisais...

Elle eut un petit rire ravi, et trouva dans son aveu si simple la force de parler à son tour.

— Tu t'interdisais d'en montrer quelque chose. Pourtant, tu l'as fait. Je ne l'ai pas compris tout de suite, trop occupée, moi aussi, à te dissimuler ce que je ressentais, ces changements en moi qui m'effrayaient. Mais, maintenant que j'y repense, bien des choses m'apparaissent sous un tout autre jour. Cette contrariété, chez toi, lorsqu'il s'agissait de Dennys. Ton silence tendu, chez Martial Masson, puis au cimetière d'Auteuil. Ces regards dont tu me couvais, durant la fin de notre voyage, dans la diligence, après notre escale à Charleville-Mézières... J'ai eu si peur de t'avoir perdu, ce soir-là ! J'étais si terrifiée ! Je crois bien que c'est à ce moment-là que j'ai compris avec quelle force je t'aimais. Parce que je t'aime, Ronan... Moi aussi, je t'aime !

Le désir les emporta alors. Ils s'embrassèrent furieusement, avidement, dans une soif inextinguible l'un de l'autre. Comme s'ils avaient à rattraper ces semaines de doute et de honte, à se regarder à la dérobée, à avoir envie l'un de l'autre avec la conviction que « c'était mal ».

Puis Ronan détacha une à une les épingles de son chignon, laissant filer dans sa paume ses longues mèches fauves.

— Si tu savais comme j'adore tes cheveux ! Ils me fascinent.

Il les secoua pour aérer ses boucles et les faire mousser.

— Depuis que je suis à Londres, tu n'imagines pas le nombre de fois où j'ai eu envie d'y enfouir les doigts !

Ce qu'il fit avec un air de délectation qui laissa Ninnen sans voix. Elle ferma les yeux, et s'abandonna aux sensations qu'il faisait naître en elle. Ces caresses, dans ses cheveux, la manière dont il les laissait couler entre ses doigts comme l'eau vive d'une rivière, lui provoquaient des frissons de plaisir dans tout le corps.

Puis ses mains descendirent sur ses épaules, sa poitrine, tandis que ses lèvres cherchaient à nouveau les siennes. Les frissons revinrent de plus belle.

Ronan commença alors à défaire la rangée de boutons qui maintenaient fermé le haut de sa robe. Puis il la fit glisser le long de ses bras, jusqu'à ses pieds. Elle se retrouva en chemise, corset léger et jupons de soie. Ses seins affleuraient, tels deux globes crémeux, sur lesquels il posa les lèvres, promena la langue…

Elle poussa un gémissement, sentant ses jambes se dérober sous elle. Ronan la rattrapa alors, la souleva dans ses bras et la porta jusqu'au lit, sur lequel il la posa délicatement. Puis il continua à l'embrasser, la caresser. La bouche, le cou, la gorge, les seins.

Soudain, elle sentit sa main remonter le long de sa jambe, sous son pantalon de fin coton et de dentelle, et sur son bas. Puis elle atteignit la bande de peau au-dessus de sa jarretière. Cette bande de peau brûlante qu'il parcourut du bout des doigts. Il était si près de son intimité qu'un violent frisson la secoua. Un frisson différent des précédents. Plus intense et localisé dans son ventre.

— Ronan..., souffla-t-elle, affolée par les sensations inédites qu'il faisait naître en elle. Ronan...

Il cessa aussitôt de la toucher et se redressa légèrement.

— Tu veux que j'arrête ? Que je m'en aille ? Est-ce que ça va trop vite pour toi ?

Elle secoua la tête.

— Non, non. Pas du tout. C'est seulement que... Que... c'est si nouveau... pour moi.

— Tu veux dire que c'est la première fois ?

Elle acquiesça sans un mot, battant des paupières, et sentit le rouge lui envahir les joues.

Cet aveu laissa un instant Ronan sans voix. Il s'était souvent demandé, depuis son arrivée en Angleterre, si Ninnen et Dennys avaient partagé autre chose que des projets d'avenir. Il avait à présent la réponse. Il aurait aimé lui faire un cadeau semblable, un corps vierge de toute expérience, mais il ne le pouvait pas. Si son cœur aimait pour la première fois, il avait eu une liaison, en Bretagne. La jeune veuve d'un barbon, qui n'avait souhaité trouver en lui qu'un amant charmant qui ne lui demanderait pas de renoncer à une liberté toute neuve. En laquelle lui-même avait trouvé une agréable compagne de jeux sensuels et de discussions légères, sans engagement de part et d'autre, sans contrainte, sans d'autres attentes qu'un moment partagé.

Ce qu'il ressentait pour Ninnen était tout autre. Dès son arrivée à Londres, il avait éprouvé le besoin de la protéger. De s'engager pour elle, où que cela puisse le mener, même s'il n'avait pas encore conscience de ce qui le poussait à cela.

À présent, elle était dans ses bras, amoureuse, elle aussi, et sur le point de devenir sienne.

Il l'invita à se remettre debout, le temps pour lui de finir de la déshabiller lentement, avec beaucoup de douceur. Puis il se déshabilla à son tour. Le corps blanc de Ninnen offrait un contraste clair sur le fond cramoisi des rideaux du lit. Il ouvrit les draps, et tous deux s'allongèrent.

En appui sur un coude à côté d'elle, Ronan la dévorait du regard. Il n'avait pas encore posé la main sur sa peau nue – pas véritablement –, et ses yeux étaient comme une caresse. Lorsqu'il le fit, lorsque, du bout des doigts, il suivit une ligne imaginaire le long de son cou, sur sa gorge, son sein, son ventre, des frissons la secouèrent. C'était une sensation incroyable… Plus qu'une sensation, même, car l'idée qu'ils étaient l'un en face de l'autre, nus et sur le point de faire l'amour pour la première fois, la bouleversait au-delà des mots. Puis ce fut sa paume qui la parcourut : ses cuisses, son ventre, ses seins, qu'il engloba tour à tour, et elle se surprit à se cambrer pour accentuer la sensation.

Il l'embrassa de nouveau. Un baiser langoureux. Elle se sentit plus hardie et ce fut elle qui joua avec sa langue, ses lèvres, tandis que la main de Ronan s'aventurait vers son intimité, s'insinuait entre ses jambes. Quelque chose pulsait là, appelait les caresses et plus encore. Mais Ronan prenait son temps. Il ne voulait probablement pas la brusquer, souhaitait lui laisser le temps d'apprivoiser son contact, et elle trouva cela adorable.

Elle osa alors le toucher à son tour, sans pour autant rompre leur baiser. Elle parcourut son torse, ses pectoraux, ses abdominaux qui tressaillirent, le creux de sa hanche, puis revint à son torse, ses épaules… Il avait la peau douce, mais partout sa musculature ferme affleurait.

Lorsqu'il commença à la caresser très intimement, elle gémit, mais son gémissement se perdit dans leur baiser.

Ensuite, elle se laissa emporter, abdiquant toute pensée, engloutie dans une marée de sensations, d'impressions qui la bouleversaient, l'excitaient, la faisaient soupirer de bonheur. Elle avait entendu parler de tout cela, bien sûr. Elle n'était pas naïve au point d'ignorer ce qui se passait entre un homme et une femme animés d'un même désir, d'une même passion. Mais savoir était une chose, vivre et ressentir en était une autre, bien différente !

Puis Ronan la renversa sur le dos avec précaution et se positionna au-dessus d'elle. Ses yeux plongèrent dans les siens en une demande silencieuse, et elle lui répondit par un nouveau baiser. Il s'insinua alors entre ses cuisses et commença à la pénétrer.

— Dis-moi si tu veux que j'arrête, murmura-t-il.

Elle fit « non » de la tête et se cambra pour mieux l'accueillir.

Ce fut une première fois très douce, tout d'abord. Elle devinait que Ronan retenait ses poussées pour lui permettre de s'habituer à lui. Puis il augmenta peu à peu la vitesse et l'intensité de ses va-et-vient, tandis que – le moment douloureux passé – le plaisir montait en elle. Un enivrement. Une exaltation. L'impression de décoller progressivement du lit. De n'être plus que cette vibration intense, affolante, qui les unissait tous les deux.

Puis elle cria, effarée d'avoir poussé ce cri, lorsque l'orgasme l'atteignit d'un coup. Elle se tendit toute, arrimée au corps de Ronan par cet endroit d'elle qui lui procurait des sensations incroyables.

Ronan la rejoignit bientôt dans une longue et dernière poussée. Puis la tension redescendit, s'amenuisa peu à peu pour la laisser dans un état de langueur si agréable qu'elle n'osait bouger de peur qu'il se volatilise. Il se laissa retomber à côté d'elle et la prit dans les bras, la serra contre lui, lui embrassant la tempe. Elle passa une jambe sur lui, l'enserrant elle aussi, se collant à lui, incapable de prononcer un mot, abasourdie de bonheur.

Je suis à lui et il est à moi, songea-t-elle dans un élan d'allégresse. Tout son corps vibrait encore de l'écho du plaisir partagé, mais il y avait plus. Ce qu'elle éprouvait allait bien au-delà des sensations physiques. Il y avait la solennité d'un passage à la fois concret et symbolique, l'euphorie de se sentir libre de l'aimer, l'euphorie de se savoir aimée de lui.

Un peu plus tard, ils refirent l'amour. Puis au petit matin également. Avec plus de fièvre, cette fois. Plus d'emportement et d'audace. Puis ils se rendormirent dans les bras l'un de l'autre.

19

25 août

La matinée était assez avancée, lorsque, un peu honteux de s'être attardés au lit contrairement aux jours précédents, Ninnen et Ronan descendirent à la salle à manger pour déjeuner. Gabriel Texier de La Barre savait à présent qu'ils n'étaient que des mariés de comédie. Et la manière dont il avait accéléré son départ, la veille, chez la favorite, alors qu'elle hurlait presque « Ronan, tu n'es pas mon cousin ! », montrait qu'il avait deviné bien des choses. De même qu'il avait dû deviner ce que la nuit avait eu de particulier. Ninnen sentit l'embarras lui enflammer le visage à l'idée de lui faire face dans ces conditions. Heureusement, lorsqu'ils arrivèrent au rez-de-chaussée, Zsófi leur apprit que le chevalier était sorti.

Tandis que la jeune fille papillonnait autour d'eux pour les servir, tout en bavardant comme à son habitude, ils se contentèrent de lui répondre laconiquement, n'échangeant que des regards complices. Lorsqu'elle quitta la pièce, ils se dévorèrent de baisers furtifs entre deux gorgées de thé, tout en se moquant d'eux-mêmes. Après tout, n'étaient-ils pas encore les époux Villefranche-Lalande pour Zsófi, Tibor,

Dieter et la cuisinière ? Ils n'avaient pas besoin de se cacher pour se prodiguer des marques d'amour et de tendresse !

Plus d'une heure passa ainsi. Puis quelqu'un frappa à la porte. Comme la fenêtre de la pièce où ils se tenaient donnait sur la rue, juste à côté de la porte d'entrée, ils entendirent Zsófi ouvrir.

Un homme déclara en allemand :

— J'ai une lettre urgente à remettre à Mme Villefranche-Lalande.

Comme Zsófi répondait qu'elle se chargerait de la lui donner, il précisa d'un ton d'importance :

— En mains propres !

Ninnen et Ronan échangèrent un regard intrigué. Elle posa devant elle la tasse qu'elle venait de porter à ses lèvres et se leva de table dans un bruissement de tissu.

— Penses-tu qu'elle soit de la favorite ? demanda-t-elle d'une voix tendue.

Cette missive marquait-elle la fin de leur mission en Prusse ? Et pour quelle issue ? Un échec ou une réussite ?

— De qui d'autre ? répondit Ronan en se levant à son tour.

Ninnen pressa la main sur son ventre noué, tout à coup, et inspira longuement. Alors qu'elle se dirigeait vers la porte, celle-ci s'ouvrit sur Zsófi.

— Madame, un messager vous demande.

Ninnen hocha la tête et passa dans le couloir. L'homme la salua et lui tendit une lettre cachetée, qu'elle s'empressa d'ouvrir. Le ton en était amical, presque intimiste, ce qui la toucha beaucoup.

Chère Ninnen,

Vous me permettez de vous appeler ainsi, maintenant, n'est-ce pas ? Le chevalier m'a confié hier soir après votre départ son bonheur de vous avoir retrouvée. Ne lui en veuillez pas et soyez certaine de mon entière discrétion. Je suis heureuse pour lui. Les affaires d'État ont présidé autrefois à notre rencontre. Les années ont fait de nous des amis. C'est un homme exceptionnel, dont j'apprécie le caractère, l'esprit et la tempérance. J'aime à penser que, désormais, le passé ne lui sera plus une blessure permanente, mais une source d'apaisement et, plus encore j'en suis sûre, de joie.

En ce qui concerne la raison de votre séjour à Postdam...

Le moment était venu d'aborder la question de la mission. Alors qu'elle aurait dû poursuivre en hâte, pour mettre fin à la tension qui l'habitait, Ninnen redoutait ce qu'elle allait lire. Aussi interrompit-elle sa lecture et releva-t-elle la tête, en quête du regard de Ronan. Elle avait besoin de son soutien. Il paraissait tendu, lui aussi, impatient de connaître le résultat de tous ces événements.

Bravement, elle reporta les yeux sur la missive.

Je suis heureuse de vous apprendre qu'il a rencontré le succès que vous attendiez. Un messager est parti très tôt ce matin à Londres, porteur de cette nouvelle à qui de droit. Reprenez le chemin du retour avec la satisfaction du devoir accompli.

Le message était clair : elle avait parlé au roi, qui acceptait de laisser ses troupes dans l'armée de coalition et en informait le comte de Provence.

Elle releva de nouveau la tête et, cette fois, offrit un sourire radieux à Ronan, qui n'avait cessé de la fixer. Afin qu'il ne subsiste aucune ambiguïté pour lui, elle précisa, de manière un peu sibylline néanmoins pour les oreilles autres que les leurs :

— Mme Ritz a la bonté de m'écrire pour me souhaiter un agréable retour en France, et exprimer sa satisfaction de savoir que j'ai trouvé ce que j'étais venue chercher dans la magnifique bibliothèque de Sa Majesté !

Le visage de Ronan s'illumina à son tour d'un de ces rares sourires qui le transfiguraient.

Wilhelmine terminait sa lettre tout aussi amicalement qu'elle l'avait commencée.

Vous rencontrer a été un réel plaisir, et j'espère que vous garderez malgré certains événements fâcheux un bon souvenir de ce séjour en Prusse et de nos quelques entrevues.

Bien à vous,

Wilhelmine Ritz

— Dois-je transmettre une réponse, madame ? demanda le messager.

Ninnen secoua la tête.

— Pas de réponse écrite, mais assurez Mme Ritz de toute ma gratitude et de l'agrément que j'ai eu à la rencontrer.

Une fois l'homme reparti, Zsófi demanda d'une toute petite voix :

— Alors, ça veut dirre que vous çallez nous quitter ?

Ninnen la trouva attendrissante, avec son menton qui tremblait légèrement, ses yeux ronds fixés sur elle, et son bonnet un peu de travers, comme souvent.

— Il le faut bien, Zsófi !

— Est-ce que vous rreviendrrez ?

— Je l'ignore. Peut-être.

— Le gevalier va êtrre trriste, je crrois. Il vous çaime bien.

— Moi aussi, Zsófi. Moi aussi…

Elle était sincère. Elle avait encore du mal à comprendre tout à fait qu'il était son véritable père et que « la belle dame perdue » était sa propre mère. Ce qu'elle ressentait était très difficile à définir. Elle était émue d'une souffrance qui perdurait au-delà des années, d'un amour aussi fort et aussi fidèle, mais Loïc de Keroual restait malgré tout son père. On ne tirait pas un trait sur près de vingt-neuf ans de souvenirs et d'amour paternel – car, oui, celui qui l'avait élevée comme sa fille avait des défauts, il avait sans doute donné à certains le droit de le détester, et à raison, mais elle, il l'avait toujours aimée. De cela, elle n'avait jamais douté.

Elle se promit néanmoins de rester secrètement en relation avec Gabriel, de lui écrire souvent, de lui faire partager désormais sa vie, même si ce n'était qu'à distance et par les mots. Qui savait s'ils ne pourraient pas se voir de temps en temps, d'ailleurs ? Qui savait de quoi l'avenir serait fait ? Cet homme était là, maintenant, dans son cœur.

— Est-ce que tu voudrais m'aider à faire ma malle, Zsófi ? reprit-elle d'une voix plus enjouée. J'ai dans mes affaires deux ou trois petites choses qui pourraient te plaire.

Le visage de la jeune fille s'éclaira.

— À moi, madame ?

Ninnen sourit : Zsófi était encore si jeune, malgré les airs de grande personne qu'elle se donnait ! Celle-ci se précipita dans l'escalier devant elle, puis, jugeant sans doute que c'était indigne de la demoiselle qu'elle espérait devenir, elle ralentit le pas, et entreprit de monter dignement les marches.

Toute la maisonnée se tenait sur le trottoir pour leur dire au revoir : Gabriel, bien entendu, mais aussi Zsófi, Tibor, Dieter et Ursula. Il leur avait fallu peu de temps pour régler les modalités de leur départ. Ils auraient pu rester un jour ou deux de plus. Puisqu'ils avaient atteint leur objectif, plus rien ne les pressait. Mais ils étaient partis depuis un peu plus de trois semaines et il leur faudrait encore une douzaine de jours pour effectuer le trajet de retour. Sans compter l'escale en France qu'ils comptaient effectuer.

Zsófi s'était parée pour l'occasion des cadeaux qu'elle lui avait faits. Une robe en mousseline écrue rehaussée de fines broderies ocre, comme elles étaient à peu près de la même taille, avec un pendentif d'ambre. Elle ne portait pas son bonnet, et avait agrémenté son chignon de la broche de fleurs de soie que Ninnen lui avait également donnée. Elle avait tout à fait l'air de la demoiselle qu'elle deviendrait un jour, lorsque les années auraient fait leur œuvre. Tibor arborait un gilet brodé, une cravate de soie et un tricorne galonné assez crânement incliné sur le visage, présents de Ronan. Il paraissait moins gauche, ainsi, plus mature. Il serait un bel homme, lui aussi, lorsqu'il aurait fini de grandir.

Ronan et Gabriel échangèrent une solide poignée de main, puis ce dernier se tourna vers elle. Ils firent alors quelques pas sur le trottoir pour parler en toute discrétion.

— Ce n'est pas un adieu, Gabriel, dit-elle. Je ne veux pas que c'en soit un. J'ignore encore quand, où et en quelles circonstances, mais je sais que nous nous reverrons. Je le sais, parce que c'est ce que mon cœur espère.

— Le mien l'espère aussi, Ninnen. Je vivais dans l'ombre, malgré les apparences, et vous retrouver m'a rendu à la lumière. J'ai hésité, autrefois. J'ai craint le regard des autres, leur jugement. Pas pour moi. Pour Victoire et pour vous. Et cette crainte m'a fait perdre mon essence. Nul ne peut dire ce qui se serait passé si nous avions fait un autre choix, au moment où il fallait choisir. Nul ne peut affirmer que les choses auraient été meilleures ou pires. Ce que je sais, en revanche, parce que je l'ai éprouvé, c'est qu'il existe des douleurs et des regrets que le temps n'apaise jamais.

Il glissa un regard en biais à Ronan, et ajouta :

— Alors, la leçon qu'il faut retenir de cela, il me semble,

c'est de suivre ce que nous dicte notre cœur, sinon nous cessons de vivre.

Elle lui pressa affectueusement la main pour lui signifier qu'elle avait compris le message. Il la serra longuement dans ses bras, puis elle rejoignit Ronan qui l'aida à prendre place dans le cab.

De Postdam, ils rallièrent Hambourg en diligence en deux jours et demi. Là, dans ce riche port de commerce situé à l'estuaire de l'Elbe, ils attendirent le départ du bateau qui les conduirait à Saint-Malo.

Leur mission accomplie, ils pouvaient à présent prendre le temps du voyage, et tous deux avaient de bonnes raisons de passer par le cap Fréhel avant leur retour à Londres. Ronan souhaitait s'assurer que son frère allait bien. Ninnen espérait s'introduire secrètement au château d'Aubin, s'il était toujours inoccupé, pour rechercher les lettres de Gabriel à sa mère.

Il leur faudrait sans doute être discrets – le commandant Pruvost de Fort La Latte aurait volontiers envoyé Anne et Ronan à la guillotine, trois mois plus tôt, mais ils circulaient toujours sous les noms de Violette et Brice Villefranche-Lalande. Si cela ne faisait pas tout et n'empêcherait pas qu'il soit reconnu sur place, cela leur permettrait d'arriver jusqu'à Plévenon plus discrètement. Une fois là-bas, ce serait une autre histoire, mais ils ne voulaient pas encore y penser.

Hambourg, avec son réseau de canaux, les abords luxuriants de l'Alster, la rivière qui traversait la ville, avait tout d'une Venise du Nord propice à enchanter deux amoureux. Pendant les deux jours que dura leur attente, ils ne virent pas le temps passer. Ils se perdirent dans ses rues et ses ruelles, flânèrent sur le port, firent de longues promenades sous les arbres de ses parcs.

Le 31 août au matin, ils embarquèrent sur le *Mutig* – l'*Audacieux* –, un nom qui reflétait à la perfection leur état d'esprit. C'était un navire marchand d'assez grand tonnage, qui effectuait régulièrement des liaisons entre la Prusse et les grands ports des Provinces-Unies, de la France et de l'Espagne.

Ils passèrent à bord neuf jours, entrecoupés d'une courte escale à Amsterdam. Neuf nuits de caresses et de baisers, la fenêtre de leur cabine ouverte sur le ciel étoilé. Neuf journées de rêveries et de projets sur le pont, dans le bruit des vagues et les cris des oiseaux marins.

Enfin, à l'aube du 12 septembre, les murailles de la citadelle malouine se dessinèrent à travers la brume. Ils arrivaient à Saint-Malo.

20

Manoir de Keroual,
26 Fructidor (12 septembre)

Ils arrivèrent sur les coups de midi. Le cab s'engagea au pas sur les graviers de la longue allée bordée de peupliers et, bientôt, ils franchirent le porche de pierre sous l'œil goguenard de sa gargouille.

Tandis qu'il sortait de la voiture, Ronan marqua un temps d'arrêt sur le marchepied, la main à plat sur le toit. Bien plus ému qu'il ne l'aurait cru, il contempla en silence la façade régulière du manoir, sa calme symétrie, sa pierre grise que la lumière du soleil, à l'aplomb du ciel, faisait paraître d'un blanc de craie.

Un peu plus de trois mois auparavant, il avait dû quitter ce lieu, sa maison de toujours, comme un malfaiteur qui s'enfuit dans la nuit. De passeur, il était devenu émigré. Il avait pris place dans une barque pour rejoindre en haute mer le bateau qui devait le conduire en exil. Alors que, le cœur gros, il fixait le rivage, où les silhouettes d'Anne et de Yaël s'estompaient à une rapidité effrayante, la brume de mer l'avait enveloppé dans un *no man's land* à l'image de son esprit. Les événements s'étaient enchaînés si vite, alors !

Prêt à mourir pour sauver la vie de sa jumelle, s'accusant

même afin de détourner d'elle les soupçons, il avait déjà renoncé à tout, lorsque Anne l'avait tiré d'affaire en pariant follement sur l'amour de Malo pour elle. Il s'était préparé mentalement à sa propre fin sous le couperet de la guillotine. Une volte-face du destin l'avait alors précipité dans une vie nouvelle, pour laquelle il n'avait rien anticipé. Une vie qui lui avait offert le merveilleux cadeau de l'amour de Ninnen ! Qui aurait pu prédire cela, lorsque, dans sa geôle humide du fort, il suppliait Anne de le laisser faire, d'accepter son sacrifice. Comme elle avait été plus forte et plus confiante que lui ! Grâce à sa ruse et à son courage, ils étaient vivants tous les deux, et tous les deux avaient trouvé l'amour !

À l'extrémité gauche du manoir, la fenêtre de la cuisine était grande ouverte sur la cour. Il perçut un soudain remue-ménage, le bruit d'une chaise raclant bruyamment le sol, et la course de pas précipités. Puis Aesa apparut dans l'encadrement. Elle ouvrit la bouche, et il crut qu'elle allait parler, mais son visage resta comiquement figé sur un « oh » de stupeur.

— C'est bien moi, Aesa, dit-il au bout de plusieurs secondes. Ce n'est pas mon fantôme !

— Et ça justifie que tu veuilles me provoquer un arrêt cardiaque, grand benêt ! répondit-elle, s'animant enfin. Tu n'as donc pas pitié de moi, à me retourner les sangs comme ça !

Il éclata d'un rire heureux. Il y avait des choses qui ne changeaient jamais, et c'était si bon de les retrouver telles qu'on les avait laissées !

Un hennissement s'éleva des écuries, juste à côté. Équinoxe, son pur-sang ! L'animal avait reconnu sa voix. Puis un concert d'aboiements retentit derrière le bâtiment. Quelques instants plus tard, deux molosses foncèrent sur lui, pilant juste à ses pieds. Puis ils lui firent la fête en dansant et en gémissant.

— Trinidad ! Tabago[1] ! Bons chiens !

La porte d'entrée s'ouvrit, laissant passer le reste de la maisonnée. C'est-à-dire Yaël et Liz. Au même moment, Yann et Aesa contournaient le bâtiment : ils étaient sortis par-derrière. Le comité d'accueil était au complet.

Il sauta alors du marchepied et tendit la main à Ninnen pour l'aider à descendre à son tour.

Les retrouvailles furent bruyantes, joyeuses, désordonnées, à l'exception de Liz, qui se tenait un peu à l'écart pour éviter les bousculades. Elle était maintenant enceinte de plus de sept mois, calcula Ronan, et son ventre très rond tendait le tissu de sa robe.

— Est-ce que vous avez seulement mangé ? s'enquit soudain Aesa, avec son bon sens coutumier.

Comme Ninnen lui répondait que non, elle prit les choses en main.

— Alors, finies, les embrassades ! Allez, ouste ! Tout le monde à la salle à manger. Je vais ajouter deux couverts. Il ne sera pas dit que je vous laisse mourir de faim ! Ah ça, non !

— Quelles sont les nouvelles, ici ? demanda Ronan.

Yaël et lui étaient dans l'écurie. Il bouchonnait Équinoxe. Cela lui avait coûté d'avoir dû le laisser, lui qui autrefois le montait tous les jours ou presque. Mais ce n'était pas comme s'il avait eu le choix.

Après le repas, Liz avait entraîné Ninnen sous les toits pour lui montrer les aménagements faits dans la nourricerie, et les préparatifs de la naissance. Ronan était heureux de ce moment de tête-à-tête avec son frère. Il l'avait trouvé changé. En trois mois, Yaël semblait avoir acquis plus de maturité que durant les cinq années précédentes. Ce qui

1. Jusqu'à la fin du XIXe siècle, l'île de Tobago dans les Antilles porte le nom de *Tabago*. Elle est voisine de celle de Trinité.

était un bon point, si l'on considérait qu'il serait père dans un peu moins de deux mois.

— Liz est assez fatiguée, répondit Yaël avec une petite grimace.

— C'est normal, non ? Le bébé doit lui prendre beaucoup d'énergie pour se développer.

— Il n'y a pas que cela. Elle est fragile, tu sais…

Ronan cessa de frictionner le pelage de son cheval et fixa son frère. Yaël avait vraiment l'air inquiet.

— J'imagine que vous avez pris l'avis d'un médecin ?

— Oui. Il pense que la naissance sera peut-être difficile.

— Difficile…, répéta Ronan gravement. Qu'en dit Liz ?

— Je crois qu'elle est effrayée, mais elle n'en parle pas.

Ronan hocha la tête, embarrassé. Que répondre à cela ? Assurer simplement à son frère que tout irait bien était absurde, car rien n'était moins sûr.

Il reprit le bouchonnage, tandis que Yaël remplissait un sac de picotin et l'installait à l'encolure d'Équinoxe, qui plongea le museau dedans avec un petit ébrouement d'approbation.

— Pruvost, le commandant du fort, a été destitué, annonça-t-il, changeant brusquement de sujet.

Ce faisant, il prépara également des rations pour Linotte, la jument d'Anne, Tango, son propre étalon, et Pâquerette, la vieille jument de trait.

— Il en avait pris trop à son aise, dans les derniers mois du gouvernement de Robespierre, commenta Ronan, qui était bien placé pour le savoir.

— Il n'a pas été le seul petit chef à avoir perdu de vue la mesure, et à s'être livré à des abus de pouvoir, certain de son impunité et du soutien du Comité de sûreté générale. Bon débarras, en tout cas !

— Oui, bon débarras ! approuva Ronan.

— Tu n'as plus rien à redouter, du coup, Ronan, puisque

ton implication dans le passage des émigrés en Angleterre n'a pas été établie. Tu peux circuler librement ici.

— Et Anne ?

— Anne, répondit Yaël après un instant de silence, c'est plus compliqué. Comme je te l'ai écrit après son départ… Tu as bien eu ma lettre ?

— Oui.

Quelque temps après avoir reçu celle qu'Anne lui avait écrite à bord du *Fulmar des mers*, Yaël lui en avait envoyé une aussi, dans laquelle il lui avait appris tout ce qu'Anne ne lui avait pas raconté : la réunion secrète des chefs de la rébellion mise à mal par la garde nationale, Anne emprisonnée au fort, Malo considéré comme un traître à la République pour avoir voulu l'aider, et plus encore lorsqu'il avait orchestré son évasion.

— Anne, reprit son frère, a été formellement identifiée, contrairement à toi, alors… Pâquerette ! Bon sang !

Tandis qu'il parlait, la jument avait voulu attraper le sac de picotin avant qu'il l'ait mis en place, et elle avait tout renversé.

— Pour Anne et Malo, reprit Yaël en remplissant de nouveau le sac pour Pâquerette, il y aurait une possibilité, mais cela risque d'être assez long. La volonté du nouveau gouvernement en place est de rompre avec la violence aveugle de Robespierre et de ses partisans. À ce que l'on dit, il envisage une politique de clémence, voire d'amnistie pour certains opposants. Je suis en train de me renseigner. S'il y a quelque chose à tenter pour eux, je le tenterai.

Ronan était très favorablement impressionné. Où était passé ce petit frère traversant les choses avec une nonchalance qui les avait souvent agacés, sa jumelle et lui ? Il semblait ne plus avoir vingt-quatre ans, mais dix ou quinze de plus.

— Est-ce que le château d'Aubin a de nouveau été confisqué ? s'enquit-il.

— Étonnamment non ! Un des premiers effets de cette nouvelle politique, je pense. Et aussi parce que Malo envisageait d'en faire une école de marine ouverte à tous, y compris aux plus démunis. Surtout à eux, d'ailleurs... Cela a dû jouer en sa faveur, bien que j'ignore comment cette école va pouvoir se faire, maintenant.

Comme Ronan le fixait, surpris, Yaël précisa :

— Anne ne m'en a parlé qu'après ton départ, et j'avoue que je n'ai pas songé à te l'écrire.

— Ninnen sera heureuse d'apprendre qu'au moins il reste dans la famille. Je crois qu'elle avait envie qu'on y aille à cheval, demain. Elle pourra toujours faire le tour des jardins et descendre sur la plage.

— Elle pourra aussi y entrer. J'ai les clés !

Ronan éclata de rire.

— Tu sais que tu m'étonnes ?

Yaël se mit à rire à son tour, et le temps de ce rire, Ronan le retrouva tel qu'il était avant son départ.

Il lui donna une accolade.

— Je suis heureux de te revoir, tu sais, petit frère ?

Il se demanda alors s'il devait lui parler de tout ce qui s'était passé entre Ninnen et lui, de leur amour, sans pour autant dévoiler le secret de leur tante Victoire et du chevalier Texier de La Barre. Il avait envie de se confier à lui. Il avait besoin de dire qu'il aimait Ninnen. De partager avec son frère ce bonheur qu'il avait trouvé, alors qu'il ne l'attendait pas.

Mais, si les choses avaient évolué à une vitesse folle pour eux durant leur voyage, puis à Postdam, en France et à Londres, Ninnen demeurait officiellement une jeune femme en deuil de son fiancé. Une réalité qui s'était rappelée à eux lorsque tous avaient présenté des condoléances sincères à Ninnen. Pressés de questions sur leur apparition soudaine, il leur avait bien fallu expliquer les raisons de leur passage en Bretagne. Ils n'avaient pas mentionné leur mission, sur le coup. Ils avaient évoqué le décès de Lord Gregson et leur « voyage en Italie ». Ces condoléances avaient jeté un brusque voile sur les neuf jours et les neuf nuits de passion qu'ils avaient passés sur le *Mutig*. D'amants heureux qui n'en finissaient pas de se découvrir, ils étaient redevenus cousin et cousine aux yeux des autres, obligés de rester à bonne distance l'un de l'autre, attentifs à ne rien trahir de leur intimité.

Il préféra donc se taire pour le moment.

— Plus fines, les rondelles de pommes de terre ! ronchonna Aesa. Avec une épaisseur pareille, ce n'est pas un gratin qu'on va faire, mais des pavés pour la cour !

Ninnen gloussa, le nez dans les fruits qu'elle pelait pour une compote. Ronan se mordit la lèvre pour ne pas éclater de rire, et reprit les rondelles une à une pour les trancher en deux, sous le regard sévère d'Aesa.

— Là… C'est mieux !

Liz était montée se reposer dans sa chambre en fin d'après-midi. Ronan l'avait assez peu vue, mais il l'avait en effet trouvée bien affaiblie par sa grossesse. Ses babillages, son agitation de petit oiseau charmant, son air enfantin avaient disparu. Il n'avait pas osé demander à Yaël comment les choses se passaient entre eux. Son frère avait épousé Liz par devoir, parce qu'il l'avait séduite et qu'elle était tombée enceinte. Il n'était manifestement pas amoureux, le jour de son mariage, mais déterminé à assumer les conséquences de ses actes, et à devenir un bon père et un époux attentif. Mais Aesa saurait dire ce qu'il en était. Il n'y avait pas de curiosité malsaine dans sa volonté de savoir. Il s'inquiétait pour son cadet. Il s'inquiétait d'autant plus qu'ils étaient deux, dans la fratrie, à avoir rencontré l'amour, et qu'il aurait aimé qu'il en soit de même pour le plus jeune.

— Comment tu trouves Yaël, Aesa ? demanda-t-il à voix basse.

Elle cessa de battre les œufs et la crème qu'elle malmenait énergiquement dans une jatte depuis deux minutes, et haussa les épaules. Ses beaux yeux bruns, dont Urielle, la sœur de lait d'Anne, avait hérité, plongèrent dans les siens.

— Il fait face dignement, répondit-elle avec une moue qui en disait plus long que ses paroles. Le temps s'est considérablement accéléré, pour lui, ces trois derniers mois.

— C'est ce que j'ai constaté, commenta Ronan.

Il croisa le regard navré de Ninnen. Elle aussi se désolait de la situation.

— Est-ce que tu penses qu'il est heureux ? reprit-il.

— Liz est une gentille fille. Mais elle est encore très jeune et certainement pas le genre d'épouse qu'il aurait fallu à ton frère.

— Alors ça veut dire non.

Aesa se remit à battre son mélange sans confirmer ni infirmer, et il poursuivit son découpage en rondelles des pommes de terre, le cœur lourd pour Yaël. Mais que pouvait-il y faire ?

— Et toi, Aesa ? s'enquit-il au bout de quelques minutes. Comment vas-tu ? As-tu des nouvelles d'Urielle ?

— Oui ! répondit-elle avec un grand sourire, cette fois. Leur bateau a fait une escale dans je ne sais plus quel port, et elle a confié une lettre à un voyageur qui rentrait à La Rochelle. Cet homme a eu la gentillesse de me la faire parvenir ensuite par la malle-poste. Je l'ai reçue voici quelques jours à peine. Elle va bien. Anne et Malo aussi. Elle m'écrit qu'elle est très curieuse de tout. Je crois que l'expérience est bonne pour elle.

— J'en suis ravi ! Mais, dis-moi… Tu portes une bien jolie bague à l'annulaire ?

Aesa rougit soudain comme une jeune fille, ce qui étonna

Ronan : l'ancienne nourrice de sa jumelle, devenue cuisinière, puis gouvernante du manoir à la mort de leur mère, dix ans plus tôt, ne l'avait pas habitué à cela. Un peu rude dans ses manières, mais très tendre de cœur, elle avait été une figure maternelle qui avait tissé un cocon autour d'eux, leur permettant de finir de grandir.

— Je suis fiancée, annonça-t-elle presque timidement.

— Yann ? devina-t-il.

Elle gloussa et acquiesça d'un hochement de tête.

— Que ne le disiez-vous, tous les deux ! s'exclama-t-il. Le mariage est pour quand ?

— Au début de l'hiver.

— Félicitations !

Yann aussi était une figure de leur enfance et de leur adolescence. Ronan ne se souvenait pas avoir connu le manoir sans lui. Tous deux n'étaient pas si âgés que cela, en fin de compte. Du moins Aesa. Il ignorait l'âge de Yann, mais Aesa avait eu sa fille à seize ans, et Urielle avait à présent presque vingt-huit ans, tout comme Anne et lui.

— Vous resterez au manoir, une fois que vous serez mariés ?

— Oui, mon petit. J'ai promis à ta sœur de veiller sur Yaël et d'être pour lui la voix de la raison. Mais je crois qu'il est en train de la trouver tout seul, sa raison. Et vous, mademoiselle Ninnen ? J'imagine que vous allez retrouver vos parents à Londres ?

— Oui, c'est le projet, répondit celle-ci sobrement.

— Et toi, Ronan ? Tu penses toujours voyager dans le Nouveau Monde ?

Ninnen et lui échangèrent un regard. Aesa avait été la seule, avec Yann, à connaître leurs engagements secrets pour la Cause, à Anne et lui. Même si elle avait protesté à chacun de leurs retours « qu'ils lui faisaient subir mille morts » et « qu'elle en avait les sangs tout retournés » – son expression favorite –, il estimait lui devoir la vérité.

— Nous ne sommes pas allés en Italie, Aesa, commença-t-il alors.

Puis il lui raconta leurs aventures en Prusse. Il omit cependant plusieurs choses : les tentatives d'assassinat dont Ninnen et lui avaient fait l'objet, ce que Gabriel Texier de La Barre leur avait révélé et, bien entendu, les conséquences de cette nouvelle pour Ninnen et lui.

Ils n'avaient pas encore évoqué ensemble ce qu'ils diraient, une fois à Londres. Le plus sage était donc de ne rien dire à personne pour le moment.

21

Château d'Aubin, 28 Fructidor (14 septembre)

— Tu pourrais lui racheter le château avec l'argent dont tu vas hériter, suggéra tout à coup Ronan. Peut-être Malo accepterait-il de te le vendre, maintenant qu'il n'est plus là pour lancer la création de son école de marine ?

Ils étaient venus à Aubin à cheval, et arrivaient dans la cour d'honneur. Ils démontèrent et laissèrent Linotte et Équinoxe brouter librement l'herbe bien trop haute des parterres. La végétation en avait pris partout à son aise, comme ils l'avaient constaté en remontant l'allée principale. On distinguait cependant encore la délimitation des espaces végétaux du jardin à la française, bien que les haies de buis aient décidé de rompre avec toute idée de régularité et d'ordonnancement. Des volutes de liseron étaient parties à l'assaut des rosiers en buissons, et les lys disparaissaient presque derrière les hampes de graminées.

— Je ne sais pas..., répondit Ninnen, tandis que Ronan sortait la clé de la poche de sa veste et la glissait dans la serrure.

Elle n'oubliait pas que Dennys avait souhaité l'acquérir en secret auprès des républicains pour en faire son cadeau de mariage. Or, à présent, une autre histoire commençait pour elle. Elle ne pourrait pas non plus se rendre à l'office sans repenser à l'urgence et la peur avec lesquelles ses parents et elle s'étaient engouffrés dans le passage dérobé, et cachés la journée entière dans la galerie souterraine pour échapper à la garde nationale venue arrêter son père. Il fallait savoir tourner certaines pages. Quoi qu'il nous en coûte de souvenirs heureux. Car elle avait été heureuse ici, longtemps. Mais l'avenir comptait aussi, et elle avait à présent conscience que ce château aurait constitué pour elle un trop lourd bagage.

— Malo ne sera peut-être pas loin d'ici éternellement, poursuivit-elle. Et ce projet d'école m'intéresse.

— C'est un projet généreux, commenta Ronan, ôtant la clé de la serrure et actionnant la clenche.

La lourde porte de chêne tourna alors lentement sur ses gonds, et Ninnen fit un pas dans le hall d'entrée, saisie de nostalgie et d'un peu de souffrance aussi. Bravement, elle le traversa, et entra dans ce qui avait été le bureau de son père. Elle savait par les lettres d'Anne que le château avait été entièrement vidé après sa confiscation : meubles, tableaux, linge, vaisselle, bibelots... Tout. Absolument tout ce qui leur avait appartenu.

Mais le bureau avait été remeublé, de manière un peu spartiate toutefois : une table de travail, une chaise, une grosse lampe à huile, et, curieusement, un lit de camp.

Le petit salon l'avait été également et un peu mieux. Fauteuils, tables basses, sofa. Il y avait même une collection de verres en cristal et de carafes, bien en évidence sur une console.

Le grand salon, la salle de réception, la salle à manger, le salon de musique, étaient entièrement vides. Elle se surprit à se demander à quoi ressembleraient ces pièces, si le château devenait cette école de marine à laquelle avait pensé Malo.

— Tu sais..., reprit-elle, tandis qu'ils montaient à l'étage.

Même si nous souhaitons le retour d'un roi sur le trône de France, je ne crois pas qu'après tout cela, nous pourrons nous contenter de reprendre les choses où elles ont été laissées. Je veux dire d'un point de vue politique et social. Je ne parle pas de nous personnellement...

— C'est aussi mon avis, répondit Ronan. Anne et moi avons abordé cette question, quelquefois.

— C'est pourquoi je... Enfin, comme je compte vendre le château du Devonshire lorsque j'en serai pleinement propriétaire, je garderai une partie de l'argent pour cette école. J'ignore quand Anne et Malo pourront revenir ici, mais, si ce projet est encore d'actualité à leur retour, je participerai financièrement à sa mise en œuvre.

Ronan hocha la tête.

— C'est une très bonne idée, Ninnen.

Ils étaient arrivés sur le palier où se situaient les appartements de son père, ceux de sa mère, ainsi que la grande chambre de Ninnen, tout au fond du couloir. Assez curieusement, un lit immense avait été installé au beau milieu de la première pièce, sur leur gauche, qui avait été occupée un temps par sa grand-mère paternelle.

Elle fila sans attendre dans les appartements de sa mère. Gabriel avait mentionné une cachette que celle-ci avait aménagée. Elle parcourut des yeux le boudoir, dont le jaune bouton-d'or des murs n'avait rien perdu de sa vivacité, et donnait l'impression que l'endroit était ensoleillé en permanence. Puis elle passa dans la chambre, tendue de toile de Jouy jaune et blanche. Dans la garde-robe, la salle de bains, joyau de modernité.

Une cachette ? Où donc ? À part si sa mère avait découpé et replacé des lames de plancher, mais Ninnen en doutait... Ronan y avait d'ailleurs pensé : il arpentait le boudoir, lame après lame, en y faisant porter tout son poids : mais aucune ne semblait sonner creux.

Repensant au passage aménagé dans les boiseries des murs de l'office, elle retourna dans la garde-robe. Celle-ci était assez grande pour comporter une fenêtre, dont elle s'empressa d'ouvrir le volet. Les rayons du soleil dévoilèrent aussitôt une pluie de grains de poussière en suspension. Ninnen examina alors de près les étagères et petits placards. Elle en explora les parois en frappant de légers coups dessus.

— Ronan ! appela-t-elle soudain. Ronan, je crois que j'ai trouvé quelque chose !

Lorsqu'il la rejoignit, elle lui montra le fond d'un placard situé à mi-hauteur du mur.

— On dirait qu'il y a un double-fond, non ?

Ronan frappa à son tour.

— En effet...

Après avoir bataillé un petit moment, il réussit à soulever la planche du fond. Ils y trouvèrent une boîte assez grande, fermée à clé. Ninnen s'assit à même le sol, sa jupe étalée autour d'elle, et, cette fois, ce fut elle qui tritura la serrure avec l'une de ses épingles à chignon. Le mécanisme se débloqua...

Elle inspira longuement, et souleva le couvercle, les doigts légèrement tremblants. C'étaient bien les lettres. Elles étaient assemblées par paquets et retenues par des faveurs de différentes couleurs. Il y avait également des fleurs séchées, des boutons de rose essentiellement, dont nombre de pétales commençaient à s'effriter. Quelques dessins à la sanguine. Une chevalière d'homme. Une fine chaîne d'argent avec un pendentif de rubis en forme de goutte. Un bijou que jamais elle n'avait vu sa mère porter.

Elle saisit un paquet de lettres et défit le ruban. Le sceau de cire de la première, brisé en son milieu, représentait les armoiries du chevalier Texier de La Barre, armoiries qu'elle avait vues reproduites à plusieurs endroits chez lui, à Postdam. « Victoire, mon amour... » Elle n'alla pas plus loin. Elle en déplia une autre. « Ma vie, mon cher amour… » Une autre encore. « Victoire, ma lumière… » Elle les replia toutes les trois, les replaça sur la pile et renoua la faveur. Puis le paquet retrouva sa place dans la boîte. Elle n'avait pas l'intention de lire les mots d'amour que Gabriel avait adressés à sa mère. Cela leur appartenait. C'était leur histoire.

Ronan s'était placé à côté d'elle, silencieux ; il n'avait fait aucune remarque. À aucun moment elle n'avait douté des confidences du chevalier. Mais voilà qu'elle tenait entre ses mains, comme un fil d'Ariane, la chronique de cet amour au jour le jour ou presque. Cet amour inextinguible dont elle était née. Dont elle était le vivant témoignage. Les choses, vues sous cet angle, l'émurent au plus haut point, et un brusque afflux de larmes lui brouilla la vue.

Ronan lui caressa la joue avec douceur, puis il l'attira contre lui, et lui nicha la tête au creux de son épaule.

— Qu'est-ce que tu vas en faire ? demanda-t-il. Les rapporter à Londres ou les laisser ici ?

— Les rapporter, répondit-elle sans hésitation. Je ne veux pas que quelqu'un d'autre tombe dessus. Je ne sais pas encore si je les donnerai à ma mère. J'ignore si elle saura où les cacher, à Crescent Court. Mais, maintenant, je ne peux plus les laisser derrière moi.

Elle le sentit qui hochait la tête pour approuver sa décision. Elle plaqua alors la paume sur sa joue et se redressa pour le regarder. Durant les neuf jours et les neuf nuits qu'ils avaient passés en mer, elle était devenue plus audacieuse avec lui ; elle avait appris à accepter son désir pour lui et à lui dire lorsqu'elle avait envie de lui. Comme en cet instant. Un désir exacerbé par les dernières quarante-huit heures, au cours desquelles ils n'avaient pas pu se toucher, hormis le bout des doigts, à la sauvette, en se croisant dans une pièce ou entre deux portes.

Elle approcha le visage du sien, et commença à l'embrasser.

Elle promena lentement sa bouche sur la sienne, jouant avec l'intensité de leur contact. Puis elle le mordilla, l'agaça de petits coups de langue, résistant, pour s'amuser, à sa tentative de forcer le passage de ses lèvres. Il la laissa faire, puis elle sentit exactement le moment où son désir à lui s'alluma. Il lui prit alors le visage en coupe, sa langue chercha la sienne, et son baiser se fit impérieux. Elle ferma les paupières, pour mieux profiter des sensations qui la parcouraient, de l'étau de ses mains sur son visage, du goût de sa bouche.

Elle n'ouvrit pas les yeux lorsqu'il la souleva dans ses bras, arrimée à ses lèvres, à son souffle, puis lorsqu'il la déposa sur le lit. Le lit immense recouvert d'un drap blanc.

Il était tard, et la lumière avait changé lorsqu'ils refermèrent à clé la porte du château, et glissèrent la boîte contenant les lettres du chevalier dans une fonte, à la selle de Linotte. Malgré l'heure, ils regagnèrent le manoir en faisant le détour par la plage des Sables-d'Or, où Anne et Ronan aimaient aller autrefois. La marée était basse, l'eau très loin, et des jeunes filles, pieds nus et le bas des jupons retroussés et coincés à la ceinture, fouillaient la base des rochers à la recherche de petits crustacés.

Ils avancèrent au pas sur le sable dans lequel s'enfonçaient mollement les sabots des chevaux.

Au loin, le soleil commençait à plonger dans la mer, dont les vagues se teintaient de reflets d'or étincelants.

22

Lande de Fréhel, 29 Fructidor (15 septembre)

Ils galopaient depuis plus d'une heure, et Ninnen riait aux éclats. Ronan adorait l'entendre rire ! Elle avait perdu des épingles à cheveux dans sa course débridée, son chignon s'était défait, et sa longue tresse flamboyante lui battait le dos. Yaël et lui avaient retrouvé dans un coin de l'écurie la selle d'amazone de leur mère – Anne, elle, faisait du cheval à la garçonne –, et ils en avaient équipé Linotte. La cavalière et la jument paraissaient enchantées de cette escapade dans la lumière un peu pâlie de la fin d'après-midi. Équinoxe aussi semblait content d'avoir retrouvé son cavalier habituel.

Ils prirent la direction du phare, à la pointe du cap Fréhel. Sous les sabots des chevaux, les bruyères en fleur incendiaient la lande. Il faisait ce temps typique de la Bretagne, entre fraîcheur et douceur de l'air. Le ciel hésitait entre le gris et le bleu. Et le bruit du vent rivalisait avec les vagues qui s'écrasaient sur les rochers. Tout cela faisait partie de lui, songeait Ronan. Tant de fois, depuis leur adolescence, ils avaient parcouru ces lieux, Anne, Ninnen et lui ! Oh ! oui ! Comme il appartenait à cette terre, et lui appartiendrait toujours, quel que soit ce que l'avenir lui réservait !

Bientôt la double tour de pierre et sa lanterne furent en

vue. Il sourit. Ce phare aussi ferait à jamais partie de ses souvenirs.

Ils descendirent de cheval, attachèrent les rênes à deux anneaux dans le mur et, main dans la main, ils firent quelques pas en direction du bord de la falaise. Au manoir, ils n'avaient pas osé se toucher depuis leur arrivée, l'avant-veille. On les avait logés, lui dans sa chambre restée telle quelle, Ninnen dans celle d'Anne. Une sorte de pudeur les avait empêchés de se rejoindre la nuit. Cela lui avait terriblement manqué. Il n'était jamais repu d'elle. Au contraire, depuis qu'elle était sienne, depuis qu'ils avaient passé toutes les nuits à faire l'amour sur le bateau, sa soif d'elle ne cessait de croître. À croire que chaque baiser, chaque caresse faisait naître chez lui un besoin décuplé.

Ils s'arrêtèrent face aux roches de la Petite et la Grande Fauconnière. Elles étaient animées de formes mouvantes, grises et blanches, celles des oiseaux marins qui nichaient là. Ils arrivaient et en repartaient en un ballet incessant, portés par les courants aériens, les plumes ébouriffées.

— Anne et Malo ont dû arriver à destination, maintenant, dit alors Ninnen d'un air songeur. Il leur a fallu quoi ? Deux mois de voyage en mer ? Nous recevrons peut-être une lettre dans l'automne.

— J'aimerais tant !

— Elle te manque ?

— Avant mon départ, nous n'avions jamais été séparés plus de dix journées, et toujours avec la certitude de nous retrouver.

— Elle te manque, conclut Ninnen un peu sombrement.

— Oui, bien sûr qu'elle me manque, c'est ma jumelle, mais nous ne serions pas restés éternellement ensemble au manoir. Tu sais, j'ai grandi avec l'idée que je serai un jour le nouveau comte d'Aubin. Cette certitude m'a longtemps déterminé ; elle m'a empêché aussi de me demander si c'était ce que je voulais vraiment, ou si je pouvais envisager mon avenir différemment. Et puis, les événements ont tranché pour moi. Il y a eu l'abolition des titres et des privilèges, la confiscation des biens de Loïc… Et…

Devait-il vraiment tout lui dire ? Elle avait souffert autant que ses parents de cette spoliation. Elle avait dû abandonner en quelques heures tout ce qui avait constitué sa vie. Mais il voulait être honnête avec elle. Ne rien lui cacher de toutes ces pensées qui l'avaient traversé et des conclusions auxquelles il était arrivé.

Il n'eut pas besoin de réfléchir plus longtemps. Elle tourna vers lui ses si beaux yeux pervenche, ces yeux qu'elle tenait du chevalier, et, tout comme Anne avait deviné avant elle, elle compléta simplement :

— Et tu as compris que tout cela ne te manquerait pas, parce qu'au fond de toi, ce n'était pas l'existence que tu souhaitais mener.

Il porta à sa bouche la main de Ninnen, qu'il n'avait pas lâchée. Il y déposa un baiser, puis la pressa contre sa joue.

— Londres ne devait être qu'une étape. Je voulais m'en aller bien plus loin, voyager… Mais, lorsque je suis arrivé à Crescent Court, tout désir de repartir s'est envolé.

Elle le fixa un long moment en silence, et il la laissa faire, essayant de lire en elle.

— Jamais je ne t'empêcherai de voyager, si c'est ce que tu veux, Ronan, dit-elle enfin d'une voix étrangement oppressée, tandis qu'un voile lui obscurcissait furtivement le regard. Jamais je ne t'empêcherai de vivre tes rêves. Si tu as besoin de temps, de te confronter au monde sans moi, je comprendrai. Je ne veux pas être un…

Il pressa doucement l'index sur ses lèvres pour la faire taire.

— Chut… Chut…

Puis il passa le bras autour de ses épaules et l'attira tout contre lui. La tête de Ninnen vint se nicher avec naturel sur son cœur, et il lui embrassa les cheveux.

— Ce que j'essaie de t'expliquer, dit-il tout contre sa tempe, c'est que j'ai trouvé beaucoup mieux qu'un voyage autour du monde. Je t'aime, Ninnen. Si tu savais à quel point je t'aime ! La force de cet amour me fait peur certaines fois. À d'autres, il me semble tellement aller de soi que j'en viens à me dire qu'il a toujours été là !

Il lâcha un petit rire.

— Tu avais noté, bien sûr, qu'en inventant l'histoire de Violette et Brice, nous avons raconté sans le savoir notre propre histoire… Tu es mon axe et mon horizon, Ninnen. Mon ici et mon ailleurs. Un continent à découvrir. Un monde, même, à toi seule, et je n'aurai sans doute pas assez de ma vie entière pour connaître tous tes mystères. Je peux crier à la terre entière mon amour pour toi, mais je peux le vivre dans le secret le plus profond si c'est ce que tu veux. Je suis tout à toi.

Elle remua légèrement entre ses bras et se détacha de lui pour renverser la tête en arrière et le regarder. C'étaient les plus belles choses qu'on lui ait jamais dites, les plus émouvantes, et elle se sentit submergée d'émotion.

— Je suis tout à toi aussi, Ronan. Tu es dans chacune des fibres de mon être. Si tu ris, je ris. Si tu souffres, j'ai mal. Si tu es heureux, mon cœur chante. Mon avenir était tout tracé également. Fille de comte, on attendait de moi que j'épouse un riche héritier. Que je tienne ma place de châtelaine quelque part et que, durant la Saison à Londres, je régale mes hôtes de réceptions somptueuses dans mon hôtel particulier. C'est d'ailleurs ce qui se serait passé si j'avais épousé Dennys. Les événements en ont décidé tout autrement pour moi aussi. Dennys occupera toujours la place d'un ami dans mon cœur, car c'est bien ce qu'il a été pour moi. Toi, c'est tout autre chose… Quant à mon avenir… Je ne sais pas ce qu'il en est pour toi, mais, pour ma part, cette mission à Postdam m'a ouvert des perspectives insoupçonnées.

— Comment est-ce que tu vois notre retour à Londres ?

— Pas très bien. Je ne pourrai pas reprendre le deuil de Dennys et jouer la comédie. Ce serait indigne de sa mémoire, et ce serait vivre mon amour pour toi comme un secret honteux. Je l'ai vécu dans la crainte de l'interdit, au début, je l'avoue. J'ai tenté de lutter contre mon désir. C'était si troublant de vouloir t'embrasser, d'espérer tes caresses ! J'ai eu tort. D'abord parce que cet interdit supposé n'était pas fondé, puisque nous n'avons pas de liens du sang. Ensuite, parce que, même si nous sommes les seuls à le savoir, hormis ma mère et Gabriel, les cousins et cousines peuvent tout de même se marier. Ce n'est pas si rare que cela.

Elle eut un petit sursaut, se rendant compte du sujet qu'elle venait d'aborder, et reprit aussitôt, se sentant rougir jusqu'à la racine des cheveux :

— Enfin, ce que je veux… Je n'ai pas voul…

— Est-ce une demande en mariage, Ninnen ? l'interrompit-il d'une voix âpre.

— Non, pas du tout ! s'empressa-t-elle de le détromper.

Elle ne voulait surtout pas qu'il pense qu'elle attendait quoi que ce soit, à présent qu'elle s'était donnée à lui, comme ces jeunes filles compromises dont le père exigeait réparation de la part de leur séducteur. Elle avait presque vingt-neuf ans ! Elle s'estimait libre de son corps. Elle y avait cependant songé, bien sûr, à un mariage avec lui. Mais ils avaient le temps.

Elle devait l'en convaincre.

— Ne crois pas que j'attends de toi que…

— Alors, tu refuses de m'épouser ?

— Mais non ! Bien sûr que non ! Je ne refuse pas…

— Tu veux donc m'épouser. C'est ce que je disais : c'est bien une demande en mariage !

À quoi jouait-il, bon sang ? Elle fixa, égarée, son visage impassible, peinant à démêler le vrai du faux, à saisir où s'arrêtait la boutade, si seulement c'en était une.

Il lui sourit soudain, de ce si beau, si merveilleux sourire qui la chamboulait tant, et lui empauma le visage.

— Parce que, moi, je veux t'épouser, Ninnen. Et je suis très sérieux. Je n'ai pas de bague à t'offrir, aujourd'hui, et je sais que, si tu acceptes de devenir ma femme, il nous faudra attendre avant de nous marier. Qu'il nous faudra, comme devant Yaël et les autres, nous cacher un peu, au début. Mais je n'envisage pas mon avenir, quel qu'il soit, sans toi. Je te l'ai dit tout à l'heure et j'étais sincère : nous ferons comme tu voudras, nous prendrons le temps qu'il faudra, sans rien dire ou aux yeux de tous. Nous garderons le secret de ta mère et du chevalier. Pour les autres, nous serons deux cousins qui se marient, munis d'une dispense. Ce n'est pas si rare en effet. Mais nous saurons ce qu'il en est vraiment.

Il lui lâcha le visage et se laissa glisser à genoux devant elle. Le vent du large faisait voler une mèche de ses cheveux noirs échappée de son catogan. Ses yeux verts étaient fixés sur elle, ardents, agités de remous profonds. Comme il l'aimait ! Comme tout, en elle, l'appelait ! Son cœur, son corps, son âme…

— Je le veux, Ronan. Oui, je veux être ta femme ! Je ne veux que cela !

Épilogue

St. James's Church, 16 avril 1795

— Moi, Ronan, je te reçois, Ninnen, comme épouse, et serai ton époux. Je promets de te rester fidèle, dans le bonheur et dans les épreuves, dans la santé et la maladie, et de t'aimer tous les jours de ma vie.

La voix de Ronan s'élevait, déterminée, sous les voûtes de l'église catholique Saint-James, dans le quartier de Westminster. Ses yeux la dévoraient d'un regard ardent, tandis qu'elle le sentait glisser à son annulaire gauche un anneau d'or tout simple, tel qu'elle l'avait souhaité. Sa petite main tremblait un peu dans les siennes. Elle l'épousait, enfin ! Ils avaient attendu ce moment six mois. Six longs mois, le temps que Rome veuille bien envoyer la dispense qu'ils avaient demandée pour pouvoir se marier.

Elle saisit à son tour la main de Ronan et, lui passant l'alliance au doigt, prononça la formule consacrée :

— Moi, Ninnen, je te reçois, Ronan, comme époux, et serai ton épouse. Je promets de te rester fidèle, dans le bonheur et dans les épreuves, dans la santé et la maladie, et de t'aimer tous les jours de ma vie.

Ces six mois n'avaient pas paru si longs que cela, en réalité. À son retour du cap Fréhel, elle était devenue officiellement propriétaire de tous les biens que Dennys lui avait légués. Elle avait aussitôt installé ses parents à Criscraw Mansion, avec Suzon, Pettyjohn le majordome, et Mrs Fawkes, la gouvernante. Elle avait également dédommagé le cousin de sa mère qui les avait généreusement aidés durant leur première année d'exil. Le château du Devonshire avait été vendu à un duc qui souhaitait l'offrir en cadeau de noces à sa fille. Ninnen était heureuse de penser que ce lieu que Dennys avait aimé abriterait les amours et les enfants d'un jeune couple. Un couple qui n'aurait pu, en aucun cas, être Ronan et elle. Une autre histoire demandait d'autres lieux. Et puis, leurs projets les appelaient ailleurs.

Le comte de Provence les avait en effet chargés tous les deux d'une nouvelle mission secrète. La cérémonie terminée, ils partaient non pas en voyage de noces à Venise, comme ils l'avaient annoncé *urbi et orbi*, mais à Saint-Pétersbourg.

Elle n'était revenue à Londres que pour se mettre en règle avec le passé. Ronan et elle ne comptaient pas s'y établir.

Elle avait hésité plusieurs semaines, à son retour, avant de donner les lettres du chevalier à sa mère. Ronan et elle en avaient débattu longtemps. Puis, un soir, elle l'avait fait. Elle lui avait dit la vérité sur leur voyage en Prusse. Elle lui avait raconté sa rencontre avec Gabriel. Et elle lui avait présenté le coffret de lettres.

Sa mère n'avait pas eu besoin de l'ouvrir pour savoir ce qu'il contenait.

— Est-ce qu'il va bien ? avait-elle demandé d'une voix vacillante.

— Oui, il va bien.

— Est-il heureux ?

Ninnen n'avait pas répondu. Elle ne voulait pas mentir.

Sa mère l'avait alors regardée dans les yeux, puis elle avait hoché la tête, et une larme avait brillé au coin de son œil.

— Votre père sait, avait-elle dit alors. Il a toujours su pour vous, Ninnen. Il ne pouvait pas avoir d'enfant. C'est en toute conscience qu'il vous a accueillie et aimée comme sa fille.

Le prêtre bénit leurs deux mains jointes.

— Ninnen, Ronan, je vous déclare à présent mari et femme !

La cérémonie avait lieu en très petit comité, et ne serait pas suivie d'une fête. C'est ainsi que tous deux l'avaient voulu. D'une part, parce qu'il ne leur avait pas semblé souhaitable de réinviter tous les Français de Londres conviés le 20 juin de l'année précédente. D'autre part et surtout, parce que leur mission exigeait un départ sans délai.

Elle ne s'était pas fait confectionner de nouvelle robe de mariée. Elle avait revêtu une toilette de soie écrue que Ronan aimait particulièrement, et Suzon lui avait fait une coiffure dont elle avait le secret. Une aigrette d'opale et de plumes lui ornait les cheveux, et elle portait au creux du cou la goutte de diamant que Ronan lui avait offerte, lors de leur escale à Amsterdam.

Tandis qu'elle avançait dans l'allée, en direction des portes de l'église grandes ouvertes, elle crut voir une silhouette dissimulée dans l'ombre, derrière une colonne. Elle regarda mieux. L'homme se pencha alors pour se montrer. D'elle seule et juste un instant. Les yeux de Ninnen rencontrèrent le miroir de deux yeux bleu pervenche, surmontés d'un halo de cheveux blond-gris. Elle sourit à Gabriel. Reçut un sourire en retour.

Le cœur chantant de plus belle, elle continua d'avancer au bras de Ronan. Vers l'aventure qui s'ouvrait à eux. Vers l'amour, tous les jours réinventé. Tous les jours plus fort.